당신을 사랑하는 천 가지 이유

초판 1쇄 찍은 날 | 2014년 3월 14일
초판 1쇄 펴낸 날 | 2014년 3월 21일

지은이 | 홍란
펴낸이 | 예경원

편집 | 유경화

펴낸곳 | 예원북스
등록번호 | 제396-2012-000132호
등록일자 | 2012. 7. 25
YRN | 제1-0058호

주소 | 경기도 고양시 일산동구 무궁화로 8-28 삼성메르헨하우스 712호 (우) 410-837
전화 | 031-819-9431 팩스 | 031-817-9432
http://cafe.naver.com/yewonromance
E-mail | yewonbooks@naver.com

ⓒ 홍란, 2014

ISBN 979-11-5630-039-7 03810

당신을
사랑하는
천 가지
이유

YEWONBOOKS ROMANCE STORY

홍란 장편 소설

○ 목차 ○

1. 짝사랑 유효 기한

사랑의 유효 기한은 3년. 연인들이 사랑에 빠질 때 뇌에서 나오는 도파민의 유효 기간. 3년이 지나면 그 사람을 생각하며 가슴이 두근두근하던 설렘이 사라진다. 그리고 혼자 있어도 그 사람 생각에 항상 둘이었던 '나'도 오롯이 혼자인 '나'가 된다.

그렇다면 짝사랑의 유효 기한은? 뭐 별거 있나? 점심으로 짜장면을 먹든 짬뽕을 먹든 중국 요리라는 건 매한가지. 짝사랑이든 둘이 하는 연애든, 머릿속 도파민의 화학 작용은 별반 다르지 않겠지. 그러니 짝사랑의 유효 기한도 3년⋯⋯.

그래서 연수는 결심했다. 짝사랑 1년 차, 히드라 생각에 가뭄에 논바닥 갈라지듯 가슴이 쩍쩍 갈라졌을 때, 3년째가 되는 날에 고백하자고. 차이든 사귀든 이 빌어먹을 짝사랑과 영원히 바이바이(Bye

Bye)하자고.

히드라, 본명은 최강우. 그는 연수가 일하고 있는 영화 기획사인 '백야'의 대표였다. 첫눈에 반한다는 건 영화 속에서나 벌어지는 일이라고 여겼던 연수는 첫 면접에서 강우에게 풍덩 빠져 버렸다. 그야말로 강우를 처음 본 순간 어디선가 아름다운 종소리가 차랑차랑 울리고 눈에 보이지 않는 꽃송이가 하늘에서 내렸다. 그리고 그때부터 시작된 외사랑은 프로듀서 3년 차가 되었는데도 시들기는커녕 오히려 더더욱 깊어만 갔다.

[왈왈~]

귀여운 강아지 소리가 휴대폰에서 울렸다. 연수는 화장실에서 변비와 씨름 중이다가 결국 항복하고 휴대전화를 들었다.

[왈왈! 주인님! 준비됐숑? 고백 하루 전이야!]

요즘 한창 인기 앱인 큐피드 엔젤(Cupid Angel)의 알림 메시지가 떠 있었다. 날개를 단 귀여운 강아지 천사는 연인들의 이벤트 일정을 관리해 주는 사랑의 메신저이시다.

"어머머! 벌써 이렇게 됐어? 이를 어째!"

연수는 당장 거울 앞으로 달려갔다. 요 며칠 야근을 달려주셨더니 눈 밑에는 다크서클이 턱까지 골인했고 피부는 톱밥 올려놓은 것처럼 꺼칠꺼칠했다. 그래서 부엌으로 가 흑설탕과 꿀, 율무 가루를 섞어 반죽을 했다. 연수는 수제 마사지 팩을 얼굴에 듬뿍 펴 바르고는 마르기를 기다리며 침대에 누웠다.

[웨이크업(Wake Up)! 웨이크업(Wake Up)! 먹물 발사 1분 전!

59, 58, 57······.]

"아, 시끄러!"

연수는 잠결에 눈살을 찌푸리고서 이불을 머리끝까지 뒤집어썼다. 달콤한 잠의 유혹에 정신을 못 차리고는 알람을 맞추어놓은 지난밤의 자신을 증오하면서······. 그러는 사이 카운트다운은 계속되었다.

[······10, 9, 8······.]

'아이 씨!'

연수는 뒤집어썼던 이불을 어쩔 수 없이 풀썩 내렸다. 더 게으름을 부렸다가는 악마의 오징어 알람이 온 방을 까맣게 칠해 버릴 테니까. 부랴부랴 침대 밖으로 나가 책상 위 알람을 향해 손을 뻗었다. 그런데 아뿔싸!

[······2, 1. 발사!]

한발 늦었다. 알람시계의 버튼에 손을 대는 순간, 찌익 하며 귀여운 오징어가 얄밉게 먹물을 뿌려댔다. 그것도 얼굴에 정통으로 한 방!

"어우, 내가 진짜!"

연수는 티슈로 먹물을 닦으며 화장실로 갔다.

"꺄악!"

거울 속에 괴물이 있었다. 흑설탕과 율무는 밤사이 굳어 화석이 되었고, 그 위에 먹물이 까맣게 지도를 그리고 있었다.

"어머나, 어떡해!"

연수는 허겁지겁 세수를 했다. 그때 큐피드 엔젤이 왈왈, 울어댔다. 고백의 디데이를 알려주며 '파이팅'을 외쳐 준다.

'그래! 오늘 히드라에게 고백하는 날이지!'

뽀득뽀득 팩을 씻어낸 연수는 거울을 보았다. 흑설탕 팩은 코와 볼을 먹물로부터 훌륭하게 방어해 주었으나 안타깝게도 눈두덩과 입술을 구출하지는 못했다. 초롱초롱한 눈과 앵두같이 붉은 입술이 있어야 할 자리엔 술김에 꼬장 부리다 한 방 얻어맞은 것 같은 훈장이 있었다.

"젠장, 망했다!"

사무실 문 앞에서 연수는 심호흡을 했다. 손목시계는 9시 11분을 가리키고 있었다. 무려 11분 지각! 연수는 시계의 분침 버튼을 눌러 11분을 1분으로 바꾸었다. 히드라의 혹독한 지배 체제 아래에서 직장 생활을 하다 보면 이런 잔머리는 덤으로 따라온다.

"좋은 아침입니다!"

연수는 평소보다 더 활기차게 인사하며 문을 활짝 열었다. 평소 같으면 "좋은 아침" 하면서 마주 반길 오 차장도, "어이구, 역시 연수 씨 미소는 백만 불짜리야. 연수 씨가 들어오니까 사무실이 환하네" 하고 시답잖은 농담을 건넬 백 부장도 웬일인지 성의 없이 그저 고개만 까닥일 뿐이었다.

"왜 그래?"

연수는 기획 2팀의 핵심 멤버인 오 차장과 백 부장의 얼굴에 먹

구름이 잔뜩 끼어 있자 슬금슬금 눈치를 살피면서 막내 태주에게 작은 소리로 물었다.

일 처리가 칼이라고 해서 '오 커터'라 불리는 오 차장은 심각한 얼굴로 달력을 들여다보고 있었고, 드디어 몇 년 솔로 생활을 청산하고 여자친구와 알콩달콩 연애하느라 항상 싱글벙글이던 노총각 백 부장은 무슨 까닭인지 썩은 오징어를 씹는 듯 오만 인상을 찌푸리고 있었다.

태주는 대답 대신 사장실 쪽을 손가락으로 가리키고는 양손을 머리 위로 올려 뿔을 만들었다. 한여름에 실내에서 선글라스와 마스크를 쓴 채 나타난 연수가 이상하지도 않은지 태주는 군기가 바짝 들어 모니터만 들여다보았다.

'휴, 결국 터졌구나!'

요 며칠 뻐끔뻐끔 연기를 피우더니 히드라가 결국 폭발하고 만 것 같았다. 머리 아홉 달린 괴물이라는 뜻의 별명답게 히드라는 한 번 폭발하면 인정사정없었다. 그의 완벽주의는 부하 직원을 찍어 누르는 데도 완벽해서 상대의 실수와 게으름과 안일함을 콕콕 집어내어 변명할 의욕마저 상실하게 했다. 넉살 좋은 백 부장도, 언제나 사근사근한 오 차장도 인상을 찌푸리고 앉아 있는 걸 보니 오늘 히드라의 화산 폭발은 메가톤급이었나 보다.

[이연수, 당장 튀어와!]

인터폰을 받자마자 히드라가 차갑게 쏘았다.

이런 게 머피의 법칙일까. 가장 예뻐야 할 고백 디데이에 먹물 세례나 받고, 기분이 좋아도 고백을 받아들일까 말까 한 히드라가 올해 최고 저기압이라니!

똑똑. 노크하고 안으로 들어가자 히드라가 손목시계를 손가락으로 톡톡 치고 있었다.

'어쩜 저기압이어도 잘생긴 얼굴은 변함이 없담?'

연수의 눈에 하트가 뿅뿅 그려졌다.

"호호호, 죄송해요, 감독님. 시계 밥을 안 주었더니 시계가 10분이나 늦지 뭐예요."

연수는 먼저 연막을 쳤다.

"145분 40초."

"네?"

"네가 지난 석 달간 지각한 시간이야."

히드라가 무표정하게 말했다.

윽! 아무리 짝사랑하는 사람이지만 이럴 땐 정나미가 조금 떨어진다. 머리가 컴퓨터면 이런 쓸데없는 걸 계산하고 싶어지는 것일까.

"감독님은 쪼잔하게 그런 걸 계산하고 그래요? 어제 제가 야근한 시간만 따져도 그깟 145분쯤 다 상쇄하고 남겠구만."

"뭐, 쪼잔?"

히드라의 눈썹이 올라갔다. 연수는 아차 싶었다. 그러나 이미 엎질러진 물이었다.

"오호, 납작 엎드려도 모자랄 판에 적반하장으로 나온다 이거지? 잘됐군. 네 말대로 합리적으로 야근 시간에서 지각 시간을 까고 수당 계산을 하자고. 안 그래도 〈천 년의 사랑〉 엎어져서 회사 재정이 빠듯한데 이연수 덕분에 그나마 숨통이 트이겠군."

"아니, 겨우 145분인데 회사 재정이 나아질 건 뭐예요?"

"15,324분."

"네?"

"네가 입사해서 지난 3년 동안 지각한 시간. 15,324분은 253.9 시간이니까 하루 근무 시간을 8시간으로 치면 약 31.74일. 오호, 이연수 이번 달 월급은 패스해도 되겠군."

헉.

연수는 할 말을 잃고 그저 히드라만 끔벅끔벅 바라보았다. 반박 한다면 히드라는 연수가 그동안 찍은 출퇴근 기록부를 들이댈 게 뻔했다. IQ 168의 멘사 회원인 히드라는 철저한 증거 지상주의여 서 자료 없이는 허튼소리를 절대 안 하는 남자였다.

히드라는 지각 1분이 조직에 얼마나 큰 악영향을 미치는지 외 국과 국내의 사례를 들며 장장 30분 동안 일장연설을 하면서 연수 를 콕콕 쪼아댔다. 구구절절 옳은 말이었지만 아무래도 공들였던 〈천 년의 사랑〉이 엎어진 충격을 연수를 갈구며 회복하고 있는 것 같았다.

"근데 이 대리, 꼴이 그게 뭐야? 답답하게 실내에서 선글라스 는…… 사스 경보라도 떴나? 그 촌스런 꽃무늬 마스크는 또 어디 서 득템했어?"

히드라는 일어나 뚜벅뚜벅 다가오더니 선글라스를 홱 낚아채려 했다. 연수는 양손으로 선글라스 다리를 꽉 쥐고 필사적으로 버텼 다.

"건드리지 말아요! 패션은 사생활이잖아요."

"어쭈? 사생활? 이연수, 회사에서 사생활 챙기고, 팔자 좋아졌어?"

히드라는 사정을 봐주지 않고 선글라스를 낚아챘다. 그가 연수의 오른쪽 눈두덩에 든 꺼먼 멍을 보고 눈살을 찌푸렸다. 히드라가 마스크마저 벗겼다. 히드라는 연수의 양 볼을 꽉 잡고는 품평을 하듯 오른쪽, 왼쪽으로 꼼꼼히 돌려 보았다.

"흠, 부은데다 살갗도 많이 까졌군. 누구야? 널 판다로 만든 자식이?"

히드라는 꽤 심각한 얼굴로 물었다. 아닌 게 아니라 연수의 얼굴은 누구한테 얻어맞은 것 같았다. 유성 먹물이 잘 안 지워져서 하도 이태리타월로 문질러 대느라 눈두덩과 입술이 조금 부어 있었다.

"모르셔도 돼요."

오징어에게 당했다는 걸 어찌 말할까?

"말해!"

"말하면요?"

"내가 와작을 내주지. 감히 우리 '백야'의 태권브이에게 흠집을 내?"

히드라가 주먹을 쥐고 우드득, 우드득, 관절 꺾는 소리를 내며 말했다.

'드디어 히드라의 무에타이 솜씨를 볼 수 있는 건가?'

히드라는 회사 앞 무에타이 도장을 5년째 다니고 있었다. 슈트

안의 그의 몸이 온통 근육질이란 건 안 봐도 비디오였다. 절로 19금이 연상되는 걸 쫓아버리려고 연수는 고개를 도리질했다.

"괜찮아요, 감독님. 성의만 받겠습니다."

"어제저녁엔 멀쩡했잖아? 10시까지 야근했고 백 부장이랑 같이 퇴근했으니…… 남자친구 만나기엔 너무 늦은 시각이었을 테고…… 그럼 백 부장인가? 이 대리한테 되도 않은 미인 타령을 하더니 결국 무작정 들이댄 건가?"

히드라는 꽉 닫힌 사장실 문을 째려보았다. 그 너머에 백 부장을 노려보듯이.

'뭐? 되도 않은 미인 타령? 칫, 이 얼굴이 누구 때문인데…….'

"생사람 잡지 마세요. 근데 정말 말씀드리면 한 대 때려줄 거예요?"

"원한다면 열 대든 스무 대든."

"왜요?"

'좋아하니까?'

연수는 은근 기대하며 물었다. 히드라는 때때로 이렇게 오버해서 연수를 챙겨주곤 했다. 그저 일 잘하는 부하 직원 챙기는 거겠지만, 그럴 때마다 희망 고문이 시작되는 것이다.

"왜긴? 무쇠 팔, 무쇠 다리…… 열심히 일하는 우리 태권브이 컨디션이 안 좋으면 일에 지장 있으니까 그러지."

역시. 부풀었던 풍선에 피시식 바람이 빠졌다.

"됐네요."

"누군데? 말하라니까?"

"됐다니까요. 더 할 말 없으시죠? 그럼 이만 나가볼게요."

연수가 확 돌아 나오려는데 히드라가 저지했다. 그러곤 연수를 잠깐 쳐다보더니 피식피식 웃기 시작했다.

"설마, 너……."

'알아차렸구나!'

"하하하, 너…… '오돌이'한테 당한 거군? 킥킥……."

히드라는 웃음을 참느라 키득대다가 결국은 참지 못하고 배꼽을 잡았다. 오돌이는 연수에게 먹물을 발사한 오징어 캐릭터 알람시계였다. 히드라가 작년에 태국 출장을 다녀오면서 직원들에게 선물을 돌렸는데 연수한테만 특별히 그 알람시계를 주었다. 저혈압이라 아침에 못 일어나는 연수를 생각해 준 것으로 지각하지 말라는 무언의 압력이었다.

웬만한 알람시계에도 끄떡없는 연수였지만 제때 안 일어나면 무자비하게 먹물을 발사해 방 안을 난장판으로 만드는 오돌이에겐 연수도 한 수 접고 있었다.

"몰라요!"

연수는 얼굴이 발갛게 달아올라 히드라에게 팩 쏘아붙이곤 사장실을 나왔다.

"하하하, 이연수…… 내 불쌍해서 오늘 DY필름과 미팅은 빼주지."

사장실에서 히드라의 호탕한 웃음소리가 울려 퍼졌다.

❖

"다들…… 제게 왜 이러세요?"

연수는 성냥팔이 소녀보다 더 불쌍한 표정으로 오 차장, 백 부장을 비롯한 백야의 기획 2팀 직원들을 바라보았다.

"제발, 부탁이야! 연수 씨, 이것만 들어주면 한 달 동안 내가 점심 살게."

마흔다섯 노총각 백 부장이 두 손을 모아 기도하듯이 말했다.

"나도 장가란 걸 가보자고. 백만 년 만에 생긴 여자친구랑 첫 여행이란 말이야! 벌써 비행기표랑 숙소랑 다 잡아났다고."

"그래, 연수 씨. 우리도 남들 놀 때 같이 놀면서 일하자. 시댁이랑 휴가 일정 겨우 맞춰났는데 어떻게 내가 홀랑 뒤집어."

좀처럼 아쉬운 소리 않는 오 차장도 한 수 거들었다.

"이 대리님, 제발요. 친구들이랑 남해 가기로 했다고요."

태주도 불쌍한 표정을 지으면서 말했다.

"아, 그러니까…… 왜 제게 이러시냐고요? 감독님이 결정하신 건데 제가 말한다고 씨알이 먹히겠어요?"

아침에 연수가 지각한 사이 핵폭탄이 터지긴 터졌다. 히드라가 〈천 년의 사랑〉을 추진했던 백야의 기획 2팀에게 책임을 물어 휴가를 반납하라고 한 것이다. 사실 〈천 년의 사랑〉은 히드라가 백야의 재정 타파를 위해 기획한 첫 대작(大作) 영화였고, 기획 2팀도 혼신을 다해 준비했다. 그런데 아주 기초적인 실수를 하고 말았다. 시나리오가 표절이라는 것. 그리고 원작이 타 영화 기획사에서 준비 중인데 곧 크랭크인한다는 사실이었다.

"아니, 작가가 성공하고 싶은 욕심에 작정하고 속인 걸 우리더러 어쩌라는 거야?"

백 부장은 한숨을 혹 쉬었다.

"어느 쪽이 표절한 건지는 아직 확실치 않잖아요. 김 작가 말로는 저쪽이 표절이라는데……."

오 차장이 정확한 사실을 짚었다.

"어쨌든 우리 쪽이 물 먹은 건 명백하잖아. 저쪽은 캐스팅도 다 끝났고 다음 주부터 대본 리딩에 들어간다는데……."

백 부장의 대꾸에 다들 그동안 들인 노력이 공중으로 날아간 데 대해 허탈감에 빠졌다. 잠시 침묵이 흘렀다. 그러나 곧 동료들의 채근은 다시 시작되었다.

"아무튼 우리는 연수 씨만 믿어."

백 부장이 연수의 두 손을 꼭 잡고 말했다.

"아니요. 제발 믿지 마세요!"

연수가 외쳤으나 오 차장과 태주, 그리고 다른 동료들도 더불어 연수의 손을 꼭 쥐었다.

"이 일의 적임자는 연수 씨야."

"대체 왜요?"

"연수 씨는 최 감독, 아니, 우리 백야의 마스코트잖아! 무쇠 팔, 무쇠 다리…… 태권브이."

백 부장이 로봇 태권브이 노래를 흥얼거리며 대꾸했다.

'마스코트긴요. 팔다리 건장하다고 놀리는 거지…….'

"맞아, 히드라를 웃게 하는 건 연수 씨밖에 없잖아. 오늘도 봐,

무슨 요술을 부렸는지 아침부터 찬바람 쌩쌩 불던 히드라가 웃었 잖아……."

오 차장이 장단을 맞추었다.

'그건 오돌이한테 먹물세례를 받아서 그런 거고……'

"아무튼 우리는 연수 씨만 믿어. 오늘 살살 구슬리는 거다. 꼭!"

"믿쑵니다, 이 대리님!"

다들 연수의 어깨에 큼지막한 돌덩이를 하나씩 얹어준 후 자리 로 돌아갔다.

"그래서 히드라랑 저녁 약속은 잡았어?"

경주가 자리에 앉자마자 다짜고짜 물었다.

"아, 몰라. 몰라. 골치 아파."

연수는 한숨을 푹 쉬더니 갑자기 머리를 쥐어뜯었다. 경주는 그 런 연수의 얼굴을 요리조리 꼼꼼히 뜯어보다가 풋 하고 웃었다.

"야, 정말 판다 같다. 그 얼굴로 고백하는 건 무리다. 백 퍼센트 차이겠네."

"뭐?"

연수는 얄미운 시누이처럼 구는 경주를 눈으로 흘겼다. 때마침 웨이트리스가 왔고 둘은 '오늘의 런치'를 주문했다. 이 레스토랑 은 낮에는 직장인들을 위해 가격 착하고 맛있는 런치 메뉴를 내놓 는데 그 덕에 인기가 꽤 많았다.

"주문했어?"

잠시 후, 친구 은옥이 합류하며 물었다.

"응, 오늘의 런치로 셋."

경주와 연수가 동시에 대답했다.

셋은 대학 동기로 회사가 다 이 근처라 이렇게 자주 점심을 함께하곤 했다. 오늘은 특히 연수가 3년의 짝사랑에 종지부를 찍는, 대망의 고백 디데이기에 모이는 의미가 더 컸다.

"히드라가 뭐래디? 저녁 같이 먹겠대?"

"말도 마. 아직 얘기도 못 꺼냈단다."

경주는 연수 대신 은옥에게 상황 보고를 했다.

"왜?"

"이 얼굴이 답이야."

연수가 심드렁하게 대답했다. 은옥은 킥 하고 웃었다. 눈치코치 백 단 여우답게 설명이 없었는데도 모든 상황 접수 완료였다.

"쿡, 오돌이한테 결국 당했구나. 너도 참 징하다. 그런 이상한 알람시계를 어쩜 꿋꿋하게 쓰니?"

"잠 깨워주는 덴 직빵이거든."

"그럼 고백은? 어떡할 거야?"

은옥이 웨이트리스가 내놓은 크림 스파게티를 포크로 돌돌 말아 호르륵 한입 물며 물었다.

"물 건너갔지 뭐. 판다에서 인간으로 돌아올 때까지 미뤄."

경주가 충고했다.

"그럴까?"

연수가 경주의 말에 끌리는 양 말했다.

"아니야. 너, 오늘 미뤘다간 평생 말 못한다. 2년 전, 우리 앞에서 맹세했잖아. 히드라한테 여자친구가 생긴 날, 이제 이놈의 짝사랑 그만두겠다고. 그러다 맘이 안 접어지니까 짝사랑 3년 차엔 꼭 고백하겠다고 했지. 차이든 어쨌든 고백하고 나서 짝사랑에 마침표를 찍겠다고. 너 오늘 고백 못하면 네 성격에 히드라 뒤통수에 대고 평생 하트나 날리면서 꼬부랑 할머니가 될 수 있어."

은옥이 심각하게 말했다. 연수는 끔찍했다. 그건 벼르고 별렀던 태국 여행에서 랍스타 풀코스 요리를 눈앞에 두고도 장염 때문에 젓가락 한 번 못 대보았던 일보다 백배 천배는 끔찍했다. 잘생긴 다비드상이 바로 앞에 있는데 한 번 만져보지도 못하고 처녀로 늙어 죽는다니…… 이보다 더 잔혹한 형벌이 어디 있을까.

"하긴 은옥이 말이 맞네. 고백했다 차이면 쪽팔려서 회사를 다닐 수 없게 될 거고, 그러면 짝사랑은 자동으로 강제 종료될 테니까."

경주가 고개를 끄덕끄덕 했다.

"맞아. 히드라가 여자한테 차일 때마다 너 혼자 희망 고문하고 있는 거 지켜보는 일, 이제 우리도 졸업하자."

은옥이 덧붙였다.

그랬다. 히드라는 만날 여자한테 차였다. 영화에 쏟는 열정 십분의 일만 연애에 쏟아도 지금쯤은 결혼해서 애가 두셋은 될 텐데, 여자친구는 방목하기 일쑤고 무관심에 무(無) 연락이다 보니 웬만한 여자들은 두세 달이면 떨어져 나갔다. 그래도 끊임없이 여자친구가 바뀌는 걸 보면 '오는 여자 안 막고 가는 여자 안 붙잡는다' 가 히드라의 연애관인지도 모른다. 3년간 옆에서 지켜본 결과 내린 결론이 그렇다. 그러기에 연수는 한 가닥 희망을 놓지 못하는 것이다.

"알았어. 어떻게든 오늘 꼭 고백하겠어!"

연수는 포크로 스파게티 접시에 놓인 새우를 콕 찍으며 결심을 다졌다.

히드라. 그리스 신화에 나오는 머리 아홉 개 달린 거대한 물뱀 괴물. 내뿜는 숨결이나 피부에 스며 나오는 치명적인 독은 들이마시거나 닿기만 해도 온몸의 살을 썩게 해 신들조차 함부로 못했다고 한다.

히드라의 이름은 최강우. 나이 서른넷. 미국 영화 학교 중 가장 오랜 전통을 자랑하는 USC(University of Southern California)를 졸업하고 단편 영화 〈감기〉로 데뷔. 이듬해 첫 다큐멘터리 영화 〈거짓말〉로 미국 영화감독조합(DGA) 상을 받았다. 이후 두 번째 장편인 〈황무지〉는 독립영화로서는 최초로 국내에서 200만 관객을 동원했다. 지금은 영화 제작사인 백야를 운영하고 있으며 촉망받는 영화계의 기린아다.

그러나 백야의 직원들에게 최강우는 히드라로 통한다. 그가 차갑게 흘깃 째려보면 머리 아홉 달린 뱀이 혀를 날름거리며 냉혹하게 쳐다보는 것처럼 등골이 오싹하고, 그가 독설 한마디를 툭 내뱉으면 심장이 피투성이가 되어 항복할 수밖에 없기 때문이다.

"이연수, 파이팅!"

"힘내. 아자, 아자!"

경주와 은옥이 식사를 마치고 헤어지면서 힘을 불어넣어 주었다. 연수는 친구들의 기를 받아 전의를 다지면서 사무실로 향했다.

'감독님, 오늘 저녁 시간 있으세요?'

'감독님, 할 말 있어요. 저녁때 오아시스에서 잠깐 봐요.'

'술 고파요. 오늘 한잔 사주세요.'

연수는 저녁 약속을 잡을 핑계를 궁리하며 사무실 안으로 들어갔다. 때마침 히드라는 DY필름과 미팅을 마치고 돌아와 있었다. 연수가 사무실 문을 열자마자 기획 2팀 직원들은 기다렸다는 듯이 우르르 몰려왔다. 그러곤 연수의 등을 두들기면서 그녀를 사장실 쪽으로 밀어 넣었다.

"연수 씨, 파이팅!"

"아자! 이 대리, 잘해봐!"

'어머나! 모두들 이렇게 응원해 주다니…….'

연수는 무척이나 감동했다. 한 가지 생각에 골몰하면 다른 생각은 전혀 못하는 성격 탓에 연수는 아침에 오 차장과 백 부장 일행들이 휴가 반납을 무효화해 달라는 지령을 내린 걸 까맣게 잊고 있었다.

똑똑 노크를 하고는 심호흡을 한 뒤 안으로 들어갔다. 히드라가 "무슨 일이야?" 하면서 이쪽을 바라본다.

"저……."

갑자기 머릿속이 하얘졌다. 사무실로 오는 동안 이리저리 궁리했던 말들도 하얀 연기 속으로 사라져 버리고 '나는 누구?', '여기는 어디?' 같은 심정이 되었다. 그런데 히드라가 살짝 열린 문 쪽을 흘깃거리더니 연수를 쓱 올려다보았다. 고래들 사이에 낀 새우를 보는 양 고생이 많다는 듯 쳐다본다.

"다들 입이 닷 발 나와 있나 보군. 알았으니 이만 나가봐. 오늘 저녁 회식 있다고 전하고."

"예? 예에……."

연수는 머뭇머뭇하다가 결국 힘없이 사장실을 나왔다. 달칵. 연수가 사장실 문을 닫자마자 모두들 그녀를 둥글게 둘러쌌다.

"어떻게 됐어?"

"말했어? 뭐래?"

"말 못했어요. 눈빛이 딱 마주치는데…… 갑자기 머리가 텅 비면서 아무 말도 생각도 안 나는 거예요."

연수가 고개를 저었다.

"알지 그 심정. 달리 히드라겠어? 괜찮아, 연수 씨. 오늘 안에만 말하면 돼."

백 부장이 연수의 어깨를 가볍게 토닥여 주었다.

"부장님……."

연수는 감동한 얼굴로 부장을 쳐다보았다.

"아 참, 오늘 회식 있대요."

"엥? 황금 같은 금요일에 뜬금없이 웬 회식?"

태주가 뜨악한 얼굴로 투덜거렸다.

"아니야, 나쁘게 생각할 거 없어. 술 한잔 들어가면 분위기도 화기애애해질 테고 감독님도 화가 풀릴 테지. 그때 연수 씨가 얘기하는 거야."

오 차장이 말했다.

"네? 사람들이 모두 있는 데서요?"

연수가 부끄러워하며 대꾸했다.

"응. 그게 좋겠다. 연수 씨가 말하면 우리 모두가 응원해 줄게."

백 부장이 맞장구를 쳤다.

"그건 좀……."

연수가 망설이자 오 차장이 연수의 손을 꼭 잡았다.

"자긴 할 수 있어. 힘내!"

"차장님……."

연수는 코끝이 찡해왔다. 이렇게 다들 한마음으로 응원해 줄 줄은 정말 몰랐다. 이래서 사람들이 회사를 가정에 비유하나 싶다.

"고마워요, 다들. 오늘 힘내서 꼭 말할게요."

연수는 감격해서 모두를 바라보았다.

"하하하, 고마울 것까지야……."

백 부장이 머리를 긁적이며 멋쩍게 웃었다.

❖

빨갛게 물든 숯불 위에서 삼겹살이 지글지글 소리를 내며 익어 갔다. 숯불에 구운 삼겹살 하면 자다가도 일어나 밥 한 공기를 뚝 딱 비울 만큼 좋아하는 연수였지만 대망의 고백을 앞두고 있는 까닭에 침이 고이기는커녕 바짝바짝 말랐다.

백야의 기획 2팀원들은 회사 뒤 먹자골목에 있는 '돼지 왕자 춤추네'에 와 있었다. 입간판에는 왕관을 쓴 돼지가 상추로 된 슈즈를 신고 우아하게 춤추는 그림이 그려져 있었다. 안은 연기를 빼기 위한 은박 연통들이 테이블마다 내려와 있었는데, 고기에 마약 가루라도 뿌렸는지 돼지 왕자가 아니라 먹는 손님들이 춤출 만큼 맛있어서 중독성이 강한 고기 집이었다.

"자, 위하여!"

한바탕 고기를 흡입하고 한차례 술잔이 돌자 회식 분위기는 낙낙해졌다. 연수의 앞에는 히드라가 앉아 있었다. 히드라는 술을 들이켜자 더운지 넥타이를 풀고는 와이셔츠 단추도 두어 개 풀어 놓았다. 연수는 쌈을 먹는 둥 마는 둥 히드라 눈치를 살피기에 여념이 없었다. 그러다 셔츠 사이로 언뜻언뜻 쇄골이 보이고 히드라가 움직일 때마다 탄탄한 가슴 근육이 잘게 물결치자 심장이 쿵 떨어졌다.

'고백해야 하는데…… 어쩜 이렇게 멋있는 거야? 좋아한다 말 했다가 차이면 어떡하지? 그러면 지금처럼 이 잘생긴 얼굴을 못 볼 텐데…….'

슬근슬근 용기가 떨어지고 이대로도 괜찮지 않은가 하는 생각이 들었다.

시침에 로켓이 달렸는지 시간이 훌쩍훌쩍 흘렀다. 회식 자리는 점점 파장을 향해 달려가고 연수는 불안과 초조로 엉덩이를 들썩들썩했다.

"아유, 우리 백야 마스코트, 참 고생이 많아. 자, 자, 내가 한 잔 줄게."

히드라 옆에 앉아 있던 백 부장이 콜라병을 들어 연수에게 한 잔 따라주었다. 그러면서 눈을 찡긋한다. 연수의 바로 옆에 앉은 오 차장도 엄지손가락으로 슬쩍 허벅지를 찔렀다.

"너, 오늘 미뤘다간 평생 말 못한다. 오늘 고백 못하면 네 성격에 히드라 뒤통수에 대고 평생 하트나 날리면서 꼬부랑 할머니가 될 수 있어."

은옥의 말이 머릿속에서 뱅뱅 돌았다. 연수는 백 부장이 따라준 콜라를 꼴깍꼴깍 단숨에 마시곤 잔을 백 부장 앞에 내밀었다.

"한 잔 더 주세요."

백 부장이 콜라병을 들려고 했다.

"아니, 콜라 말고 소주요."

저도 모르게 크게 외쳤다. 백 부장이 눈을 끔벅끔벅하면서 연수를 쳐다보았다. 연수는 술을 잘 못 마셨다. 한마디로 한두 잔에도 알딸딸하게 취하는 알뜰경제형이었다.

연수는 소주 한 잔이면 온몸이 빨갛게 불타는 숯이 되고 두 잔을 마시면 뭐든지 해낼 것처럼 자신만만하면서 세상을 다 가진 듯 행복해진다. 태권브이라는 별명이 괜히 붙은 게 아니다. 술만 마시면 힘이 장사가 돼서 가슴을 쾅쾅 치며 "나한테 다 맡겨!" 하고 우쭐대니 말이다. 그리고 세 잔을 마시면…… 음, 간단히 말하자. 연수는 알코올 세 잔에 아주 깨끗이 기억상실증에 걸린다. 드라마나 영화 주인공들이 절벽에서 떨어지거나 뒤통수를 후려 맞거나 차에 치이면서 걸리는 그 험난한 병이 술 석 잔에 참 쉽다.

"어? 괜찮겠어, 술?"

백 부장이 머뭇머뭇 소주병에 손을 댔다.

"뭐, 연수 씨도 한 잔쯤은 괜찮겠죠. 회식 때 술 한 잔 못 마시면 그게 회식인가요?"

오 차장이 부추겼다.

"하하, 그렇지?"

백 부장이 사람 좋은 웃음을 지으면서 연수의 잔에 소주를 따라 주었다. 그래도 좀 걱정이 되는지 콜라 잔 바닥에 아슬아슬 깔리게만 따랐다.

"이게 뭐예요? 좀 팍팍 따라봐요."

찔끔찔끔 따르는 백 부장의 팔꿈치를 연수가 가볍게 쳤다. 그 바람에 잔 가득 소주가 찰랑였다. 누가 말릴 새도 없이 연수는 소주를 벌컥벌컥 한 번에 다 들이켰다. 효과는 금방 왔다. 뽀빠이가 시금치 캔 한 통에 힘이 번쩍 솟듯, 평범한 피터 파커가 유전자 조작 거미의 한 방에 슈퍼 히어로 스파이더맨이 되듯, 소심하고 우유부단한 이연수는 사라지고 용기백배 결단력 있는 태권브이가 되었다.

'그래, 임전무퇴! 사랑에 임하면 물러서지 않는다. 미남은 미녀가 얻는 게 아니라 용기 있는 흔녀가 얻는다!'

"감독님!"

알코올에 홍시처럼 발개진 얼굴로 연수가 히드라를 불렀다. 히드라는 소주 한 잔에 하얀 복숭아에서 홍시가 된 연수가 마냥 신기했다. 지난 3년 동안 꽤 여러 번 보았는데 매번 처음 보는 양 여전히 재미있다. 그가 싱긋 웃음을 지으며 연수를 보았다. 오늘은 또 어떤 술주정으로 회식 분위기를 달구어줄 건지 자못 기대가 큰 눈치였다.

오오, 드디어! 내내 기회만 엿보던 태권브이가 마침내 타이밍을 잡았다!

삼삼오오 대화를 나누던 기획 2팀원들은 기대에 차서 연수를 힐끔거렸다. 이야기를 끊지 않고 계속하는 체했으나 그들의 눈과 귀는 오로지 연수의 입을 향해 있었다. 백 부장이 '할 수 있다'는 응원의 표시로 주먹을 불끈 쥐어 보였고, 오 차장도 눈으로 격려를 아끼지 않았다. 맞은편 끝자리에 앉은 태주도 소리는 내지 않고 입만 벙긋거려 '파이팅!' 한다.

연수는 주위가 하얘지는 느낌을 받았다. 백 부장도, 오 차장도, 태주도…… 그리고 다른 직원들도 마치 지우개로 지운 듯 하나하나 사라지고 오로지 히드라와 그녀, 단둘만이 세상에 남아 있는 것 같았다.

"감독님……."

또 한 번 히드라를 불렀다.

두근두근. 프라이팬에 콩 튀기듯 심장이 뛰었다. 쿵쾅쿵쾅. 심장이 연자방아를 찧는다. 연수는 고백하기도 전에 심장이 터질 것 같아서 잠시 건너편 텔레비전으로 시선을 돌렸다.

'셋을 쉬고 나서 말하는 거야.'

연수가 생각했다. 그때 텔레비전에서 한 여자가 울면서 뛰쳐나갔다.

'하나……'

잘생긴 남자가 뒤쫓아가 여자의 손을 붙잡았다.

'둘……'

남자는 여자를 꼭 끌어안더니 크게 외쳤다.

"결혼해요, 우리!"

'셋!'

"감독님, 결혼해요, 우리!"

2. 결혼해요, 우리!

"감독님, 결혼해요, 우리!"

연수가 말을 끝낸 순간, 백 부장은 놀란 토끼 눈을 하고 입을 헤 벌렸고, 오 차장은 머금었던 맥주를 품 하고 내뿜었다. 맥주는 거 품 폭탄이 되어 고스란히 떡 벌리고 있는 백 부장의 입안에 투하 되었다.

"아, 튀튀!"

"어머머, 미안해요!"

백 부장이 얼굴을 우그러뜨리며 인상을 쓰자 오 차장은 엉덩이 를 들썩거리면서 냅킨 통에서 냅킨을 뽑아 백 부장 앞에 산처럼 쌓아놓았다. 연수는 누군가 발가락에 호스를 꽂고 피를 쪽쪽 빼가 는 것 같았다. 안색이 급 해쓱해졌고 제가 내뱉은 망언이 스스로도 믿기지 않아 멍하니 입만 뻐끔거렸다.

'이…… 이게 아닌데!'

"아…… 그러니까…… 저…….."

연수는 급히 수습하려 했다. 하지만 당황한 탓인지 말이 꼬이고 머리는 텅 빈 깡통 같았다. 그런데 그때 히드라가 말했다.

"그래, 하자."

그 순간, 테이블에는 정적이 흘렀다. 토네이도에 휩쓸린 것처럼 다들 멍한 얼굴이었다.

"저…… 정말이에요? 정말 저랑 결혼하는 거예요?"

연수는 로또에 당첨된 것 같은 이 믿을 수 없는 행운을 재차 확인했다.

"그래, 결혼. 까짓것 하자."

히드라는 '껌 씹을래?'라는 물음에 '그래, 씹지 뭐.' 하는 거처럼 시종일관 심드렁하게 대답했다. 하지만 연수는 기쁨에 겨워 그 사실을 알아차리지 못했다.

"오, 예! 나이스!"

연수가 소리를 치면서 일어나 한쪽 무릎을 차올리고 두 손은 주먹 쥐고서 힘차게 아래로 내렸다. 그러고는 엉덩이를 실룩거리며 춤을 췄다. 그러자 알코올이 더욱더 빠르게 돌고 몸이 붕 떴다.

'아, 이렇게 해피할 수가. 역시 오랜 기다림이 헛되지 않았어.'

세상이 온통 핑크빛으로 빛나는 것 같았다. 연수는 3년의 짝사랑이 드디어 이루어진 기쁨을 마음껏 몸으로 표현했다. 키득키득 미친년처럼 웃음이 흘러나왔다.

"차장님, 저 결혼해요!"

연수가 옆의 오 차장을 덥석 끌어안고 말했다.

"으응…… 그래, 축하해."

오 차장은 웃어야 할지 울어야 할지 모르겠는 얼굴로 연수에게 꼭 끌어안긴 채로 대답했다. 이쯤 되니 다들 놀람에서 풀려나 휴가 반납의 저주를 풀 수 없다는 현실을 깨닫고 한숨을 혹 쉬었다.

'어이구, 내가 미쳤지. 저 화상한테 왜 술을 줘가지고는…….'

백 부장은 뒤늦은 후회를 하며 "으이그, 내 손이 웬수다, 웬수!" 하면서 왼손으로 제 오른손을 툭툭 쳤다.

"이쯤 파장하지."

히드라는 기대를 저버리지 않은 연수의 술주정에 피식 웃고는 자리에서 일어나며 말했다. 연수는 빨간 능금 같은 얼굴로 히드라의 팔을 잡고 늘어졌다.

"에이, 이제 시자긴데 왜 벌써 이러나요오?"

혀가 꼬이며 발음이 샜다. 히드라는 귀찮다는 얼굴로 연수를 쓱 쳐다보더니 백 부장에게 말했다.

"백 부장, 연수 씨에게 한 잔 더 따라줘. 싹 포맷되게. 지금 일 기억하면 내일 아침에 하이킥을 백만 번은 할 텐데, 그러면 태권브이 집 지붕이 남아나겠어?"

히드라는 그렇게 말하곤 카운터로 가 계산을 마쳤다.

드릉드릉. 피시익. 음냐음냐.

코로 큰북을 치고 입으로 작은북을 치느라 연수는 바빴다. 코마 상태에 빠진 것처럼 잠에 홀릭해 있는 연수를 내려다보면서 강우는 자신이 어쩌다 태권브이의 운전기사가 됐는지 한숨을 푹 내쉬었다.

'돼지 왕자 춤추네'에서 나오자 백 부장은 여자친구 호출이라며 쌩하니 사라졌고, 오 차장도 남편이 애보기에 지쳐 화가 머리끝까지 나 있다면서 휘리릭 사라졌다. 태주와 나머지는 2차를 간다면서 자연스럽게 태권브이를 강우에게 떠넘겼다.

"그래도 약혼녀인데 오늘만큼은 감독님이 책임지셔야죠."

태주가 깐족거리면서 술에 취해 해롱거리는 연수를 강우의 차 조수석에 구겨 넣었다. 연수는 태주 소맷자락을 잡고 늘어지며 "나두 2차아!" 노래를 부르다가 이내 잠이 들었다.

연수가 사는 팰리스 가든 빌라에 도착해 강우는 검지로 연수의 볼을 가볍게 콕콕 찔렀다.

"음냐."

연수가 강우의 손가락을 피해 고개를 살짝 돌렸다.

"이연수, 일어나. 다 왔어!"

강우가 좀 더 강도를 세게 하여 쿡쿡 찔렀다. 그러자 한 방에 파리를 일곱 마리 잡을 법한 놀라운 솜씨로 연수가 강우의 팔을 탁 쳐냈다. 강우는 손목을 연수에게 얻어맞고 눈물이 찔끔 나왔다.

"하여튼…… 힘만 장사여가지곤…….."

강우가 이를 으드득 갈고는 할 수 없이 차에서 내렸다. 조수석 문을 열고 연수의 팔을 제 어깨에 척 걸치고는 질질 끌다시피 현관으로 갔다. 코딱지만 한 빌라에 계단이 어찌나 많은지 3층까지 올라가는데 땀이 비 오듯 했다.

"헉헉, 이연수…… 집이야, 집……. 일어나. 정신 차려!"

그러나 여전히 연수는 기절 상태였다. 강우는 연수를 벽에 세워 두고 어깨로 그녀의 체중을 버티면서 연수의 가방을 뒤졌다. 가방 속이 버뮤다 삼각지 같았다. 무려 10분을 낑낑거리며 뒤지다가 겨우 열쇠를 찾아냈다.

안으로 들어가 소파에 연수를 눕혔다. 목이 말라 냉장고에 갔다. 주인 허락 없이 냉장고를 여는 게 찜찜해 강우는 연수 쪽을 힐금 보고는 말했다.

"물 좀 마신다."

하지만 냉장고 안에는 아무것도 없었다. 그야말로 시베리아 벌판이었다. 먹다 남은 어묵과 만지면 재가 되어 쏟아질 것 같은 흐물흐물한 포도 한 송이, 그리고 유통 기한은 한참 지난 우유가 전부였다. 강우는 기가 막혀 머리를 절레절레 흔들었다.

"그럼 대체 뭘 먹고 저렇게 튼실한 거야?"

강우는 신발을 신고 나오려다가 연수의 발에서 샌들이 달랑거리는 걸 보았다. 그래도 신발은 벗겨줘야지 싶어서 다시 들어갔다. 샌들에 달린 지퍼와 씨름하다가 막 벗겨내는 참인데 연수가 벌떡 일어났다. 그러곤 치한 보듯이 강우를 째려봤다.

"하하, 자는데 신발이 방해될까 봐……."

강우는 샌들을 증거품으로 내보이며 변명을 했다.

'가만, 내가 왜 변명을 하는 거지?'

괜히 부아가 치밀려 하는데 연수가 해바라기처럼 환하게 웃으며 강우의 어깨에 두 팔을 얹었다.

"감독니임, 우리 겨론하는 거 맞쮀오."

연수는 여전히 취중 몽환 상태였다.

"아직도 결혼 타령이냐? 얌전히 자라, 이연수."

강우는 코웃음 치고는 일어났다. 그러나 소주를 마신 태권브이는 힘이 천하장사였다. 남자의 자존심에 금이 갈 만큼 옴짝달싹도 못했다.

"아까 그래짜나요오."

"그래, 그래, 알았어. 알았으니까 이거 놔라."

강우는 대충 대답했다.

"야쏙!"

연수가 새끼손가락을 내밀었다. 강우는 한숨 푹 쉬며 마주 새끼손가락을 걸었다.

"헤헤. 약속해따. 그럼 도장……."

그것은 눈 깜짝할 새였다. 장미꽃잎 같은 보드라운 입술이 강우의 입술을 덮었다. 말캉한 혀가 놀란 그의 입술을 열고 들어오더니 달콤하게 강우를 옭아매었다.

"야, 너 무슨 짓……."

본능적으로 키스에 반응했다가 그런 자신에 놀란 강우는 연수를 두 손으로 밀쳤다. 연수는 힘없이 밀려 소파에 푹 엎어졌다. 쓰러지는 소리가 요란해서 너무 세게 밀었나 싶어 그가 "괜찮아?"

하고 물었다. 연수는 꼼짝도 안 했다.

'설마 아파서 기절한 거야?'

"이연수, 이연수…… 정신 차려."

강우가 연수를 막 흔들어 깨우는데 드르렁, 코 고는 소리가 작게 들렸다. 잠시라도 맘을 졸였던 강우는 기가 막혀 연수를 내려다보았다. 어쩐지 그녀의 장밋빛 입술이 크게 들어온다. 방금 전 강탈당한 입맞춤…… 짧았지만 꽤나 달콤했었다.

"에비!"

강우는 쓸데없는 생각을 쫓으며 다시 현관 쪽으로 갔다. 하지만 이대로 자다가 감기에 걸리지 않을까 하는 걱정이 언뜻 들었다. 그냥 가려 했지만 화장실 갔다가 뒤를 안 닦은 것처럼 찜찜했다.

강우는 할 수 없이 덮을 거리를 찾아 침실로 보이는 방의 문을 열었다. 멈칫. 강우는 그대로 얼어버렸다. 한쪽 벽에 강우의 얼굴이 커다란 액자에 박혀 있었다. 그리고 그 주변에 작은 장식 액자들이 걸려 있었다. 모두 강우의 사진이었다. 3년 전 〈해바라기〉 크랭크인 때 찍은 기념사진, 2년 전 제주도 워크숍 때 찍은 사진, 지난가을 체육대회 때 사진 등등.

"맙소사, 이연수 너……."

강우가 뒤돌아 연수를 보았다.

그저 술주정이라 생각했건만……. 강우는 가볍게 한숨을 짓고는 의자 위에 걸쳐져 있는 무릎 담요를 가지고 나왔다. 그러곤 펴서 꼼꼼히 덮어주었다.

쌔근쌔근.

단잠에 빠진 연수의 숨소리가 가냘팠다. 강우는 뺨에 흘러내린 머리카락을 치워주며 가만히 연수를 내려다보았다.

'진심이면 곤란해, 이연수. 날 좋아하지 마라.'

❖

"사랑해."

강우가 부드러운 미소를 지으며 그윽하게 연수를 바라보았다. 그의 얼굴이 천천히 다가왔다. 연수는 두근두근 설렘을 느끼면서 살포시 눈을 감았다. 곧이어 깃털처럼 보드라운 입술이 느껴졌다. 그가 그녀의 입술을 머금고는 달콤하게 빨아들였다. 그러곤 혀끝으로 입술을 벌려 가지런한 치열과 보들보들한 입천장을 쓸었다.

짜릿한 전율이 흐르고 연수는 행복감에 젖어 바들바들 떨었다.

"사랑해요!"

두 팔을 벌려 그를 꼭 안았다.

쿵!

별이 번쩍이며 사랑스럽게 바라봐 주던 강우가 연기처럼 홀연히 사라졌다.

"아이고, 아파라!"

연수는 뒤통수를 어루만지면서 바닥에서 일어났다. 눈을 떠보니 집이었다. 강우는 어디에도 보이지 않았다.

'꿈이었구나! 한창 좋을 때였는데…… 쫌만 더 있다가 깨지.'

머리에 혹이 날 정도로 아팠지만 아픔보다는 달콤한 입맞춤을 놓쳤다는 아쉬움이 컸다.

　"근데 내가 어떻게 왔지? 이건 또 뭐고."

　연수가 손에 쥐고 있던 담요를 내려다보면서 중얼거렸다. 그러나 곧 어제 일을 더듬는 순간 연수는 "미쳤어! 미쳤어!" 하면서 담요 속으로 기어들어 갔다.

　"감독님, 결혼해요, 우리!"

　담요를 뒤집어쓰고 하이킥을 한 백 번은 했을까?

　"그래, 결혼. 까짓것 하자."

　히드라의 멋있는 중저음이 생생하게 들렸다. 연수는 담요 속에서 고개를 쏙 내밀었다. 갑자기 모든 게 긴가민가했다.

　'꿈인가? 사귀자는 것도 아니고 결혼하자는 얘기에 히드라가 '그래, 하자!' 라고 말할 리 없잖아!'

　연수는 고개를 갸우뚱했다. 어디까지가 현실이고 어디까지가 꿈인지 도저히 가늠이 되지 않았다. 그저 엉뚱한 청혼도 꿈이길 바랄 뿐이다. 연수는 휴대전화에서 오 차장의 번호를 찾아 통화 버튼을 눌렀다.

　"차장님!"

　[어, 연수 씨? 자기 괜찮아?]

　"네. 근데 저…… 어제 혹시 실수한 거 있어요? 도통 기억이 안 나네……."

연수는 시치미를 뚝 떼고 떠보았다.

[기억 안 나? 아무것도?]

"네. 어렴풋이 날 듯 말 듯 한데……."

[기억 안 나면 됐어. 속은 어때? 북엇국이라도 끓여 먹어.]

입이 무거운 오 차장은 남의 치부를 얘기할 생각이 없는지 말을 아꼈다.

"그런데요…… 제가 어제 오 차장님을 붙잡고 '저 결혼해요' 라고 말한 것도 같은데……."

연수가 밑밥을 던졌다.

[품…… 푸하하하……. 미안. 조금 기억나긴 하는구나?]

오 차장은 한참 깔깔거리더니 겨우 웃음을 참고 말했다. 연수는 얼굴이 흙빛이 되었다.

"도대체 어떻게 된 거예요?"

[자기가 소주를 마시고 취한 거지, 뭐. 아무리 맥주잔으로 가득 마셨다 해도 어쩜 그렇게 빨리 훅 가냐.]

"흐어엉, 정말 제가 감독님한테 결혼하자고 한 거예요?"

[후후, 울지 마, 연수 씨. 그래도 자기 엄청 귀여웠어. 다들 목 빠지게 휴가 얘기 꺼내기만을 기다리다 한 방 먹긴 했지만……. 게다가 우리의 냉혈한 히드라님이 네 장단을 맞추면서 '그러자' 한 건 아주 신선한 충격이었다니까!]

오 차장은 이렇게 말하고 싶은 걸 처음엔 어찌 참았나 싶게 유쾌하게 수다를 떨었다.

'역시 꿈이 아니었어!'

"그래, 결혼. 까짓것 하자."

오 차장 말대로 그저 장단 맞추는 것에 지나지 않았을 테지만 연수는 덜컥 심장이 내려앉았다. 두근두근, 가슴이 뛰었다. 월요일에 출근하면 히드라의 얼굴을 어찌 보나 싶었다.

"어휴, 저 어떡해요! 창피해서……."

생각만으로도 얼굴이 뜨끈뜨끈했다.

[걱정 마. 아주 귀여웠다니까. 달리 백야의 마스코트겠어? 감독님도 맘에 담아두지 않을 테니까 신경 쓰지 말고 주말 푹 쉬고 월요일에 봐.]

"네에."

연수는 기가 죽어서 힘없이 대답했다.

[그래, 그럼 잘 쉬고.]

"저기 잠깐만! 근데 저 어떻게 온 거예요? 그 정신에 혼자서 집에 오진 않았을 것 같은데……."

[글쎄, 나는 1차 끝나고 애들 때문에 집에 바로 와서 말이야. 태주 씨한테 한번 물어봐.]

전화를 끊고 나서 연수는 방 안을 서성였다. 막내 태주한테 전화를 걸면 아주 철저히 놀림당할 게 뻔했기에 마음의 준비가 필요했다. 그냥 이대로 모르는 척 월요일에 출근해 모르쇠 작전으로 나갈까 싶기도 했지만 어떻게 집에 돌아왔는지 무척 궁금했다.

어렴풋이…… 기억날 둥 말 둥, 한 장면이 아른거렸기 때문이다. 강우와 자기가 새끼손가락을 걸고 있는 모습…….

"야쏙! 헤헤. 약속해따. 그럼 도장……."

그리고 달콤한 입맞춤.

"아냐, 아냐. 정신 차려, 이연수! 너 혼자 상상한 것뿐이야."

연수는 두 손으로 제 뺨을 찰싹 때렸다. 그러곤 심호흡을 하고 태주에게 전화를 걸었다. 신호음은 아주 오랫동안 갔다. 연수가 포기하고 끊을 때쯤 태주가 전화를 받았다.

[여…… 보…… 세요.]

잠에 취해 목이 잠긴 목소리였다. 보나마나 어젯밤 2차, 3차 술이 떡이 되도록 마셨을 터였다. 술 냄새가 수화기를 타고 전해오는 것 같았다.

"야, 하태주! 지금 시간이 몇 신데 아직까지 자고 있어? 기상!"

[누구…… 야? ……이 대리님?]

누군지 전화기 화면을 확인했는지 잠깐 침묵이 흘렀다가 태주가 말했다.

"그래, 나다."

[키키킥, 크크큭, 하하하하……!]

오 차장과 마찬가지로 갑자기 태주가 웃음을 터뜨렸다. 연수는 태주의 웃음소리를 들을수록 얼굴이 화끈화끈했다. 어제 자기가 얼마나 우스꽝스러웠는지 생중계로 듣고 있는 것 같았다.

[큭큭큭, 킬킬킬킬……. 아이고, 배야! 대박! 이 대리님, 완전 어제 대박이었어! 덕분에 1년 치 웃음 한 번에 웃었네. 이거 〈두 시의 데이트〉에 사연 보내도 돼요? 상품 타면 반 반, 오케이?]

드디어 술독에서 정신이 돌아왔는지 태주가 시시껄렁한 농담을 해댔다.

"시끄럽고! 하나도 안 웃기거든?"

[좋아, 인심 썼다. 3대 7. 이 대리님이 7!]

"그만해라. 지금 당장 지옥 가기 싫으면……."

연수는 이를 으드득 갈면서 낮은 소리로 위협을 했다.

[알았어요. 근데 웬일이세요? 쥐구멍 파고 있기 바쁠 텐데……. 크크큭.]

연수는 이마에 힘줄이 불끈 솟아나도록 인상을 찌푸렸다. 옆에 있다면 등짝 스매싱으로 납작하게 넙치로 만들어줄 텐데…….

"'돼지 왕자' 집에서 나오고부터는 기억이 안 나서……. 나 집에 어떻게 왔니? 네가 데려다 줬니?"

[아유, 제가 왜요? 약혼자님을 놔두고.]

'약혼자?'

[당연히 감독님한테 맡겼죠. 이제 두 분 우리 회사 공식 커플이잖아요, 하하하!]

태주는 크게 너털웃음을 지었다.

'맙소사!'

연수는 얼굴이 하얘졌다.

"저…… 정말이야? 감독님이 날 데려다 주었다고?"

당황해서 말이 절로 더듬어졌다.

[그럼요. 감독님 차에 제가 직접 고이 태워 드렸죠.]

전화를 어떻게 끊었는지 모르겠다. 연수는 한참 동안 멍하니 서 있었다. 아무리 기억해 내려 해도 머릿속은 군데군데 까만 먹물이 칠해진 듯 블랙아웃 상태였다. 고기 집을 나온 뒤로는 아무 기억도 안 났다. 그러다 문득 소파 아래에 놓인 무릎담요가 보였다. 깨어났을 때 연수는 저 담요를 덮고 있었다. 그러나 어제 아침 출근할 때 담요는 분명 침실 책상 옆 의자에 놓여 있었다.

"안 돼!"

뭉크의 '절규'처럼 연수가 비명을 질렀다. 그녀가 허둥지둥 달려가 침실 문을 열었다. 문을 열자마자 한쪽 벽면을 거의 차지하다시피 한 강우의 사진들이 보였다.

'이걸 다 봤겠지?'

"흐어엉! 어떡해!"

연수는 너무 창피해서 울음을 터뜨리고 말았다.

연수는 빽빽한 빌딩 숲 사이를 올려다보았다. 토요일 한낮인데도 오피스 건물들은 평일과 다름없는 활기를 띠고 있었다. 백야의 사무실이 있는 10층을 눈으로 가늠해 보면서 연수는 가벼운 긴장을 느꼈다. 아마도 히드라는 오늘도 사장실에서 열심히 일하고 있을 터였다. 일중독인 그는 주말에도 종종 나와 있곤 했다. 아니,

그는 어쩌면 아무도 없는 사무실의 고요에 중독되어 있는지도 몰랐다.

10층 엘리베이터에서 내려 복도를 지나 사무실 문 앞으로 갔다. 짐작대로 반투명한 문 너머로 형광등이 밝게 켜져 있었다. 연수는 가볍게 심호흡을 하고 ID 카드를 카드 인식기에 댔다. 그러자 달칵 소리와 함께 잠금이 풀렸다. 또각또각 발소리가 텅 빈 사무실에 유난히도 크게 울렸다. 마치 긴장한 연수의 심장 소리를 대신하는 것처럼.

사장실 앞에서 연수는 잠시 멈추어 섰다. 100미터 달리기를 10초에 끊은 것처럼 가슴이 두근두근, 쿵쾅, 미친 듯이 뛰어댔다.

"흑흑, 분명 날 스토커라 생각할 거야. 정나미가 뚝 떨어졌을 테지? 그렇지?"

강우가 제 방을 보았을 거라는 사실에 연수는 꺼이꺼이 울면서 은옥에게 전화했다.

[이왕 이렇게 된 거 바보같이 울고 있지 말고 제대로 고백해. 네 마음 그대로 진심을 전하면 적어도 널 이상하게 생각하지는 않을 거야.]

은옥의 충고대로 용기를 내었지만 막상 히드라를 만난다고 생각하니 할 수만 있다면 타임머신을 타고 하루 전으로 돌아가고 싶었다.

"후, 후, 후."

연속 심호흡을 하고 노크를 하려는데 별안간 문이 벌컥 열렸다.

"엄마야!"

연수는 뜻밖의 상황에 화들짝 놀랐다. 히드라는 한쪽 손으로 문 손잡이를 잡고 다른 손으로는 벽을 짚은 채 열린 문틈을 가로막고 있었다.

"놀라야 할 쪽은 오히려 내 쪽 같은데. 도둑고양이처럼 여기서 뭐 하는 거지?"

"저기…… 저……."

연수는 히드라의 얼굴을 보자마자 빨간 사과처럼 익어버렸다. 안절부절못한 채 머뭇거리다가 심장이 뻥 터질 것 같아서 다짜고 짜 현관 쪽으로 달렸다. 현관문을 열고 도망치려는데 히드라가 어느새 쫓아와 연수의 손목을 잡았다. 돌아보니 히드라는 잔뜩 찌푸린 얼굴로 연수를 바라보고 있었다.

"뭐야? 왜 도망치는 거지?"

"도…… 도망은요? 화장실이 급해서 그렇죠……."

"화장실은 이쪽이 아니라 저쪽일 텐데."

히드라는 현관과 반대쪽을 가리켰다.

"아 참, 그렇지. 하하하. 내 정신 좀 봐."

연수는 과장스럽게 제 머리에 알밤을 먹였다. 그러곤 화장실 쪽을 향해 걸었다. 뒤통수에 꽂히는 히드라의 시선이 고스란히 느껴졌다.

'바보, 이연수! 바보, 바보, 바보!'

"저, 스토커 아니에요!"

연수가 갑자기 휙 뒤돌아 사무실이 떠나가라 소리를 쳤다. 뜬금없는 소리에 강우는 멀뚱멀뚱 연수를 바라보았다. 연수는 성큼성큼 걸어와 강우 앞에 섰다.

"저, 스토커 아니라고요."

"무슨 뚱딴지 소리야?"

"그 방 봤죠?"

"무슨 방?"

"시치미 떼지 마세요. 다 알아요."

"후, 이연수, 아직도 술이 덜 깼나? 헛소리 그만하고 들어가 잠이나 자."

강우는 대답을 회피했다.

"헛소리 아녜요! 말이 헛나오긴 했지만 어제 결혼하자는 얘기도 술주정 아니에요. 좋아해요! 3년 전부터 쭉······."

연수는 진심을 담아 고백했다.

"그러니까 저······ 스토커로 오해하지 마세요."

"널 스토커로 생각한 적은 한 번도 없어, 이연수."

강우가 부드럽게 말했다. 그 말에 연수는 용기가 났다. 그녀가 강우에게 한 발짝 다가갔다.

"어제 하려던 말 다시 할게요. 저랑······ 사귀어주세요."

"난······."

"굳이 지금 대답해 주지 않아도 돼요. 진지하게 생각······."

"아니, 지금 얘기하는 게 좋겠어."

강우가 연수의 말을 끊었다.

"그렇다고 내가 진지하지 않은 건 아니야. 그 방을 보고 어젯밤 내내 고민했으니까. 먼저 고맙다는 말을 하고 싶군."

연수는 눈물이 아른거렸다. 3년의 사랑이 단칼에 거절당하는 순간이었다.

"하지만 네 마음, 내게는 부담스러워. 너는 내게 소중한 사람이지만 그건 여자로서가 아니라 함께 일하는 동료로서야. 난 공적인 관계에 사적인 감정이 끼어드는 건 좋아하지 않아. 감정이 끼어드는 순간 관계는 망가지게 마련이거든. 그러니 네 감정, 될 수 있는 한 빨리 정리해 주길 바라."

"알겠습니다. 앞으로…… 일에 지장 없도록 하겠습니다. 그럼 이만……. 주말 잘 보내세요."

연수는 꾸벅 인사하고 가능한 한 천천히 걸었다. 뛰거나 종종걸음 치는 모습으로 강우에게 자신의 감정을 읽히고 싶지 않았다. 눈물이 폭포수처럼 흘러내렸지만 손을 들어 닦지도 않았다. 손을 머리 위로 드는 뒷모습을, 그래서 울고 있다는 걸 그에게 들키고 싶지 않았기 때문이다.

엘리베이터 앞에서 내림 버튼을 누르고 기다리는 동안이 영원처럼 길었다. 드디어 엘리베이터가 도착하고 타자마자 연수는 벽에 기대 주르륵 내려앉았다. 영국의 시인 알프레드 테니슨은 '사랑해 본 적이 없는 것보다는 사랑하고 연인을 잃는 게 차라리 낫다'고 했다. 하지만 이렇게 아프느니 차라리 사랑을 몰랐을 때가 더 나았다. 연수는 쓰린 가슴을 턱턱 치며 끊임없이 흘러내리는 눈물을 닦았다.

❖

"아줌마, 국수 하나랑 소주 한 병요."

회사 뒷골목 포장마차에 들어서며 연수가 말했다. 1층 화장실에서 한 시간 동안 꺼이꺼이 운 연수는 눈이 퉁퉁 불어 있었다. 구석 자리를 꿰차고 앉으니 아줌마가 국수와 소주 한 병을 내왔다.

산다는 건 참 잔인하지. 죽을 것 같은 실연에도 배가 꼬르륵 천둥소리를 냈다. 하긴, 아침도 점심도 내내 쫄쫄 굶었다. 고백할 생각에 긴장이 되어서 도저히 뭔가 먹을 기분이 안 났기 때문이다.

「?」

주머니에서 휴대전화가 왱왱 울었다. 은옥에게서 문자가 와 있었다. 내용은 물음표 달랑 하나. 하지만 거기엔 말로는 표현할 수 없는 모든 말들이 들어 있었다.

어떻게 됐어?

고백은 했어?

히드라가 뭐래?

괜찮아?

등등.

「짝사랑, THE END.」

연수는 경주가 말했던 것처럼 '짝사랑 강제 종료'에 대한 상황 보고를 간단히 했다. 지금은 길게 구구절절 말할 기력이 없었다.

「어디야? 경주랑 지금 갈게.」

답신을 보내기가 무섭게 은옥이 문자를 보내왔다. 걱정이 담뿍 담긴 메시지였다. 그걸 보자 연수는 또 울컥했다.

「고마워. 근데 지금은 혼자 있고 싶어.」

지난 3년간 연수가 짝사랑에 애달파할 때 친구들은 항상 묵묵히 이야기를 들어주었다. 그렇게 들어주는 것만으로도 연수는 다시 사랑할 힘이 났다. 그때는 언젠간 히드라의 사랑을 얻을 수 있으리라는 막연한 희망이 있었던 것 같다. 그러나 희망의 불은 완전히 꺼졌고, 이제는 그 현실을 받아들여야 할 때다. 그러니 지금은 홀로 3년의 사랑에 이별을 고해야 한다.

「알았어. 그럼, 언제든 불러. 우린 항상 네 편이야.」

연수는 마음이 든든했다. 슬픈 가운데도 언제든 기댈 수 있는 친구가 있다는 게 기뻤다.

「고마워.」

답장을 보낸 후, 연수는 소주를 잔에 따랐다. 맑은 소주에 히드라의 얼굴을 담았다. 연수는 말끄러미 잔을 바라보다가 단숨에 비워냈다. 쓴 소주가 목구멍을 화하게 적시고 위 속으로 녹아 들어갔다.

'누가 그랬지? 사랑은 우리를 행복하게 하기 위해 있는 게 아니라고. 우리가 고통과 슬픔과 괴로움을 얼마만큼 인내할 수 있는지 그저 시험하기 위해서라고.'

연수는 곰곰이 기억을 더듬었다.

'아, 맞다. 진호 선배가 그랬지.'

여자친구에게 호되게 차인 날, 과 선배였던 진호는 술을 잔뜩 들이켜며 그렇게 말했다. 눈에는 눈물을 그렁그렁하면서 술잔을 들었던 손을 가늘게 떨었다.

연수는 잔을 든 제 손이 떨리는 걸 보고 피식 웃었다.

그때는 몰랐었다, 선배의 그 말이 이리도 가슴에 사무칠 줄은. 그때는 그저 선배의 말에 반박하고 싶은 걸 꾹 참기만 했다.

"사랑하면 행복하다고? 거짓말! 내가 그 사람으로 가득 차면 오히려 그만큼 외로워지는 거야!"

선배의 말이 맞았다. 내 안에 온통 그 사람이 가득 차면 외로워진다. 그래서 사랑하면 쓸쓸해진다.

연수가 술 한 잔을 비우고 한창 절망과 비감에 취해 있을 때 전화기가 울렸다. 시골 할머니에게서 온 전화였다. 연수는 '음', '음' 목소리를 가다듬고 쾌활하게 전화를 받았다.

"할머니!"

[니 목소리가 와 그란다냐?]

일부러 밝게 한 톤 올렸는데도 할머니는 단박에 알아차렸다.

"목소리가 왜?"

[팍 잠겼뿌꾸만. 감기 걸렸나?]

"아니, 어제 회식 때 노래방 갔는데 너무 재밌게 놀았나 봐. 할머닌 잘 지내요? 몸은 건강하고? 할아버지 다리 아픈 건 좀 나아졌어요?"

[응. 우린 잘 지낸다. 니가 보내준 홍삼 먹으니 힘이 펄펄 나드랑께. 할아버지도 꾸준히 약 먹고 많이 좋아졌다.]

"잘됐다. 다음 주에 차표 예약해 놨어요. 금요일 저녁때 밤기차 타고 갈게요."

[아이고, 밤에 내려오면 고생할 텐디……. 내, 아침에 삼계죽 끓여줄꾸만. 글고 어제 쌀이랑 김치랑 택배로 부쳤다. 오늘 들어갈 거인께 돌아댕기지 말고 집에 퍼뜩 들어가그라. 그럼 끊는댜.]

모든 것이 부족했던 시절, 전화에 대해서도 '용건만 간단히'라는 태도가 몸에 밴 할머니는 당신의 용건을 급히 말씀하시곤 전화를 끊었다. 하지만 할머니의 포근한 목소리를 듣자 연수는 지금껏 취해 있던 비감에서 빠져나올 수 있었다.

할머니와 할아버지는 지금 72년째 서로 사랑하는 중이다. 할머니는 꽃다운 열여덟에 할아버지를 만나 사랑을 했고 이듬해 열아홉에 결혼을 했다. 때때로 투닥투닥 다투기도 하는 두 분이지만 할아버지는 언제나 "우리 순자 씨가 최고" 하면서 엄지손가락을 꼽는다. 그러면 할머니는 수줍게 배시시 웃는 것이다.

"아니에요, 선배. 선배가 차여서 그런 생각이 드는 거예요. 사랑은요, 사람을 정말 행복하게 한다고요. 우리 할머니, 할아버지처럼."

연수는 그 옛날, 불난 집에 기름 끼얹을까 봐 얘기 못했던 걸 스스로에게 들려주었다. 그리고 두 번째로 잔에 술을 따랐다.

'안녕, 히드라. 이제 당신 때문에 가슴 아파하는 것도 오늘로 마지막이야.'

연수는 강우를 앞에 두고 그에게 작별 인사를 건네듯 속으로 중얼거리며 두 번째 잔을 마셨다. 이걸로 이별 의식은 끝. 소주 두 잔에 연수는 히드라를 훌훌 털어버리고 홀가분해져서 집으로 돌아갈 것이다.

연수가 자리에서 일어났다. 그런데 갑자기 머리가 핑 돌고 포장마차의 플라스틱 테이블이 벌떡 일어나 연수에게 인사했다.

강우는 진한 블랙커피를 한 모금 마셨다. 일부러 쓰게 탔지만 눈살이 절로 찌푸려지도록 맛이 썼다. 연수를 보내놓고 찜찜해서인지 밀린 서류의 글자가 눈에 들어오지 않았다. 아까부터 같은 자리만 계속 뱅뱅 돌고 있었다.

'너무 차갑게 얘기했나?'

상처받은 여린 눈동자가 맘에 걸린다.

'아니야, 미련은 확실히 끊어주는 게 연수를 위해서도 좋아.'

스스로 다독이지만 입맛이 쓰다. 강우는 결국 서류를 검토하는 걸 포기하고 한숨을 내지었다. 여자들에게 한두 번 거절해 본 것도 아닌데 가슴 한쪽이 묵직하니 따끔따끔하다. 차라리 연수가 같이 자자고 했으면 더 쉬울 뻔했다. 연수는 꽤 매력적이니까. 그녀가 원하는 게 그저 몸뿐인 관계라면 이렇게 고민할 것도, 마음이 무거울 것도 없다. 그러나 연수는 강우의 마음을 원했고, 강우는 그것을 결코 줄 수 없었다. 연수에게도, 아니, 이 세상 어떤 여자에게도.

강우가 서류들을 꾸려 이만 집에 들어가려는데 연수에게서 전화가 왔다. 아까 상처받은 얼굴로 보아서는 이렇게 전화할 일이 없을 듯한데 무슨 일인 걸까?

"여보세요."

[저…… 히드라내꺼 되세요?]

약간 걸걸한 아주머니 목소리가 전화 너머로 들렸다.

"네?"

강우는 낯선 목소리에 귀에서 전화를 떼고 화면을 확인했다. 액정에는 '태권브이'라고 쓰여 있었다.

[지금 손님이 취해서 단축번호 1번으로 전화를 걸었거든요, 그

랬더니 히드라내꺼라고⋯⋯.]

"거기가 어딥니까?"

강우는 아주머니에게 위치를 듣고 전화를 끊었다.

포장마차에 갔더니 연수는 테이블에 얼굴을 묻고 고꾸라져 있었다.

"얼마나 마신 겁니까?"

"포장마차 10년에 이렇게 술 약한 아가씨 처음이에요. 겨우 두 잔에 갑자기 푹 쓰러져서 얼마나 깜짝 놀랐는지 몰라요."

아무리 술에 약하다지만 두 잔에 이렇게 쓰러질 정도는 아닌데⋯⋯ 실연의 충격인가?

강우는 계산을 마치고 연수를 흔들어 깨웠다.

"연수⋯⋯ 이연수, 그만 일어나!"

연수는 누군가 부르는 소리에 가느스름하게 눈을 떴다. 흐릿한 시야가 점점 또렷해지더니 히드라의 얼굴이 보였다.

'어? 히드라네! 여긴 어떻게? ⋯⋯아, 꿈이구나!'

연수는 합리적이고 이성적으로 지금 이 순간이 꿈이라고 생각했다. 자신이 여기에 있는 걸 히드라가 알 리 없으니 이 비합리적 상황은 분명 꿈이 틀림없었다.

별안간 연수가 벌떡 일어났다. 그러곤 다짜고짜 강우의 멱살을 잡아 쥐었다.

"나쁜 놈⋯⋯."

혀 꼬인 소리로 한마디 한다.

"뭐?"

"꺼져, 히드라! 너…… 이제 와서 내 꿈에 나타난다 해도 하나도 안 반갑거든! 거짓말쟁이…… 결혼한다고 야쏘캐노코…… 날 차? 3년 동안 내가 얼마나 잘했는데…….."

강우는 어이가 없었다. 그러나 나불거리는 태권브이의 입을 지금 막지 않으면 앞으로 어떤 불상사가 터질지 눈에 빤히 보였다.

"하하하, 얘가 좀 취해서…….."

강우는 실없이 웃으며 변명하고는 연수의 입을 틀어막았다. 하지만 태권브이는 힘이 셌다. 달리 무쇠 팔, 무쇠 다리일까. 연수는 강우의 손을 가볍게 툭 쳐내곤 나불나불 제멋대로 조잘거리기 시작했다.

"다른 여자한테 눈 돌릴 때마다…… 여기가 얼마나 아팠는데…….."

연수가 제 가슴을 퍽퍽 소리가 나도록 때렸다.

"근데도 꾹 참고 몸 바쳐 마음 바쳐……. 그런데 이제 와서 나는 안 된다고? ……나쁜 놈."

이쯤 되니 주위 분위기가 심상치 않았다.

포장마차 아주머니는 눈을 부리부리하게 뜨고 강우를 잡아먹을 듯이 쳐다보았고, 한쪽 구석에 자리 잡은 커플은 소곤거리며 강우를 힐끔거리기 바빴다. 게다가 포장마차 매대에 서서 어묵을 먹던 세 아가씨는 천하의 사기꾼 보듯 강우를 째려보고 있었다.

'태권브이, 이 녀석을 진짜…….'

강우는 으드득 이를 갈았다. 이대로 있다간 멍석말이를 당할 분위기여서 강우는 일단 자리를 벗어나기로 마음먹었다.

"알았어, 이연수. 알았으니까 이만 가자."

강우가 연수의 팔을 잡아끌었다. 하지만 연수는 땅에 뿌리박힌 듯 꼿꼿하기만 했다.

"나쁜 놈…… 최강우 당신! 나쁜 놈이야!"

"그래, 그래, 내가 나쁜 놈이다."

'나중에 술 깨고 보자, 태권브이.'

강우는 연수를 살살 달래 차 옆까지 데려갔다. 차 문을 열고 그녀를 태우려는데 연수가 도리질을 쳤다.

"됐거든? 이제 와 나 놓친 거 후회해도 소용없어. 히드라 너…… 인제 아웃이야!"

연수는 검지에 침을 묻혀 강우의 얼굴에 가위표를 그렸다. 그러곤 비틀비틀 그를 지나쳤다. 넘어질 듯 넘어질 듯 연수의 걸음이 아슬아슬했다. 연수가 콧소리를 섞어 〈얄미운 사람〉을 구수하게 뽑아냈다. 구성진 가락에 맞추어 연수의 걸음도 흐느적거렸다.

쿵!

잘 가던 연수가 갑자기 전봇대에 머리를 박았다. 강우는 양복 소매로 얼굴을 쓱쓱 닦으며 뒤쫓아가다가 놀라 급히 다가갔다. 하지만 연수는 머리를 한 번 긁더니 전봇대에게 허리를 꾸벅 숙여 인사했다.

"죄송합니다아."

그러곤 다시 찰지게 노래를 부르기 시작했다.

강우는 기가 막히기도 하고 걱정되기도 해서 말없이 뒤따라갔다. 연수는 골목길을 지나 큰길가로 휘청휘청 나갔다. 큰길 인도

는 보도 공사 중이라 길을 막아놓고 차도에 조그맣게 샛길을 내어
놓고 있었다. 연수는 비틀비틀 차도로 내려가다가 중심을 잃고 넘
어졌다.

"아야!"

눈살을 찌푸리며 소리를 지른다.

"괜찮아?"

강우가 연수 옆에 쪼그리고 앉아 물었다.

오른손으로 발목을 쓰다듬던 연수는 홍길동처럼 다시 나타난
강우를 신기한 물건 보는 양 끔벅끔벅 보았다.

"히히, 기네스북감이다. 히드라가 이렇게 오래 꿈에 나타나긴
처음이야."

연수는 키득 웃고는 일어나려 했다. 그러나 접질린 발목의 하이
힐 굽이 떨어져 나간 탓에 도로 주저앉고 말았다.

"어? 크큭, 부러졌네!"

연수는 바닥에 나동그라져 있는 하이힐 굽을 손에 들고는 뭐가
재밌는지 깔깔깔 웃어댔다. 술이 사람을 먹으면 미친다더니, 꼭
그 짝이었다. 연수는 한참 배꼽을 잡고 웃고는 일어났다. 그녀가
한쪽은 맨발, 한쪽은 하이힐을 신은 채 절룩거렸다.

"안 되겠다. 업혀라."

강우는 연수의 앞에 앉아 등을 내밀었다. 연수는 기다렸다는 양
덥석 업혔다. 강우는 여태껏 왔던 방향을 거슬러 올라가기 시작했
다.

강우의 등은 언제나 꿈에 그리던 것처럼 따뜻했다. 아니, 진짜

꿈이니 따뜻하게 느껴지는 것일까.

연수는 뺨을 강우의 어깨에 기댔다. 연수가 가느다랗게 숨을 쉴 때마다 강우의 뒷덜미에 부드러운 미풍이 불었다. 이렇게 업혀 있으니 손안에 잡히지 않는 바람을 사랑한 것처럼 연수의 마음이 애잔해진다.

"히드라…… 그거 알아?"

연수가 강우의 어깨에 고개를 묻은 채 하나씩 하나씩 뒤로 멀어져 가는 거리의 가로수들을 보면서 속삭였다.

"……나, 당신에게 첫눈에 반했다."

강우는 그저 묵묵부답이었다. 연수는 당연하다고 생각했다.

이것은 꿈이니까. 지금 그들은 꿈속을 걷고 있으니까.

"〈감기〉를 보고 나서 언젠가 꼭 같이 일해보고 싶다고 생각했는데…… 채용 공고가 나와서 정말 기뻤어. 서류전형 통과하고 며칠 동안 2차 면접 준비하고 나갔는데…… 그날 나온 당신 보고 첫눈에 그만 반해 버린 거야. 당신이 나 쳐다볼 때마다 어찌나 심장이 뛰는지, 두근두근, 쾅쾅……. 결국 질문에 답변도 못하고 어버버거리다가 나왔지. 집에 내려가는 기차 안에서 얼마나 울었는지 몰라. 당신과는 그 한 번의 만남으로 끝인 것 같아서…… 내가 너무 바보 같아서……."

철컥철컥, 철길을 달리는 기차 바퀴 소리가 멀리서 아련하게 들리는 듯했다. 요람에 흔들리는 아기처럼 리드미컬한 강우의 걸음에 연수는 편안함을 느꼈다. 졸음이 그녀의 눈꺼풀을 잡고 요리조리 왔다 갔다 그네를 뛰었다.

"최강우……."

혼잣말하듯 연수가 강우를 불렀다.

"……."

강우는 대답이 없었다.

"최강우……."

연수가 또다시 불렀다.

"응."

대답했지만 연수는 한참이나 말이 없었다. 긴 침묵이 이 세상에서 둘만을 오롯이 묶었다.

"좋아해……."

연수는 들릴 듯 말 듯 속삭이고는 스르륵 눈을 감았다. 감긴 눈으로 눈물 한 줄기가 주르륵 흘러내려 강우의 등을 적셨다. 멈칫, 강우는 벼락이라도 맞은 것처럼 그대로 멈추어 섰다. 쌔근쌔근, 규칙적인 숨소리가 강우의 목덜미를 간질인다. 강우를 감싸 안았던 팔이 힘없이 아래로 떨어진다.

연수는 세상 한복판에 강우를 홀로 두고 그렇게 잠의 파도 속에 잠기어갔다. 연수를 밀어낸 것은 강우였으나 오히려 처참하게 난파당한 건 그였다. 강우는 산산조각난 가슴을 안고 오랫동안, 아주 오랫동안 연수를 업은 채 서 있었다.

3. 사랑을 믿지 않는 남자

"다들 알고 있겠지만 〈천 년의 사랑〉이 오드필름의 신작 〈영원〉과 표절 문제로 무산 위기에 처해 있습니다. 주연 배우 섭외까지 끝난 마당에 이번 일로 회사의 손해가 만만치 않아요. 다시는 이런 일이 없도록 기획팀에서는 작품 컨택 때 더 신중을 기해주세요. 그리고 다음 주면……."

강우가 그윽한 목소리로 말을 이어갔다.

월요일, 백야의 아침은 전 직원이 둘러앉아 그 주의 이슈를 나누고 일정을 조절하는 것으로 시작한다. 보통은 30분, 길면 한 시간 동안 히드라의 잘생긴 얼굴을 공식적으로, 당당히 쳐다볼 권한이 연수에게 생기는 것이다. 그러나 연수는 오늘따라 책상 위에 놓인 메모지만 뚫어지게 쳐다볼 뿐이었다.

강우는 그런 연수를 힐긋 보았다. 다른 때 같으면 초롱초롱한 눈망울로 뜨거운 레이저를 수백 번은 쏘았을 그녀였다.

"그럼, 모두들 맡은 일 차질 없이 꼼꼼히 챙기고 오늘 회의는 이만 마치죠. 다들 좋은 하루 보내요."

강우가 말을 끝내자 직원들이 서로에게 '좋은 하루 되라'며 인사를 건넸다. 하나둘 회의실을 빠져나가는데 강우가 연수에게 말했다.

"이 대리, 잠깐 나 좀 보지."

연수는 강우를 따라 사장실로 들어갔다. 강우는 털썩 자리에 앉고선 맞은편의 연수를 바라보았다. 역시나 연수는 그녀답지 않게 풀이 죽은 얼굴로 책상 모서리만 쳐다보고 있었다.

"내가 없는 사이에 누가 이걸 갖다 놓았던데……."

강우는 책상 위에 놓여 있는 하얀 봉투를 들어 보였다. 그것은 사직서였다. 일요일 내내 연수가 제 머리를 쥐어박고 다시는 술을 마시지 않으리라 맹세하면서 쓴.

딱 두 잔만 마시려고 했었다. 마음 같아서는 석 잔을 마시고 실연의 상처를 싹 잊어버리고 싶었지만 어쨌든 집에는 무사히 가야 했으므로 그저 잠시나마 쓰린 속이나 달래려고 했다. 3년의 사랑을 단칼에 거절당했는데 그 정도는 괜찮을 거라 여겼다. 그런데 빈속에 마신 술이 탈이 될 줄은…….

아니, 그 정도에 맛이 갈 거면 아예 평소대로 기억상실증에 걸려 버릴 것이지! 애매하게 취해서 히드라에게 '나쁜 놈'이라 욕하고, '몸 바치고 마음 바쳤네' 하는 요상한 잡설은 왜 시시콜콜 기억이 나는지…….

대체 몸 바쳤다는 소리는 왜, 무슨 근거로 한 걸까? 술에 절어 있을 때의 대뇌에게 논리적 사고를 요하는 것이야말로 미친 짓이겠지만 뭐, 굳이 변명하자면 '3년 동안 몸 바쳐 충성!' 하기는 했다.

"이연수! 겨우 이거밖에 안 되나?"

강우는 실망스럽다는 어조로 연수를 다그쳤다.

"진지하게 고민한 거예요. 수리해 주세요."

그제야 연수가 고개를 들어 강우를 보았다. 하지만 강우는 사직서를 양손으로 잡고는 둘로 찢었다. 그러곤 보란 듯이 쓰레기통에 툭 떨어뜨렸다.

"난 허락 못해. 아니, 안 해. 그러니 쓸데없는 생각 말고 일이나 열심히 해."

강우는 굳건했다.

"다시 써서 올릴게요."

연수는 한숨을 가볍게 내쉬면서 말했다.

"그럴 필요 없어. 절대 수리 안 할 테니까. 나가봐. 이따 오후 미팅 잊지 말고."

"제가 찾아봬야 했는데 이렇게 오시라고 해서 죄송해요."

정희주는 강우와 연수를 환한 웃음으로 맞았다. 한 달 전, 진호 선배의 소개로 연수는 정희주와 인사를 나누었다. 영화감독이 꿈이었던 진호 선배는 재능이라는 현실의 벽을 인정하고 재작년 취직했는데, 그래도 미련은 남아 있는지 현장에서 일하는 선후배를 알뜰히 챙기곤 했다.

"연수야, 니네 회사 자금 사정 어떠냐?"
"어렵죠, 뭐. 감독님이 만날 돈과는 거리가 먼 예술 영화에 꽂혀 있으니까."
"내가 좋은 돈줄 하나 소개시켜 줄까?"

그렇게 해서 연수는 진호 선배와 함께 재벌 3세들이 드나든다는 회원제 클럽에서 정희주와 탐색전을 치렀다. 한 달 전과 마찬가지로 정희주는 자신만만했고 아름다웠다.
"만나서 반가워요, 최 감독님. 최근작 〈오아시스〉, 인상 깊게 봤어요."
〈오아시스〉는 상은 많이 탔지만 관객들에게는 난해하다고 외면을 받은 작품이다. 그 덕분에 백야의 자금 사정은 꽤 악화됐다. 정희주는 다이아몬드가 박힌 명함 지갑에서 명함을 한 장 꺼내 강우에게 건넸다.

―리아프갤러리 관장 정희주.

정희주의 명함을 힐끗 내려다보고는 강우도 명함을 건넸다. 그들이 가볍게 인사를 나누는 사이, 비서인 듯해 보이는 여자가 향긋한 차를 내왔다. 갤러리 관장의 사무실답게 안은 우아하고 격조 있게 꾸며져 있었다. 조각가의 섬세한 솜씨가 엿보이는 조각품들이 사무실 여백을 적절히 채웠고, 가구들 역시 기능적이면서도 예술적이었다.

"바쁘실 테니 본론으로 들어가죠. 영화 투자에 관심 있으시다고 들었습니다만……."

시간 낭비를 싫어하는 강우가 단도직입적으로 말했다.

"정확히 말하면 제작에 더 관심 있다고 해야겠죠. 감독님, 독립영화 한 편 만드는 데 제작비가 얼마나 들죠?"

"어떤 이야기를 어떻게 풀어가느냐에 따라 다르죠."

"10억. 10억을 드리죠. 원한다면 지금 바로 통장에 쏴드릴 수도 있어요."

"조건이 뭡니까?"

강우는 무심하게 물었다.

"영화 하나 만들어주세요. 내용은 상관없어요. 단, 사랑을 믿지 않는 사람이 사랑을 믿을 수 있게 만들어줘요. 그렇게만 해준다면 강남에 개관 준비 중인 아트갤러리 5층을 백야의 전용 상영관으로 무상 대여해 드릴게요."

"거절합니다."

강우는 단호하게 말하며 일어섰다. 소파에 몸을 푹 기대고 여유만만하게 대화를 주도하던 정희주의 얼굴에 얼핏 당황한 표정이 떠올랐다. 정희주는 강우 쪽으로 몸을 당겨 앉으며 그를 올려다보았다.

"왜 그러시죠? 아직 구체적으로 얘기를 나눈 것도 아닌데."

여태껏 당당하던 정희주의 목소리가 조금 흔들렸다.

"더 얘기할 것도 없습니다. 사랑을 믿지 않는 사람이 사랑을 믿을 수 있게 만들어달라…… 그게 가능하다고 생각하십니까?"

"최 감독님은 지금 불가능하다고 말씀하시는 건가요?"

"논할 거리도 없죠."

"실망이군요. 감독님의 영화는 모두 사랑에 기초한 것 아닌가요? 메마른 대지에 단비를 뿌려주듯이?"

"그렇다고 씨앗을 품지 않은 땅에서 싹이 틀 순 없지요."

냉정할 정도로 싹둑 잘라 버리는 강우의 말에 정희주는 입술을 부들부들 떨었다. 크고 맑은 눈망울에 금방이라도 눈물이 맺힐 것 같았다. 강우는 속으로 젠장 하고 욕설을 중얼거렸다. 강우가 제일 싫어하는 게 있다면 눈물이었다. 그리고 눈물을 무기로 상대에게 무언의 압박을 하는 여자……. 그가 가장 싫어하는 유형이다.

"도움을 드리지 못해 죄송합니다. 이만 가보겠습니다."

차갑게 인사를 하고서 강우는 연수에게 이만 나가자고 눈짓했다. 연수가 머뭇거리자 강우는 더 기다릴 것도 없이 먼저 사무실을 나가 버렸다. 연수는 싸가지가 없다고 여길 만큼 냉정한 강우의 언행에 제가 다 민망해서 어찌할 바를 몰라 했다.

"죄송…… 합니다. 안녕히 계세요."

변명도, 위로의 말도 할 수 없어서 그렇게 흔하디흔한 인사말을 건넸다.

"잠깐만요!"

나가는 연수를 정희주가 붙들었다. 연수는 문손잡이를 잡은 채 뒤돌아보았다. 정희주는 소파를 탁탁 치며 와 앉으라고 몸짓했다. 연수는 잠시지만 고민했다. 강우가 제안을 거절하고 나간 마당에 제가 할 수 있는 것은 아무것도 없었기 때문이다.

"오래 붙잡지 않을게요. 제 얘기 좀 들어주시겠어요?"

강우는 리아프갤러리 로비에서 짜증스럽게 시계를 들여다보고 있었다. 벌써 십 분이나 지났다. 연수는 대체 뭘 이리 꾸물거리는 걸까? 투자 얘기도 끝난 마당에 할 얘기가 뭐 있다고…….

이윽고 계단 쪽에서 발소리가 들렸다.

"도대체 왜 이제 오……."

강우는 뒤돌면서 버럭 소리를 질렀다가 멈추었다. 연수가 닭똥 같은 눈물을 뚝뚝 흘리고 있었기 때문이다.

"왜 그래?"

"아…… 니에요."

연수는 손으로 눈물을 훔치며 대답했다. 차에 타서도 연수는 고개를 조수석 문 쪽에 수그리고 코를 훌쩍였다. 강우는 백미러로 힐끔힐끔 연수를 쳐다보았다. 거 참, 신경 무지 쓰인다. 아무리 힘들고 괴로워도 연수가 우는 걸 3년 동안 한 번도 본 적이 없다. 지난 토요일 말고는. 그런데 강우가 없는 그 십 분 동안 무엇이 연수를 울린 걸까?

갑자기 강우가 핸들을 오른쪽으로 꺾었다. 가까운 카페 주차장에 그가 차를 세웠다. 조수석 창문 쪽에 얼굴을 묻고 있던 연수는 의아한 얼굴로 고개를 들었다.

"여긴 회사가 아니잖아요."

"옆에서 신경 쓰이게 훌쩍거리는데 운전이 돼야 말이지."

"죄송해요."

"잠깐 여기서 기다려."

강우는 운전석 문을 열고 나가 카페 안으로 들어갔다. 잠시 후 그가 커피와 차를 테이크 아웃 해왔다.

"캐모마일이야. 진정하는 데 도움이 될 거야."

강우가 종이컵을 건네며 말했다.

"고맙습니다."

연수는 뚜껑을 벗겨내고 호로록 한 모금 마셨다. 은은한 향기가 입안에 맴돌았다.

"자, 이제 말해봐. 왜 운 거지?"

"희주 씨 얘기가 너무 슬퍼서요. 감독님, 정희주 씨, 부탁 들어 주면 안 돼요?"

"안 돼."

"괜찮잖아요? 우리 기획팀에서 진행하는 여러 프로젝트에 희주 씨 프로젝트 하나쯤 끼워 넣어도. 10억도 바로 쏴준대니 제작비 걱정도 없고."

"안 되는 건 안 돼."

"희주 씨, 암이래요. 위암 3기."

"……."

"안 지 얼마 안 됐대요. 두 달 전쯤? 앞으로 얼마나 살 수 있을지는 아무도 모른대요. 림프절 전이 1군에 속하니 완치될 수도, 아니면 전이가 더 진행돼 죽을 수도 있대요. 말 그대로 50% 확률인 거죠. 희주 씨가 우리한테 제안한 영화…… 그건 현성이라는 사람을 위한 거래요."

연수는 차분차분 희주가 들려준 이야기를 펼쳐 놓았다.

현성은 정희주의 약혼자였다. 어릴 때부터 집안끼리 그렇게 정해져 있었다. 말이 없어 겉으로는 무뚝뚝해 보이지만 따뜻하게 배려할 줄 아는 남자였다. 희주가 경영학 대신 미술사를 전공하겠다고 고집을 피웠을 때 부모의 반대를 자분자분 설득해 준 이 또한 현성이었다. 어릴 땐 재미없는 오빠라고 여겼지만 커서는 진중한 그 매력에 희주는 풍덩 빠졌다. 그래서 할아버지에게서 약혼 얘기가 나왔을 때도 순순히 따랐다.

하지만 막상 약혼을 하고 보니 현성은 아는 오빠였을 때보다 더 먼 사람이 되어버렸다. 희주가 한 발짝 다가가면 현성은 두 발짝 물러났고, 언제나 벽을 치고 일정한 거리를 두었다. 참다못한 희주가 화를 터뜨리자 현성은 파혼하자고 했다.

연인 사이에서는 더 많이 사랑하는 사람이 인내할 수밖에 없다. 희주는 파혼만은 싫어서 한발 물러났다. 그리고 현성이 은연중에 쳐둔 벽 바깥에서 서성이며 기다려 왔던 것이다. 그가 자신을 안으로 들여보내 줄 때를…….

"아마도 현성 오빠는 날 사랑하는 건 아닐 거예요. 그저 싫지 않은 정도? 사실 현성 오빠 약혼도 싫어했어요. 처음엔 완강히 반대했는데 할머니가 앓아누우시니까 어쩔 수 없이 등 떠밀린 거죠. 현성 오빠 아킬레스건이 할머니거든요. 부모님이 돌아가신 후로 할머니가 애지중지 키웠으니까. 현성 오빠가 사랑을 믿지 않는 건 부모님의 영향이 커요. 그동안 쉬쉬해 와서 몰랐는데 파혼 얘기가 오갔을 때 현성 오빠가 얘기해 주었죠. 현성 오빠 아버지는 본인이 바람을 피우면서도 의처증이 심했어요. 두 분이 한 번도 안 싸우는 날은 해가 서쪽에서 뜨는 날이나 마찬가지였지요. 어느 날, 차를 타고 가던 중 한 남자에게서 전화가 왔고 아버진 그 남자가 누구냐고 추궁하더래요. 어머닌 백화점 직원이라고 했지만 아버지는 믿지 않았고, 그렇게 티격태격하다가 아버지가 홧김에 핸들을 꺾었대요. 그 바람에 사고가 나 부모님은 돌아가시고 현성 오빠도 아주 크게 다쳤죠. 그때가 여덟 살 때였는데 아마도 그 일이 현성 오빠에게 트라우마가 된 듯해요."

정희주는 아주 안타까운 표정을 지으며 연수에게 말했다.

"내가 암에 걸린 건 아무도 몰라요. 부모님에게도 비밀로 했어요. 언젠간 아시게 되겠지만요. 하지만 그전에 현성 오빠와 파혼하는 게 먼저예요. 현성 오빠에게 무거운 짐이 될 수는 없으니까. 아마도 만약에…… 이건 정말 만약이지만……."

정희주의 입술이 가늘게 떨렸다. 그녀는 찻잔을 들어 차를 마시며 터져 나올 것 같은 울음을 삼켰다. 그러곤 다시 입을 열었다.

"내가…… 죽으면 현성 오빠는 완벽히 혼자가 돼요. 지난달에 현성 오빠의 할머니가 돌아가셨어요. 이 세상에서 현성 오빠가 유

일하게 사랑하는 사람이 사라지고 만 거죠. 아마 특별한 계기가 없는 한 현성 오빠는 '사랑'에 영원히 철벽을 치고는 혼자서 쓸쓸히 살아갈 거예요. 그는 그런 사람이니까. 상처받기 싫어서 달팽이처럼 자기만의 공간에 틀어박혀 버리는…… 외로움이 많은 사람이니까. 난 걱정돼요. 현성 오빠가 사랑을 믿지 않고 사람을 밀어내면서 사는 게. 사랑이 삶을 얼마나 행복하게 하는지 오빠가 모른다는 게 너무 슬퍼요."

"그런데 왜 하필 영화죠?"

연수의 물음에 희주가 희미하게 웃었다.

"현성 오빠는 영화를 정말 좋아해요. 오빠의 유일한 취미죠. 할머니가 돌아가셨을 때조차 울지 않던 오빠는 영화를 보면서는 울어요. 물론 혼자 있을 때뿐이지만. 아마도 오빠는 영화를 볼 때만큼은 자신을 감추지 않는 것 같아요. 그래서 영화로 보여주고 싶은 거예요. 사랑을, 그리고 사랑이 있는 삶을……."

연수에게서 정희주의 사연을 다 듣고도 강우는 무표정했다. 깊이를 알 수 없는 그의 까만 눈동자는 그저 어둡게 가라앉아 있었다.

문득 연수는 정희주가 묘사했던 현성이 언뜻 강우와 비슷하다는 생각이 들었다. 하지만 연수는 이내 그 생각을 털어버렸다. 어둡고 외곬수인 외톨이를 강우가 닮을 리 없었다.

"영화 만드는 거, 우리가 매일 하는 일이잖아요. 죽어가는 사람의 마지막 소원이라는데 우리가 도와줘요."

"도와줘? 우리가 자선사업가야? 이연수, 오지랖 떨지 마. 정희주 씨의 처지는 안타깝지만 영화는 불쌍하다고 만들어주는 게 아니야. 그런 식으로 영화를 모독하지 마."

강우가 차갑게 말했다.

"모독? 그게 왜 모독인데요? 감독님도 본인이 꽂혀서 표현하고 싶은 거 영화로 만들잖아요. 그리고 그걸로 타인과 소통하고 싶어하고요. 근데 왜 정희주 씨의 의도가 불순하다는 거예요? 사랑을 보여주고 좋아하는 남자와 소통하고 싶다는데? 이게 불순하다면 대체 어떤 마음으로 영화를 대해야 순수한 건데요?"

연수의 말은 구구절절 옳았다. 하지만 강우는 정희주의 영화에 동참할 수 없었다. 그 여자가 현성이라는 남자에게 보여주려는 남녀 간의 애틋한 사랑을 강우는 그릴 수 없었다. 그 역시 사랑을 믿지 않기 때문이다.

사랑을 믿지 않는 사람이 어떻게 사랑을 보여줄 수 있을까? 그리고 그런 자신이 만든 영화가 어떻게 사랑을 믿지 않는 한 남자의 신념을 바꿀 수 있겠는가?

한마디로 어불성설이었다.

"네 말이 맞아. 정희주 씨의 의도를 폄하하는 건 내 오만이다. 그래도 이 일은 할 수 없어. 재력도, 의지도 충분한 여자니 자신이 원하는 영화를 찍어줄 다른 사람을 구할 테지."

"하지만 정희주 씨는 감독님을 원해요."

"난 안 돼."

강우는 고개를 저었다.

"왜요?"

"차, 다 마셨나? 그럼 이만 출발하지."

강우는 차 시동을 걸었다.

"말 돌리지 마세요. 왜 감독님은 할 수 없는데요?"

"……."

"감독님이…… 사랑을 믿지 않기 때문인가요?"

연수는 강우의 표정 하나도 놓치지 않을 것처럼 뚫어지게 바라보았다. 강우는 정곡이 찔렸다. 그가 고개를 돌려 연수의 얼굴을 바라보았다. 그러곤 무심하게 말했다.

"그래, 난 남녀 간의 사랑을 믿지 않아. 그건 호르몬의 장난일 뿐이지."

"하지만 감독님의 영화는……."

연수는 반박하려다가 입을 다물었다. 그리고 보니 강우가 직접 시나리오를 쓰고 메가폰을 잡은 영화들은 하나같이 보편적인 사랑을 다루고 있을 뿐이었다. 사랑이라는 인간의 본성에 대한 고찰이었지 남녀 간의 애정에 대한 얘기는 아니었다.

"이제 내가 왜 할 수 없는지 알겠지?"

"할 수 없는 게 아니라 안 하는 거겠죠."

연수가 씁쓸히 대꾸했다.

강우는 책상 위에 놓인 하얀 봉투를 십 분째 노려보고 있었다.

찢어버리면 올라오고 찢어버리면 다시 올라오는 요 잔망스러운 물건을 대체 어떻게 처리해야 할지 가늠이 안 잡혔다. 회사를 그만두겠다는 연수의 의지는 확고해서 강우가 어르고 달래도 물러섬이 없었다.

젠장. 모든 게 엿 같다.

강우는 자신을 조여들고 있는 이 모든 상황이 마음에 들지 않았다. 백야에서 심혈을 기울여 준비했던 〈천 년의 사랑〉이 엎어진 것도, 3년 동안 공들인 〈오아시스〉의 흥행 참패도, 정희주의 제안을 거절할 수밖에 없었던 자신의 트라우마도, 그리고 무엇보다 연수가 떠나려 한다는 사실이……

연수는 백야에서 없어서는 안 될 사람이었다. 일도 똑 부러지게 잘했지만, 무엇보다 사람의 마음을 고취시키는 능력이 탁월했다. 한마디로 사막의 오아시스 같은 사람이었다. 연수가 곁에 있으면 청량하고 맑은 기운이 전해진다. 연수는 고된 창작의 여정에서 멤버들에게 힘을 불어넣어 주고 활기를 불러일으키곤 했다. 이런 보물을 놓친다는 건 회사로서는 큰 손해이다.

아니, 좀 더 솔직하게 말하면 강우는 연수를 놓치고 싶지 않았다. 그녀가 보물이라서가 아니라 그저 이연수이기 때문에.

강우는 의자에 깊이 몸을 묻고 검지와 엄지로 턱을 문질렀다. 깊은 생각에 빠질 때면 저도 모르게 하는 버릇이었다.

"이연수 씨, 잠깐 들어와."

연수가 인터폰을 받자마자 강우가 용건을 말하고 끊었다. 잠시 후 똑똑 노크 소리와 함께 연수가 들어왔다. 무슨 일 때문에 불렀

느지 연수 또한 짐작한 듯 얼굴에 잔뜩 힘이 들어가 있었다.

"사표…… 수리하지 않겠다고 했을 텐데……."

벌써 세 번째 실랑이였다.

"사적인 감정으로 일을 그만두려 하다니 바보 같은 짓이야."

"그 바보짓이 내 특기인걸요. 그렇지 않았다면 3년 동안 희망 고문을 자청하지도 않았겠죠."

강우가 가볍게 한숨을 내쉬었다.

"사람 구할 때까지만 있겠습니다. 그러니 구인공고 빨리 내주세요. 그럼 이만 나가보겠습니다."

연수가 꾸벅 인사하고 나가려 했다.

"잠깐!"

강우가 연수를 불러 세웠다.

"정희주 씨 영화…… 맡으면 있을 건가?"

"네?"

연수는 놀라 강우를 뚫어지게 보았다. 한 번 결정하면 번복 않는 강우였다. 게다가 정희주가 영화를 만들려는 이유는 강우의 신념과 충돌하지 않았던가.

"하지만 감독님은 사랑을 믿지 않는다고……."

"내가 물은 건 정희주 씨의 제안을 받아들이면 네가 프로듀싱 하겠느냐는 거야. 10초 주지. 그 안에 대답해. 하나……."

"제가 책임 프로듀서를요?"

연수는 얼떨떨해서 되물었다. 영화 하나를 처음부터 끝까지 책임지고 제작하는 건 여태껏 한 번도 없었다. 필름 밥을 먹은 지 3

년 차, 영화에 대해 이제 조금 알 것 같은데 책임 프로듀서라니…….

"둘."

"잠깐만요! 생각할 시간을 주세요."

연수는 엄청난 제안에 심장이 두근거렸다. 피가 뜨거워지고 가슴이 끓었다.

'하지만 할 수 있을까?'

욕심이 나지만 두려움도 앞섰다.

이건 흥행으로 가늠되는 보통의 영화가 아니다. 한 여자의 마지막 소원이자 진심이 담긴 일이고, 또 한 남자의 가두어진 마음에 날개를 달아주는 일이다.

"기회란 지금이 아니면 오지 않아. 셋, 넷, 다섯……."

강우가 또박또박 숫자를 세어나가자 연수는 조바심이 났다.

더 생각할 것도 없다. 하자, 할 수밖에 없다.

정희주를 위해서, 그녀가 사랑하는 이현성을 위해서. 그리고 사랑을 믿지 않는 또 한 명의 남자를 위해서.

"할게요! 제게 맡겨주세요!"

연수가 강우를 뜨거운 눈길로 바라보더니 외쳤다.

"좋아. 그럼 이건 필요 없겠군."

강우는 사직서가 든 봉투를 그대로 쓰레기통에 버리며 말했다.

❖

자판을 두드리는 손이 피아노의 건반을 두드리듯 가볍고 활기 찼다. 연수는 싱긋싱긋 미소 지으며 기획안을 채워 나갔다. 다른 때 같으면 기획안을 쓸 때 모니터의 하얀 화면을 켜놓고 막막해 머리를 쥐어뜯기 일쑤였다. 그런데 이번은 달랐다. 아이디어가 팝 콘 터지듯 머릿속에서 펑펑 터져 나와 자판을 두드리기 바빴다.

"연수 씨!"

한참 일필휘지로 기획안을 써 내려가는데 파티션 너머로 총무 팀 이소정 과장이 불렀다. 연수가 고개를 쭉 빼고 보자 소정은 손 목시계를 톡톡 치고는 검지로 문 쪽을 가리켰다. 연수는 재빨리 시계를 보았다. 벌써 여섯 시 반이었다. 기획안 쓰기에 매진한 지 두 시간째, 시간이 마법같이 흘렀다. 연수는 기획안 초안을 대충 정리하고는 자리에서 일어났다.

"먼저 퇴근하겠습니다!"

연수와 소정이 남아서 일을 하고 있는 직원들에게 인사하며 사 무실을 나왔다. 둘은 곧장 근처 치킨 집으로 향했다. 갈릭 데리야 키 치킨을 주문하고 마주 앉았다. 소정이 드라마 얘기로 가볍게 화제를 꺼내자 알맹이는 쏙 빼고 변죽만 울리는 대화를 답답해하 는 연수가 먼저 본론을 꺼냈다.

"언니, 부탁이란 게 뭐예요?"

연수가 호기심 어린 눈으로 소정을 보았다. 아침에 소정이 연수 자리로 살짝 다가와서 부탁이 있는데 오늘 저녁 시간 좀 빌리자고 했던 것이다. '백야'에서 맺은 인연이 해를 더해가면서 둘은 자매 처럼 친하게 지내고 있었다. 때문에 회사에서는 '이 과장님', '연

수 씨' 서로를 깍듯이 존대하지만 사적인 자리에서는 언니, 동생
으로 편하게 지냈다.

"응, 그게 말이야……."

되게 어려운 부탁인지 소정이 꽤 뜸을 들였다.

"저기…… 나, 찬우 씨에게 청혼하려고……."

소정의 목소리가 점점 작아져서 연수는 귀를 쫑긋 세워야 했다.

"어머! 언니, 축하해요!"

연수는 환하게 웃으며 격려했다.

연수가 보기에 둘은 잘 어울리는 한 쌍이었다. 비록 찬우에 대
해 직접적으로 많은 것을 알지는 못했지만 소정을 통해 보고 들은
그는 아주 멋진 남자였다. 게다가 소정의 소개로 인사를 나누었을
때 찬우는 참으로 듬직해서 소정과 천생연분처럼 보였다.

그러나 소정은 그다지 기뻐 보이지 않았다. 얼굴에는 쓸쓸한 기
운마저 돌았다.

"왜 그래요?"

연수가 의아해서 물었다.

"사실…… 요즘 좀 불안해."

"뭐가요?"

"연수원 들어가고 나서 찬우 씨가 좀 달라진 것 같아."

소정은 침울한 목소리였다.

"어떤 점이오?"

"요즘은 만날 때도 좀 심드렁하고 연락도 늦고……. 뭣보다 친
구들 모임이 너무 잦아."

"일주일에 몇 번 만나는데요? 만나는 횟수가 줄었어요? 확?"

"아니, 똑같아. 주말에 한 번. 그렇지만 이제는 합격도 했으니까 더 자주 만날 줄 알았어, 난……."

"연락은요? 하루라도 연락이 안 된 적 있어요?"

"답장은 많이 늦지만 한 번도 그런 적은 없어."

"에이, 그럼 별거 아니네요. 새 생활에 적응하느라 정신없는 거겠죠. 7년 동안 고시 공부하느라 고생고생 했는데 시험 패스하고 연수원 들어가면 나라도 달라지겠어요. 그리고 이맘때쯤 친구들 자주 만나는 건 당연하잖아요. 그동안 못 만났던 친구들을 만나 어깨에 힘주는 맛이 있어야 피폐했던 고시생 시절이 좀 보상되죠."

"그렇겠지? 하지만……."

"뭔데요?"

"근사한 프러포즈 받는 건 여자들의 로망이잖아. 근데……."

"음. 알 것 같아요. 여자라면 누구나 프러포즈에 대한 선망이 있으니까. 그렇지만 누가 하든 프러포즈가 멋지고 낭만적이라는 사실은 변함없잖아요. 그저 감동받는 역할을 맡느냐, 감동을 주는 역할을 하느냐 그 차이일 뿐. 그리고 나라면 감동을 주는 역할을 기꺼이 선택하겠어요. 사랑은 받는 것보다 주는 게 더 아름다우니까."

"그렇지? 내가 먼저 청혼해도 되겠지?"

소정은 스스로에게 확신시키듯 재차 물었다. 연수는 싱긋 웃으며 고개를 끄덕였다.

"준비는 어떻게 할 거예요? 생각해 둔 이벤트는 있어요?"

소정은 고개를 저었다.

"아직. 하지만 우리가 자주 데이트하던 카페를 빌릴까 해."

"아, '버터플라이' 요?"

소정의 소개로 연수도 버터플라이에 몇 번 간 적이 있다. 흐드러지게 핀 꽃들 위에 아름다운 수천의 나비가 벽 가득 그려져 있는 독특한 카페였다. 곳곳에 희귀한 나비 표본과 설명도 있어서 볼거리, 읽을거리가 풍부한 곳이었다.

"그래서 말인데, 연수 네가 좀 도와주었으면 해."

"내가요?"

"응. 이벤트엔 네가 일가견이 있잖아. 회사 이벤트도 죄다 맡아하고 있고. 난 생각만으로도 가슴이 떨려서 어떻게 준비해야 할지 너무 막막해."

"걱정 말아요, 언니. 프러포즈 이벤트는 해본 적이 없지만 지금까지의 이벤트 경험을 살려 최선을 다해 도와줄게요!"

연수가 자신 있게 말했다.

"당신을 사랑하는 천 가지 이유?"

강우는 연수가 제출한 기획안의 제목을 보고는 따라 읽었다.

"네."

'으, 떨려.'

연수는 강우가 기획안을 한 장 한 장 넘기자 심장이 요동치는 걸 느꼈다. 마치 죽어 염라대왕 앞에서 살아생전 행적을 채점받는 기분이다. 극락행이냐, 지옥행이냐…….

강우는 기획안의 마지막 페이지까지 넘기고는 말이 없었다.

'별로…… 인가?'

자신 있었는데 강우가 심각한 표정으로 아무 말 없자 연수는 제 발이 저려 나불나불거리기 시작했다.

"곰곰이 생각해 봤는데요, 정희주 씨가 원하는 건 남자친구가 마음을 열고 사랑을 믿는 거잖아요. 그러려면 꾸며진 이야기는 아무래도 진정성이 약할 것 같다는 생각이 들었어요. 진짜 사랑 이야기, 현실에서 지금 연인들이 하고 있는 사랑의 모습들…… 그 모습들을 다큐로 담아내면 어떨까 싶어요. 그래서 천 명의 연인들을 인터뷰해서 그들의 사랑 얘기도 듣고 그중 감동적인 몇몇 스토리들을 중심으로 영화를 엮어나가면……."

여기까지 얘기하던 연수는 강우가 눈살을 찌푸리자 말을 멈추었다.

"천 명의 연인들을 인터뷰한다고? 오백이나 되는 커플들을 어떻게 섭외할 거지? 또 그 사람들의 수많은 연애사에서 어떤 부분을 간추린다는 거지? 감동적인 부분이라고? 예를 들면 이런 건가? 불치병에 걸린 한 여자를 남자가 지극정성으로 돌보는 거? 아니면 정희주 씨처럼 사랑하는 남자를 위해 영화를 만들기로 한 거? 사랑이 대체 뭔데? 사랑이 감동적인 건가? 사랑이 희생하는 거야? 어느 한쪽을 위해?"

강우의 말에 연수는 뒤통수를 한 대 맞은 것 같았다. 커플들 섭외는 문제될 게 없다고 생각했다. 포털 사이트에 연인들의 영상과 사연을 모집하는 이벤트를 하고 또 엽기 커플, 지고지순 커플, 감동 커플 등 커플상도 따로 마련하면 그들의 다양한 연애 스토리를 수집하는 건 아주 간단해 보였다. 그리고 그렇게 모집된 커플 중에서는 분명 감동적인 사연을 가진 연인들이 있을 터였다.

그러나 사랑이 대체 뭔데?

강우의 말이 맞았다.

사랑이 감동적인 건가? 사랑이 희생하는 건가? 분명 사랑의 모습에는 감동과 희생이 일부 담겨져 있지만 그것이 다가 아니다. 그리고 기획안대로 감동적인 사랑만 부각해 영화를 만든다면 연수는 이현성에게 사랑은 상대를 위해 나 자신을 희생하는 거니 희생적인 연인이 되라고 강요하는 꼴이 된다.

연수는 이제야 자신이 얼마나 어려운 일을 맡았는지 실감이 났다. 연수는 얼굴이 핼쑥해질 만큼 정신이 번쩍 났다.

"이제 좀 알아먹은 것 같군. 이 프로젝트를 성공시키려면 '사랑의 정의' 부터 다시 내려봐."

강우가 기획안을 돌려주며 말했다.

4. 지상 최대의 이벤트

사랑이란 뭘까?

흘러간 유행가 가사에서는 사랑은 눈물의 씨앗이라고 했다. 표준국어 대사전에는 사랑을 이렇게 정의 내리고 있다.

사랑, 어떤 상대의 매력에 끌려 열렬히 그리워하거나 좋아하는 마음.

그렇다면 세상 사람들의 모든 고민을 대신해 주고 있는 철학자들은 사랑을 뭐라고 정의 내렸을까.

에리히 프롬은 '사랑은 기술'이라고 했고, 요하네스 로츠는 '사랑은 예술'이라고 했다. 인간은 본디 고독을 타고났기에 그 외로움과 공허감을 극복하기 위해서 사랑을 할 수밖에 없다고 한다. 때문에 사랑을 잘하려면 기술을 연마해야 하고 아름다운 예술처럼 공들이고 정성을 들여야 한다는 것이다.

위 정의들을 하나하나 분석해 보면 먼저 사랑에는 '사랑하는 대상'이 반드시 있어야 한다. 그리고 그리워하거나 좋아하는 마음을 일으키는 '끌림'이 존재해야 한다. 사랑하는 대상과 끌림, 사랑의 필요조건이다.

그럼 충분조건은 무얼까. 사랑이 시작될 때의 기쁨, 설렘, 행복을 계속 유지하려면 적당량의 햇빛과 물로 새싹을 키워 나가듯 인내와 희생, 배려 같은 이성적인 노력을 기울여야 한다. 그러지 않는다면 사랑의 부정적인 감정인 질투, 분노, 좌절을 겪게 되고 결국 사랑은 연기처럼 사그라지고 마는 것이다. 그러므로 사랑의 충분조건은 상대와 나를 조화시키려는 '노력'이다.

'휴, 어렵다. 어려워!'

연수는 사랑에 관한 온갖 자료들을 뒤적이며 나름대로 정리하면서 한숨을 훅 쉬었다. 인상 깊은 건 사랑에도 단계가 있다는 것이다.

먼저 1단계, I like you. 즉, 좋아하는 단계다. 그 혹은 그녀가 항상 생각나고 가슴 설레고 함께 있고픈 맘이 드는 단계다. 2단계, I love you, 사랑하는 단계다. 좋아하는 감정이 깊어지고 서로가 서로에게 조금씩 젖어드는 단계. 과연 서로가 영혼의 반쪽인지 맞추어보는 단계. 마지막 3단계는 I need you 단계다. 설렘과 기쁨, 폭풍 같은 열정이 호수처럼 고요해지면서 당신이 없으면 내가 없고, 내가 없으면 당신이 없는…… 우리 둘은 하나인 단계. 영원한 사랑, 인생의 동반자로서 서로를 꼭 필요로 하는 단계.

사랑하는 연인들이라면 모두가 I need you 단계를 원하겠지만, 이 3단계는 높디높은 산을 오르는 것처럼 땀 흘리는 노력이 필요하다.

'어휴, 나는 겨우 1단계네.'

연수는 제 사랑의 단계를 가늠해 보곤 한숨을 훅 쉬었다. 2단계로 넘어가려 해도 연애를 해봐야지 히드라가 제 영혼의 반쪽인지 맞춰보기라도 하지. I need you는커녕 I love you 단계도 안 되니 연수는 어깨가 축 처졌다.

그러다 연수는 제 뺨을 두 손으로 탁탁 때렸다.

'쓸데없는 생각 말고 기획안이나 쓰자. 게다가 소정 언니 프러포즈 계획도 짜야지.'

연수는 잠시 머리도 식힐 겸 프러포즈 이벤트에 대해 검색하기 시작했다.

리아프갤러리 관장실에서 연수는 숨을 죽이고 있었다. 희주가 기획안을 한 장 한 장 넘길 때마다 연수는 긴장으로 몸이 오그라드는 것 같았다. 반면 강우는 아주 느긋하게 명상이라도 하는 표정으로 희주가 검토를 끝내기를 기다렸다.

"좋아요. 맘에 들어요."

희주는 기획안을 내려놓으며 흡족해했다.

강우에게 기획안을 퇴짜 맞고 이 주일 동안 고심해서 다시 짠 기획안이었다. 초안과 기본 골격은 같지만 몇 가지 사항들이 달라졌다. 먼저 천 명을 인터뷰하는 건 시간적·물리적으로 한계가 있기에 백 명으로 줄였다. 그리고 그들의 인터뷰 내용 중 사랑의 다양한 모습을 보여줄 수 있는 커플들의 이야기를 중심으로 다큐를 진행할 것이다.

"동의해요. 사랑만큼 다면적인 건 없으니까……. 어느 한 면만을 집중해서 담는다면 사랑이라는 속성에 대한 객관성을 잃는 것이겠죠. 그건 현성 오빠에게 내가 생각하는 사랑을 강요하는 거라는 의견…… 인정할게요."

"좋아요. 그럼, 이대로 진행하겠습니다. 여기, 계약서에 사인해주시죠."

강우가 계약서를 희주에게 건넸다. 희주는 전용 만년필로 사인을 한 후 강우에게 돌려주었다. 강우도 희주의 사인 옆에 서명을 마쳤다.

"제작비는 이번 주까지 계좌로 이체시킬게요."

"제작 과정은 일주일 단위로 여기 이연수 씨가 보고할 겁니다. 이 프로젝트의 책임 프로듀싱을 맡았으니 궁금하신 사항이나 하실 말씀이 있으시면 이연수 씨를 통해 백야에 전해주십시오."

"열심히 하겠습니다."

연수가 의지를 다지며 희주에게 인사했다.

"잘 부탁해요."

희주가 웃으며 대답했다.

◈

　　"수고했어. 오늘은 여기서 퇴근해."

　　리아프갤러리를 나오자 주차장으로 성큼성큼 걸어가며 강우가 말했다. 그가 운전석에 앉아 시동을 걸려는데 연수가 차 문을 열고 냉큼 조수석에 앉았다. 강우는 의아한 눈으로 연수를 보았다.

　　"잊으셨어요? 시간 내주신다는 거?"

　　"아, 오늘이 그날이었나?"

　　연수는 고개를 끄덕이고는 내비게이션에 도착지 주소를 입력했다.

　　"자, 출발해요."

　　강우는 운전을 하면서 내비게이션을 힐끔 보았지만 그곳이 어떤 곳인지 가늠이 안 되었다.

　　"어디를 가는 거지?"

　　"가보면 알아요."

　　연수는 빙긋 웃을 뿐이었다. 러시아워가 가까워진 시각이라 도로에는 자동차들이 많았다. 3, 40분을 달려 마침내 목적지에 도착했다. 그곳은 아담한 카페였다. 카페 입구 간판에는 필기체로 'Butterfly'라고 멋들어지게 쓰여 있고, 그 옆에는 아름다운 호랑나비가 네온 빛이 들어왔다 나갔다 할 때마다 팔랑팔랑 날갯짓을 하고 있었다.

　　"들어가요."

연수가 강우를 떠밀 듯이 하며 안으로 들어갔다. 카페 안은 이벤트 준비로 한창이었다. '뭐든지 해드립니다. ok4u.com' 이라 쓰인 빨간색 티셔츠를 입은 남자들이 바쁘게 오가며 투명한 둥근 패드를 바닥에 설치하고 풍선에 공기를 불어넣고 있었다.

　"오셨어요?"

　카운터 쪽에서 전화를 하고 있던 청년이 통화를 끝내고는 연수 쪽으로 다가왔다.

　"아직 준비가 안 끝났네요? 언제쯤 정리돼요?"

　연수는 손목시계를 힐끗 쳐다보고는 물었다. 6시 10분 전이었다. 아직 시간은 넉넉하다.

　"거의 다 됐습니다. 30분이면 충분해요."

　"그래요? 친구들은 다들 온대죠?"

　"네. 방금 체크 끝냈습니다. 6시 30분까지는 모두 온다고 했어요."

　"잘됐네요. 고마워요."

　연수가 ok4u의 젊은 사장과 이야기하는 동안 강우는 떨떠름하게 서서 카페 안을 살피고 있었다. 빨간 티셔츠 둘은 카페 입구에서부터 바닥에 동그란 투명 패드를 늘어놓기 시작하더니 중앙의 테이블 하나를 둘러싸고 하트 모양을 만들고 있었다. 또 다른 빨간 티셔츠는 공기를 불어넣은 풍선을 색깔별로 구분 짓고는 'I LOVE YOU' 라는 문구를 풍선으로 장식하고 있었다.

　'곤란한데…… 곤란해.'

　강우는 이맛살을 찌푸렸다. 그가 힐끔 연수를 보았다.

'태권브이, 이렇게 막무가내였나? 지난번에 얘기 다 끝난 줄 알았는데.'

어쩌면 태권브이는 나무꾼이 되기로 결심했는지도 모른다. '열 번 찍어 안 넘어가는 나무 없다'는 신념을 가진 집념의 나무꾼!

"이런 식이면 곤란해."

연수가 얘기를 마치고 다가오자 강우가 말했다.

"네? 뭐가요?"

뻔히 알면서 천연덕스럽게 되묻는다. 강우는 잠시 침묵했다. 어떻게 이 상황에 대처하면 좋을지 아직 판단이 안 섰다.

지난번처럼 차갑게 선을 그어야 하나? 아니면 부드럽게 슬근슬근 달래야 할까?

"아저씨, 잠깐만요!"

연수가 강우의 어깨 너머, 벽 쪽을 보면서 갑자기 외쳤다. 강우가 돌아보니 풍선으로 벽을 장식하고 있던 빨간 티셔츠는 'I LOVE YOU' 아래에 '천우 ♡ 소정'이라고 써놓고 있었다.

"이름, 천우가 아니라 찬우예요, 찬우!"

연수는 빨간 티셔츠 아저씨에게 달려가 틀린 걸 고쳐 주었다. 아저씨는 능숙하게 풍선 하나를 떼어내 'ㅓ' 자를 'ㅏ' 자로 수정했다. 그걸 지켜보는 강우는 별안간 얼굴이 뜨거워졌다. 착각을 해도 단단히 착각을 했다. 실수한 빨간 티셔츠 아저씨에게 큰절이라도 하고픈 심정이었다.

'덕분에 큰 실수 면했군요.'

이제는 색색의 꼬마전구를 꺼내 꾸미기 시작하는 아저씨에게 강우가 고마움의 시선을 던졌다.

"죄송해요. 어디까지 얘기했죠? 아, 곤란하다고 했었지. 근데 뭐가요?"

연수가 돌아와 강우 앞에 서며 고개를 갸웃했다. 그러다 "아!" 하더니 강우 얼굴을 빤히 보며 생글생글 웃기 시작했다.

"감독님, 방금 오해했죠?"

정곡을 찔린 강우는 얼굴이 화끈거렸지만 짐짓 무표정을 유지했다.

"그쵸? 그쵸? 오해했죠?"

"무…… 슨 소리야?"

"에이, 맞구만. 얼굴 빨개졌어요!"

강우는 그렇게 속이 뻔히 드러났나 싶어 손으로 제 뺨을 만졌다.

"아하하! 얼굴 만지는 거 보니 정말 맞구나! 호호, 거짓말인데……. 방금 전에는 하나도 안 빨갰는데…… 근데 지금은 정말 빨개요! 큭큭."

연수가 장난꾸러기처럼 말했다. 강우는 연수에게 속았다는 생각에 무척 계면쩍었다.

"쓸데없는 소리 그만하고, 여길 데려온 이유가 뭐야?"

무안해진 강우가 화제를 돌렸다. 연수는 강우를 좀 더 놀리고 싶었지만 조금 더 나갔다가는 화약고에 불을 붙인 꼴이 될 게 뻔했으므로 그쯤에서 물러났다.

"감독님은 사랑하는 두 남녀의 최고 이벤트가 뭐라고 생각하세요?"

"그걸 넌 프러포즈라고 생각한다 이건가?"

강우는 질문으로 답했다.

"아유, 재미없어. 질문을 했는데 질문을 하면 어떡해요? 감독님이 결혼식이라고 얘기했으면 프러포즈가 왜 최고의 이벤트인지 조목조목 설명해 주었을 텐데……."

"프러포즈가 왜 최고의 이벤트인데?"

강우가 피식 웃으며 물었다.

"됐네요. 엎드려 절 받기지 뭐……."

연수가 김이 샌 얼굴로 투덜거렸다.

"그래서 조금 후면 여기서 사랑하는 두 남녀의 지상 최대 이벤트가 진행될 거라 이건가? 그리고 그 주인공은 총무팀의 소정 씨고?"

강우는 눈치 빠르게 풍선 장식의 이름을 보고 모든 상황을 꿰뚫었다.

"네. 사랑은 고백에서 시작하는 거잖아요. 청혼도 일종의 고백이죠. '내가 이만큼 당신을 사랑합니다. 당신은 어떻습니까?' 하는……. 고백은 나와 너를 '우리'로 묶는 소중한 단추예요. 또 거절당할지도 모른다는 두려움을 안고 자신의 모든 걸 내거는 용기이기도 하죠. 그래서 고백이, 청혼이…… '사랑'의 속성을 잘 보여준다고 생각해요. 거절의 상처는 누구나 두렵기 마련이지만 그 두려움을 용기로 이겨내는 사람만이 사랑을 얻을 수 있으니까요. 때문에 〈당신을 사랑하는 천 가지 이유〉의 첫 장면을 청혼식으로 하면 어떨까 해요."

"고려해 볼 만하군."

강우가 고개를 끄덕였다.

"좋아요. 그럼 청혼식에 대한 사전 모니터링 셈치고 오늘 이벤트 '찍새'는 감독님이 담당해 주세요."

연수는 가방에서 카메라를 꺼내 강우의 손에 쥐여주었다.

"뭐…… 뭐?"

강우는 손안의 카메라를 멀뚱멀뚱 보면서 기가 막혀 했다.

"감독님, 사진 잘 찍잖아요. 소정 언니를 위해 솜씨 좀 발휘해 봐요. 소정 언닌 그야말로 백야의 창립 멤번데 이 정도도 못해주세요?"

'하여튼 거절의 말이 쏙 들어가게 만드는 덴 재주가 있다니까…….'

강우가 연수를 보고는 못 당하겠다는 듯 머리를 저었다.

"자, 이번에는 서연 씨 한마디……. 아니, 꽤 미인인데 빼긴 왜 빼요? 클레오파트라도 울고 가겠고만."

단발머리 여자가 카메라를 피해 뒤로 도망가자 강우는 능청맞게 눈을 찡긋하며 한마디 했다. 그러자 서연이라는 여자의 얼굴이 홍시처럼 빨개졌고, 주변에 둘러서 있던 소정의 친구들이 "와아!" 하고 탄성을 질렀다.

강우는 6시 반이 되자 하나둘씩 도착한 소정의 친구들을 둘러 세우고 축하 동영상을 찍고 있었다.

"어머, 서연이가 클레오파트라면 저는요?"

방금 전 카메라에 대고 소정에게 축하의 메시지를 남겼던 여자가 새침하게 말했다.

"그야, 아름다움에 우아하기까지 하니 그쪽은 그레이스 켈리 아닙니까?"

"어머머, 최 감독님도 참……."

꺄르르, 그레이스 켈리가 애교스럽게 강우의 팔을 톡톡 치면서 웃었다.

연수는 ok4u 사장과 카페 안을 하나하나 돌아보며 최종 점검을 하다가 강우를 째려보았다.

'찍새를 하랬지, 누가 노닥거리랬나? 뭐? 그레이스 켈리? 진짜 켈리가 명예 훼손죄로 고소하겠네.'

연수는 뱁새눈으로 강우를 흘기며 속으로 쫑알쫑알 댔다. 때마침 한 무리의 청년들이 카페 안으로 들어왔다. 그들은 어색하게 쭈뼛쭈뼛 선 채 입구 쪽에서 서성거렸다.

"어서 오세요. 김찬우 씨의 친구분들이시죠? 이쪽으로 오셔서 오늘의 커플들에게 축하 인사 한마디씩 해주세요."

연수는 강우를 둘러싸고 있는 소정의 친구들을 비집고 들어가 청년들을 강우에게 인계했다. 강우는 곧 건장한 청년들에게 둘러싸였다. 그 모습을 연수는 흐뭇하게 보았다. 6시 50분, 모든 준비가 오케이 상태였다. 소정에게 10분 후에 도착한다는 메시지를 받고 연수는 손바닥을 크게 쳤다.

"자, 다들 주목해 주세요. 조금 있으면 오늘의 주인공들이 도착할 거예요. 두세 분씩 짝 지어서 손님인 척 각자 테이블에 앉아주시고요, 제가 신호를 하면 다들 자리에서 일어나 주인공들을 둘러싸는 거예요. 하지만 그전에 얼굴 들키지 않게 메인테이블 쪽으로는 눈길도 주지 마세요. 그리고 들고 있는 폭죽 미리 터뜨리지 않게 조심해 주시고요."

드디어 7시. 곰 인형 옷으로 갈아입은 연수는 투명한 유리문 너머로 소정이 한 남자와 걸어오는 걸 확인하고는 강우가 앉아 있는 테이블로 후닥닥 가 앉았다. 그러곤 리모컨을 눌러 풍선과 꼬마전구로 장식된 벽에 가림막을 쳤다. 곧 메인 조명등이 꺼지고 보조 조명등만이 카페 안을 은은히 밝혔다.

짤랑. 마침내 문이 열리며 종소리가 맑게 났다. 소정이 먼저 들어오고 뒤이어 찬우가 따라 들어왔다.

"어서 오세요."

곰 인형 탈을 쓴 연수가 잽싸게 다가가 그들을 준비한 메인테이블로 안내했다. 찬우는 재미있는 구경거리인 양 연수를 쓱 보더니 곧 아무 의심 없이 자리에 앉았다.

"난 늘 시키던 대로."

소정이 메뉴판을 보고 있는 찬우에게 말했다. 연수는 찬우 몰래 소정에게 엄지와 검지를 구부려 동그랗게 오케이 표시를 해 보였다. 소정이 긴장해서 입매가 굳은 채 고개를 까딱했다.

"아메리카노 하나랑 에스프레소 하나, 그리고 치즈케이크요."

찬우가 주문했다.

"예, 잠시만 기다리세요."

주문한 음료가 나오기를 기다리며 연수는 지금 소정이 얼마나 떨릴까 생각했다. 자신도 얼마 전 강우에게 고백할 때 종일 가슴이 울렁거려서 나중에는 회식 전에 청심환도 하나 챙겨 먹지 않았던가.

'소정 언니 커피에 청심환이라도 가루 내 타주어야 하는 거 아냐?'

연수는 주문한 커피를 두 사람의 테이블에 내려놓았다.

"그럼, 즐거운 시간 되세요."

"저기⋯⋯."

연수가 인사하고 돌아가려 하자 찬우가 연수를 불러 세웠다.

"네, 손님."

"오늘 무슨 일 있어요?"

찬우가 이상하다는 듯 주위를 둘러보며 물었다.

'들켰나?'

"네? 아무 일도 없는데요?"

연수는 가슴이 철렁했다. 힐끗 보니 소정도 조마조마한 얼굴이다.

"아니, 분위기가 좀 이상해서요. 서빙하는 분 의상도 그렇고 벽에 천막이 쳐 있는 것도 그렇고, 조명도 너무 어둡고⋯⋯."

"호호, 이 의상요? 손님들에게 특별한 재미를 드리라는 사장님의 방침이 내려져서요⋯⋯. 벽은 지금 새로 그림을 교체 중이고 조명은 요새 손님들이 은은한 걸 좋아하셔서 좀 조도를 낮췄어요. 그럼, 맛있게 드세요."

연수는 임기응변으로 얼버무리고는 카운터 쪽으로 돌아왔다. 그러곤 일하는 척하며 눈과 귀에 온 레이더를 달아 테이블에 놓인 물 컵에 신경을 곤두세웠다.

계획은 이랬다. 친구들이 손님인 척 먼저 와 자리를 잡고 있으면 소정과 찬우가 들어온다. 간단한 신변잡기 대화로 분위기가 매끄러워지면 소정이 할 말이 있다고 하면서 물로 입을 축이고는 물 컵을 오른쪽 모서리에 놓는다. 그걸 신호로 연수가 리모컨을 눌러 장식 가림막을 걷는다. 동시에 음악이 흘러나오고 친구들이 자리에서 일어나 커플들을 둘러싼다. 그리고 모두가 보는 가운데에 소정이 청혼하고 찬우가 받아들인다. 마침내 축하의 폭죽이 터지고 결론은 해피 엔드.

이윽고 소정이 입술을 축이고는 물 컵을 테이블 오른쪽에 놓았다.

'좋았어!'

연수는 속으로 쾌재를 불렀다. 사람들이 알아보도록 손을 머리 위로 들어 리모컨을 눌렀다. 차르륵 가림막이 거두어지고 친구들이 일어났다. 그때, 찬우가 말했다.

"우리, 헤어지자."

'뭐라고?'

연수가 인형 탈을 벗고는 생글거리면서 메인테이블 쪽으로 향하다가 방금 찬우가 한 말을 듣고 우뚝 멈추어 섰다. 때마침 바닥에 붙여두었던 투명 패드에서 알록달록 불빛이 쏟아져 나왔다.

쨍그랑!

믿기지 않는 연수의 마음을 대변하듯 테이블 아래로 물 컵이 떨어지며 깨졌다. 소정은 얼굴이 하얗게 질려서 와들와들 떨었다. 놀라기는 찬우도 마찬가지였다. 찬우는 갑자기 친구들의 얼굴이 보이자 어리둥절해하더니 가림막이 한쪽으로 말리고 사랑의 말이 가득한 장식 벽에 두 사람의 다정한 사진이 나타나자 당황해서 얼굴을 일그러뜨렸다.

"뭐…… 라고 했어? 내가 잘…… 못 들은…… 거지?"

소정이 가까스로 목소리를 짜내어 물었다. 찬우는 시선을 내리깔고 말이 없었다. 그저 이 상황이 곤란하고 화가 난다는 듯이 입술만 잘근잘근 씹었다. 축하의 말을 준비하고서 기다리고 있던 친구들은 분위기가 이상하게 돌아가자 서로의 얼굴을 쳐다보며 눈치만 살폈다. 카페 안의 어색한 침묵을 Beyonce의 'When I first saw you'가 메우고 있었다. 우습게도 좀 전까지만 해도 최고의 선곡이었던 것이 최악의 선곡이 되고 말았다.

"자, 두 분이서 차분히 얘기 나누도록 우리는 나가 있죠."

사태를 수습한 건 강우였다. 그제야 사람들은 잃었던 정신을 퍼뜩 차리고 차례차례 밖으로 나갔다.

누군가 말했다, 이별은 살아서 겪는 지옥이라고. 그래서 셰익스피어는 사랑을 그저 미친 짓이라고 했다. 연수는 서럽게 어깨를 떨고 우는 소정의 뒷모습을 카페 밖에서 안타까이 바라보았다. 차이는 아픔을 너무도 잘 알기에 눈물이 흐르려는 걸 꾹 눌러 참았다.

이윽고 찬우가 자리에서 일어났다. 찬우는 소정에게 몇 마디 더 말하고는 뚜벅뚜벅 입구 쪽으로 향했다. 카페 밖에는 연수와 강우, 소정의 친구들만이 남아 있었다. 찬우의 친구들은 카페를 나오자마자 머쓱해하면서 뿔뿔이 흩어졌다. 찬우가 나오자 소정의 친구들이 홍해 갈라지듯 양쪽으로 갈라졌다. 다들 무언의 비난만 쏟아놓은 채 아무 말이 없었다. 찬우는 그 가운데를 가면을 쓴 것 같은 무표정한 얼굴로 지나갔다.

"나쁜 놈!"

화가 목구멍까지 치밀어 올라 연수는 참지 못하고 찬우의 뒤통수에 대고 소리를 질렀다. 그렇게라도 하지 않으면 심장이 터질 것만 같았다.

"소정 언니가 오늘을 얼마나 정성 들여 준비했는데…… 당신 줄 반지도 고르고…… 당신 좋아하는 케이크도 굽고…… 7년 동안 한결같이 곁에서 당신을 지켜왔는데, 어떻게…… 고무신, 거꾸로 신을 수 있어!"

연수가 소리쳤다. 멈칫, 찬우가 가던 길을 멈추었다. 찬우는 화가 난 얼굴로 싸늘하게 연수를 바라보았다. 성큼성큼 그녀 앞으로 걸어온다.

"그래서?"

"……."

"결혼이라도 해야 한다는 거야? 이제는 사랑하지 않는데, 마음이 변했는데…… 그동안 해준 게 고마워서 억지로라도 곁에 있어야 한다는 거야? 참 퍽도 소정이 행복해하겠군."

"그래도…… 어떻게 이래요? 하필이면…… 오늘 같은 날……."

찬우의 얼굴이 무섭게 일그러졌다.

"그래! 개 같은 타이밍이지. 참 눈치도 없어. 아니, 눈치 없는 척구는 껌딱진가? 그동안 눈치채라고 꽤 힌트를 많이 주었는데 말이야."

짝!

연수가 찬우의 뺨을 때렸다.

"개자식……."

연수는 씩씩거렸다. 찬우는 얼얼한 뺨을 감싸 쥐더니 입술에 묻은 피를 보고 눈이 뒤집어졌다.

"이 계집애가!"

찬우가 연수를 때릴 듯이 손을 올렸다. 연수는 다가올 고통에 몸을 움츠리며 본능적으로 눈을 감았다. 퍽. 소리는 컸지만 아무 아픔도 느껴지지 않았다. 연수가 눈을 뜨니 찬우는 바닥에 패대기쳐져 있었다. 그리고 강우가 찬우의 멱살을 쥐고 있었다.

"죽고 싶지 않으면 이만 꺼지는 게 좋을 거야."

착 가라앉은 낮은 목소리로 강우가 속삭였다. 작지만 강한 힘이 느껴지는 목소리였다. 지금 당장 사라지지 않으면 지옥을 맛보게 해줄 것 같은 위협적인 목소리.

"너, 운 좋은 줄 알아. 지금 사법 연수 중만 아니었어도 넌 내 손에 반 죽었어. 퉤!"

찬우는 잔뜩 쫀 눈빛이었지만 쫄지 않은 것처럼 천천히 일어나 허세를 부렸다. 그러곤 피 묻은 입술을 닦고 서둘러 자리를 떠났다.

"괜찮아요?"

"너야말로 괜찮아?"

강우는 찬우를 때린 팔이 떨어져 나갈 것같이 아팠지만 사나이 체면이 있지, 아프다는 내색을 하지 않았다. 그러곤 되레 눈 부릅 뜨고 연수를 야단쳤다.

"태권브이, 넌 대체 여자란 자각이 있는 거냐? 낄 데 안 낄 데가 있지, 맞을 뻔……."

"잠깐만요."

연수는 주머니에서 전화기가 울리자 통화 버튼을 누르며 말했다. 야단칠 타이밍을 놓친 강우는 연수가 통화에 열중하는 사이에 아픈 오른손을 공중에서 마구 흔들더니 입으로 가져가 호호 불었다.

그사이, 찬우와 강우의 싸움을 구경하고 있던 소정의 친구들이 하나둘 카페 입구 쪽으로 향했다.

"네, 네. 알았어요, 언니."

연수는 급히 전화를 끊었다.

"저기요, 언니들……."

연수가 친구들을 불러 세웠다.

"저기…… 죄송한데, 소정 언니가 지금은 혼자 있고 싶대요. 나중에 연락한다니까 이만 가주실 수 있을까요?"

"하지만……."

친구들은 망설이며 연수와 카페 안에 등을 지고 흐느끼고 있는 소정을 번갈아 보았다.

"부탁이에요."

연수가 간곡히 사정했다.

"가자."

망설이는 친구들의 옆구리를 그레이스 켈리가 찔렀다. 친구들은 소정의 뒷모습을 보며 한숨을 짓고는 고개를 끄덕였다.

"그럼 소정이 잘 부탁해요."

홀로 술잔을 기울이는 여인의 뒷모습은 가슴 아프게 처량하다.

"언니……."

연수는 어떻게 위로의 말을 건네야 할지 몰라 그저 소정이 든 와인 병을 빼앗아 잔에 따라주었다. 어느새 와인은 바닥을 보이고 있었다. 쓰린 속을 달래주기엔 이마저도 모자라리라.

"그래…… 나는 알고 있었어. 찬우 씨가 보내오는 이별의 사인을……. 알면서도 애써 못 본 척, 모르는 척했지. 그 대가치곤…… 정말 잔인하다……."

소정은 와인 잔에 든 와인을 물 마시듯 한입에 털어 넣었다.

"우린…… 어디서부터 잘못된 것일까?"

연수는 침묵을 지켰다. 소정이 스스로에게 묻는 것이었으므로. 소정의 눈이 먼 과거를 회상하듯 흐릿해졌다.

"글쎄…… 모르겠어. 우리가 사귀고 나서 백일이 갓 지나면서부터 찬우 씬 고시 공부를 시작했지. 찬우 씨를 뒷바라지하면서 난 이날만…… 오기를 기다렸어. 7년 동안…… 우리는 연인들의 흔한 데이트 한 번 제대로 못했어. ……근사한 레스토랑에서 식사하는 대신 내가 싼 도시락을 가지고 도서관 식당에서 밥을 먹었고, 멋진 산책로를 오붓이 걷는 대신 노량진 골목길을 걸었지. 여행도 시간 많이 뺏을까 봐 항상 당일치기로만 다녀왔어. 난 서른엔…… 결혼하고 싶었어. 집에서도 스물아홉 때부터 결혼하라고 압박이 심했지. 하지만 찬우 씨는 도저히 결혼할 수 없는 상황이었어. 찬우 씨는 기다려 달라고 했어. 난 기다렸고. 합격 소식을 들은 날로부터 쭉 기다려 왔어. 찬우 씨가 내게 프러포즈해 주기를……. 하지만 이상하게 찬우 씨가 점점 멀게 느껴졌어. 마치 잡을 수 없는 바람 같았지. 나도 모르게 자꾸 조바심이 들었어. 더 이상 가만히 기다릴 수 없었지. 그러지 않으면 놓칠 것 같아서…… 찬우 씨가 떠날 것 같아서……. 그래서 용기를 냈는데…… 결국…… 떠나 버렸어……."

소정이 비틀거리며 일어났다. 그러자 바닥에 무언가가 툭 떨어졌다. 통장이었다. 연수는 그것을 주워 들었다. 통장 사이로 포스트잇 한 장이 삐죽 튀어나와 있었다.

—그동안 고마웠어. 비밀번호는 네 생일이야. 넌 착한 여자니까 좋은 사람 만날 거야.

"쿡. 믿겨져? 7년 사랑이 남긴 게 고작 통장…… 이라니……."
소정이 비통한 웃음을 지으며 연수가 들고 있는 통장을 노려보았다. 그러곤 확 낚아채 구둣발로 짓밟았다.

"이깟 돈……. 나쁜 자식, 감히 사랑에 값을 매겨? 니 사랑은 이런 거였니? 개자식……."

소정은 통장이 걸레가 될 때까지 짓밟고 짓밟았다. 분노와 비통이 담긴 그 처절한 몸짓이 연수는 마냥 안쓰러웠다.

"그만…… 그만해요, 언니. 이러면 더 아프잖아……."

결국 보다 못한 연수가 소정을 껴안으며 말했다. 소정은 연수의 품에 안겨 무너져 내렸다. 참았던 눈물이 봇물 터지듯 터져 나왔다. 폭풍 같은 울음을 쏟아내고 소정은 지쳐서 일어났다. 그러곤 평생을 유랑한 늙은 유랑자처럼 지친 걸음으로 카페를 나갔다.

"데려다 줄게요."

연수가 소정이 탄 택시에 따라 타려 했으나 소정은 말없이 고개를 젓고는 택시 문을 닫았다.

"이대로 보내긴 불안한데……."

연수가 택시의 뒤꽁무니를 보며 발을 동동 구르는데 뒤에서 경적 소리가 났다. 강우가 고개를 까닥여 조수석을 가리켰다. 연수는 재빨리 차에 올라탔다. 택시는 강변북로를 지나 반포대교에서 멈추었다. 그러고는 움직일 기미가 없었다. 잠시 후 소정이 차에서 내리고 택시는 미련 없이 떠나갔다.

소정은 느릿느릿 대교를 걷기 시작했다. 뒤에서 빵빵거렸지만 강우는 소정의 뒤를 따라가며 거북이처럼 차를 달렸다. 결국 뒤따라오던 차가 옆 차선으로 끼어들어 강우 차를 지나치며 몇 마디 욕설을 내뱉었다. 그러나 그 소리는 차들을 스치고 지나는 바람 소리에 묻혀 들리지 않았다.

"어떡하죠?"

연수가 소정의 뒷모습을 눈으로 좇으며 안절부절못했다. 그러다 "앗!" 하고 소리를 질렀다. 소정이 난간을 넘어가려고 난간 위에 다리를 걸쳤기 때문이다.

"젠장!"

강우가 차 시동을 끄고 서둘러 밖으로 달려나갔다. 연수도 허둥지둥 나갔다.

"언니!"

"이 과장!"

두 사람이 소정을 불렀다. 소정은 그사이 난간을 넘어가 반대쪽에서 두 팔을 뒤로 해 난간을 붙잡고 서 있었다.

"가까이 오지 마! 가까이 오면 뛰어…… 내릴 거야!"

소정이 소리쳤다. 강우와 연수는 멈추어 설 수밖에 없었다.

"안…… 갈게요. 한 발짝도 안 움직일게요. 그러니까 언니……우리 얘기해요. 차근차근 얘기로 풀어나가요!"

"무슨 얘기? 아까 다 봐놓고. 큭큭, 나같이 비참한 여자가 또 있을까? 프러포즈 날에 차이다니…….."

"언니, 오늘 일어난 일은 분명 슬픈 일이지만 그렇다고 이건 아니에요!"

"세상이…… 끝난 것 같아. 여기가…… 찢어질 듯이 아파. 죽으면…… 이 고통이 사라질까?"

소정은 오른손으로만 난간을 붙잡고 왼손으로 가슴을 쥐어뜯었다. 안 그래도 불안한데 한 손으로만 난간을 붙들고 있으니 금방이라도 떨어질 것처럼 위태위태했다.

"언니…… 제발!"

연수가 안타까워하며 발을 동동 굴렀다.

"죽고 싶어? 그럼 죽어."

"감독님!"

냉정한 말에 연수가 화들짝 놀라 강우를 쳐다보았다. 소정도 충격받은 듯 멍한 눈으로 이쪽을 보고 있었다. 강우는 아랑곳 않고 말을 이었다.

"세상이 끝난 것 같다고? 그래서 하늘이 무너지기라도 했나? 네 심장이 멈추기라도 했어? 그 자식이 뭐라고! 겨우 네 인생에서 4분의 1도 안 되는 남자 때문에 네 미래를 여기서 버리겠다고? 넌 그 남자가 없어도 27년 동안 행복하게 잘살아왔어. 생각해 봐, 지금 죽을 만큼 그 남자와 함께했던 7년이 그 남자가 없었던 27년보다 몇백 배 행복했나? 앞으로 네가 누려야 할 행복을 모조리 포기할 만큼 그 7년이 대단한 건가? 그렇다면 죽어! 그렇게 대단한 거였다면 후회 따윈 생기지 않을 테니까. 하지만 이것만은 기억해. 다음 달이 어머니 환갑이랬지? 그래서 일주일간 가족 여행을 다녀온다고 하지 않았나? 하나뿐인 외동딸이 죽으면 네 어머니, 아버진 그 여행이 지옥 같겠군. 아니, 어쩌면 34년 동안 고이고이 키운 딸을 가슴에 묻는 위로의 여행이 되려나?"

"……."

"정 죽고 싶으면 죽어! 장례식 때 조의금은 넉넉히 넣어주지."

강우는 연수의 손목을 잡아끌고 주차되어 있는 차 쪽으로 향했다.

"감독님, 왜 이러세요? 언니는 어떡하고요?"

강우에게 억지로 끌려가며 연수가 걱정스럽게 소정을 보았다. 소정은 강 쪽을 바라보던 걸 몸을 돌려 난간에 고개를 묻고서 흐느끼고 있었다. 아까보다는 안정적인 자세였지만 불안은 여전히 남아 있었다.

저러다 기운이라도 빠져 잘못 떨어지면 어쩌나, 혹 괴로운 감정에 완전히 휩싸여 손을 떼어버리면 어쩌나.

두려움과 걱정이 연수를 쉬이 놓아주지 않았다.

"이것 좀 놔요! 감독님, 어쩜 사람이 이렇게 차가워요? 죽고 싶을 만큼 괴로운 사람한테 죽으라니! 불난 집에 지금 부채질하는 거예요?"

차 안에 억지로 떼밀려 탄 연수가 화가 나서 강우에게 퍼부었다. 소정은 여전히 난간에 고개를 묻은 채 서럽게 울고 있었다. 그 설움을 싣고 강바람이 구슬프도록 세게 불었다. 안 되겠다 싶은 연수가 조수석 문을 열고 도로 나가려 하자 강우가 연수의 손을 잡았다.

"놓아요!"

"가만있어! 지금 소정에게 필요한 사람은 따로 있으니까."

"그게 누⋯⋯."

연수는 묻다 말고 입을 다물었다. 차 한 대가 쌩 하고 옆을 지나가더니 소정이 매달려 있는 난간 옆에 멈추어 섰다. 곧 차 문이 열리고 한 남자가 다급히 내렸다. 남자는 지체 없이 소정에게 달려가 그녀를 그대로 안았다. 그러고는 말없이 어깨를 토닥여 주었다.

"홍반장…… 그럼 아까 홍반장에게 전화했던 거예요?"

강우는 고개를 끄덕였다.

홍반장은 백야의 옆 사무실에 근무하는 서른 살 남자였다. 수더분한 얼굴에 성격도 붙임성 있고 시원시원해서 백야 직원들과 두루두루 잘 알고 지냈다. 성이 홍씨인데다 어찌나 동에 번쩍 서에 번쩍, 부르면 어디서든 나타나는지라 별명이 홍길동, 홍반장이었다.

홍반장이 소정을 좋아한다는 건 사무실 직원이면 누구나 다 아는 사실이었다. 하지만 홍반장은 마음은 표시하면서도 적당한 거리를 두어 소정에게 부담을 주지 않았고, 그러기에 소정도 친구처럼, 동생처럼 홍반장을 대해왔다.

홍반장의 부축을 받아 소정은 난간을 다시 넘어왔다. 소정을 차에 태우며 홍반장이 이쪽을 향해 걱정 말라는 듯이 손짓을 해 보였다.

"무사히 인수인계 했으니 우리도 이만 가지. 홍반장이 집에 잘 데려다 줄 거야."

강우가 차에 시동을 걸었다.

많은 일이 있었던 탓인지 연수는 집으로 가는 내내 말이 없었다. 자동차의 헤드라이트 불빛이 꼬리를 물고 어딘가를 향해 아련히 사라지고 있었다. 어둠에 잠긴 밤하늘에 도시의 많은 창과 골목마다 불이 켜졌다. 저 인공의 불빛 아래에서 얼마나 많은 사람들이 사랑을 잃고 헤매고 있을까. 밤새 애타게 태양을 찾아 미로 같은 길을 헤매고 헤매도 아침이 오기까지는 결코 찾을 수 없다.

이별은 그런 것. 도시의 낯선 길목에서 방금 전까지 잡고 있던 따뜻한 손이 사라지고 밤에 홀로 미아가 되는 것. 남들은 다 갈 곳이 있는데 자기만 갈 곳 잃고 외롭고 쓸쓸하게 뒤처지는 것. 그러기에 이별은 나를 두 동강 낸 것 같은 아픔.

하지만 가슴이 둘로 나누어져도 시간이 지나면 상처는 아물고 둘로 갈라진 나는 다시 온전한 하나가 된다. 밤이 지나면 새벽이 오듯, 오랜 헤맴 속에서도 길은 있다.

연수는 운전하는 강우를 은근슬쩍 바라보았다. 그는 눈을 전방에 고정하고 앞만 보고 있었다. 조금만 시선을 돌려도 옆에 있는 연수를 볼 수도 있으련만.

'나, 언젠가는 당신을 잊을 수 있을까? 당신 없이도 꿋꿋하게 살아왔던 지난 24년처럼 당신이 없는 미래도 행복하게 살 수 있을까?'

연수는 아직은 답을 알 수 없는 질문을 스스로에게 던지며 나직이 한숨을 쉬었다.

집에 도착해 연수가 차에서 내렸다. 강우도 따라 내렸다.

"수고했어. 피곤할 텐데 들어가 쉬어."

"고맙습니다."

연수가 꾸벅 인사했다. 그녀가 계단을 올라가 빌라의 현관 유리문을 밀어젖힐 때였다.

"이연수!"

강우가 차 문을 잡은 채 연수를 불렀다. 연수가 뒤돌아 왜 그러느냐고 눈으로 물었다.

"고맙다."

뜬금없이 강우가 말했다.

"네?"

연수가 물었지만 강우는 들어가라고 손짓해 보인 후 차에 타버렸다. 그가 시동을 걸고 골목길을 달리기 시작했다.

"고백은…… 거절당할지도 모른다는 두려움을 안고 자신의 모든 걸 내거는 용기잖아요."

'고맙다, 태권브이. 너의 모든 걸 걸고 용기를 내주어서……. 그리고 거절당하고도 이렇게 꿋꿋하게 곁에 있어주어서…….'

강우가 백미러로 계단에 선 채 자신을 바라보고 있는 연수를 보았다. 점점 연수가 멀어졌다. 강우는 그녀가 보이지 않을 때까지 백미러에서 시선을 떼지 않았다.

5. 히드라는 난쟁이 똥자루

붕—

뱃고동이 길게 울린다. 푸른 바다가 탁 트인 채 하늘과 맞닿아 있다. 연수는 코로 훅 숨을 들이쉬며 바다를 들이마셨다. 경치 좋고 바람 좋고, 꼭 나들이 가는 기분이다.

"우엑. 읍!"

물론 히드라는 지금이 지옥이겠지만.

강우는 갑판 난간에 기댄 채 입을 틀어막고 웩웩거리고 있었다.

"괜찮아요? 그러니까 들어가 계시지 왜 나왔어요."

"안에 있으면 더 울렁거려. 태권브이, 등 좀 두드려 봐."

강우는 얼굴이 허옇게 떠서 말했다. 연수는 강우의 등을 퍽퍽 두드렸다.

"태권브이! 누구 총각 귀신 만들 일 있어? 살살 좀 두드려, 시원하고 리드미컬하게."

'쳇, 날 차놓고 결혼은 하고 싶은가 보지? 시원? 리드미컬?'

연수는 배알이 꼬여 손바닥을 쫙 펴서 팡팡 때렸다.

"윽!"

맵기로 소문난 연수의 등짝 스매싱에 강우가 눈물을 찔끔거리며 연수를 째려봤다.

"하하, 손이 자꾸 미끄러지네. 시원하고 리드미컬하게……."

연수는 멋쩍게 웃고는 가볍게 토닥토닥거렸다. 하늘엔 갈매기가 끼룩끼룩 날아가고 파도가 흰 포말을 일으키며 뱃전에 부딪쳤다.

히드라와 단둘이 이렇게 배를 타고 있으니 연수는 꼭 신혼여행 같다는 생각이 들었다.

'에비!'

연수는 쓸데없는 상상을 털어버리려고 머리를 흔들었다. 고백을 하고 나서 차이면 짝사랑 강제 종료가 될 줄 알았는데 꼭 그렇지만은 않았다. 한차례 맘고생을 하고 나서도 실속 없는 공상이나 하고 앉았으니 말이다.

'바보같이. 히드라를 가슴속에서 지워 버려도 모자랄 판에 웬 신혼여행!'

연수는 입술을 비죽이고는 주문을 외우기 시작했다.

'히드라는 못생겼다! 난쟁이 똥자루다…….'

요즘 연수는 하루에 천 번은 이런 주문을 외우곤 했다. 말에는 힘이 있다는데 하루에 천 번씩 외우다 보면 히드라가 못생겨 보이는 날이 오겠지. 그러면 눈꺼풀에 낀 콩깍지가 벗겨지지 않을까.

'히드라는 못생겼다! 난쟁이 똥자루다…….'

연수는 히드라의 등을 두드려 주면서 연신 중얼거렸다.

한 시간쯤 후, 둘은 완도 앞바다에 내렸다. 육지에 발을 딛자 강우는 기쁨에 겨워 〈쇼생크 탈출〉의 앤디 듀프레인처럼 두 팔을 양쪽으로 벌리고 감격스런 표정을 지었다. 둘은 가까운 편의점으로 갔다. 파라솔 아래에 자리 잡은 강우를 위해 연수가 두유를 건넸다.

"뭐야? 넌 커피고 난 어린애들이나 먹는 두유야?"

강우가 불만스럽게 두유를 쳐다보았다.

"빈속에 카페인 먹으면 위장 버려요. 락토오즈 젖산 분해가 안되는 감독님 위해서 우유 말고 두유로 가져왔구만…… 먹기 싫으면 관두세요."

"누가 안 먹는데?"

연수가 두유를 도로 뺏어가려 하자 강우가 스트로를 톡 꽂고는 꿀꺽꿀꺽 마셨다.

"아, 이제 살 것 같네."

생기가 조금 도는 얼굴로 강우가 말했다. 그사이, 연수는 어디론가 전화를 걸고 있었다. 그러나 상대는 마치 외면이나 하는 듯 전화를 받을 기미가 없었다.

"안 받아?"

"네."

"그쪽도 귀찮은 거겠지. 명백히 거절했는데 자꾸 전화해 대니……. 근데 꼭 이렇게까지 해야겠어?"

강우와 연수는 〈당신을 사랑하는 천 가지 이유〉의 커플로 『동행』이라는 책을 냈던 이명식, 정영은 부부를 인터뷰 섭외하러 왔다. 이미 각 포털 사이트에 이벤트 공고를 내어 연인들의 사연을 접수받고 있었지만, 그것과는 별개로 연수는 꼭 인터뷰하고 싶은 커플 리스트를 개인적으로 작성했다. 이명식, 정영은 부부는 그중 연수가 반드시 인터뷰하고 싶은 커플이었다.

『동행』은 어느 북카페에서 친구를 기다리다 우연히 발견한 책이었다. 기다리는 시간을 때워볼까 하며 책장을 서성거리다가 표지의 활짝 웃는 부부 얼굴이 어찌나 아름답던지 마음이 끌려 집어들었다.

연수는 곧 책에 흠뻑 빠져들었다.

나이 서른둘, 동갑내기 부부가 암센터 병동에서 처음 만났다. 남자는 폐암 2기, 여자는 췌장암 3기. 하지만 암은 둘을 갈라놓을 수 없었다. 둘은 고통스런 암과 싸우며 사랑했고 각자의 부모 반대를 무릅쓰고 결혼하여 아기도 가졌다. 책에는 남편과 임신한 아내가 그네에 나란히 앉아 서로의 손을 잡고 있는 것으로 끝이 난다. 새로 태어날 아기를 기다리며.

둘의 사랑이 참 애틋하고 예뻐서 연수는 기다리던 경주가 온 것도 모르고 엉엉 울면서 책을 보았다.

그 후, 어느 광고의 카피인 양 '사랑한다면 이들처럼' 이라는 말이 연수의 가슴에 자리 잡았다. 연수는 자기도 그 두 사람처럼 한마음으로 순수하게 사랑하리라 마음먹었다. 그렇기에 〈당신을 사랑하는 천 가지 이유〉를 기획하면서 연수는 이명식, 정영은 부부를 꼭 인터뷰하고 싶었다.

"전 꼭 두 사람의 얘길 듣고 싶어요. 두 사람의 사랑은 저한텐 일종의 바이블 같은 거예요. 사랑의 바이블."

연수가 확고히 대답했다.

둘을 섭외하기 위해 출판사에 연락했을 때 출판사 직원은 놀라워했다. 『동행』은 이명식 씨가 부인을 위해 자비 출판으로 소량 찍은 터라 이 책을 접한 일반 독자가 있다는 사실이 신기한 듯했다.

그 말을 듣고 연수는 북카페에서 『동행』을 손에 집어 든 게 우연이 아니라고 생각했다. 때로 운명은 우연을 가장하고 오는 법이니까.

시간 약속에 칼 같은 경주가 그날따라 지각을 한 것, 자주 가는 카페가 정기 휴일로 문을 닫아 다른 카페를 찾다가 평소 있는지도 몰랐던 아주 작은 북카페를 발견한 것. 그 모두가 『동행』을 만나기 위한 필연이었다.

"어쨌든 만나보면 결론이 나겠지."

이명식, 정영은 부부가 사는 집을 연수는 확실히 알지는 못했다. 책에서 언급된 지명과 사진으로 청산면 국화리 어디쯤이 아닐까 짐작하는 것이었다.

"먼저 국화리의 이장을 만나봐야겠군."

강우는 카메라가 든 가방을 챙기고 일어섰다. 그들은 택시를 잡아 국화리로 향했다.

"실례합니다."

시골집이라 그런지 이장 집 입구에는 대문이 없었다. 그저 허리까지 오는 얼기설기 엮은 울타리가 대문을 대신했다. 강우가 울타리를 살짝 밀며 안을 향해 크게 외쳤다.

"뉘슈?"

마당의 평상에 빨갛게 익은 고추를 널고 있던 꼬부랑 할머니가 물었다. 얼굴에 검버섯이 피어 있고 주름이 자글자글한 할머니였다. 얼핏 봐도 연세가 꽤 되신 듯해 연수는 시골에 계신 할머니가 생각났다.

"말씀 좀 여쭈러 왔습니다. 이 마을에 이명식 씨가 살고 있다고 들었습니다만, 어디 사는지 아십니까?"

강우는 할머니 귀가 어두울까 싶어 다가가 큰 소리로 말했다. 그러자 할머니가 강우의 등짝을 다짜고짜 때렸다.

"아이고! 목구녕에 기차 화통 달았나? 귀 떨어지겠구만!"

뼈만 앙상한 할머니 손은 꽤나 매웠다. 강우가 얼굴에 오묘한 표정을 지으며 오른손으로 등을 쓱쓱 문질렀다.

쿡.

연수는 배시시 웃음을 터뜨렸다. 강우가 째려보자 연수는 눈치 본답시고 고개를 수그리고 큭큭거렸다.

"할머니, 이명식 씨 집 아세요?"

연수가 생글생글 눈웃음을 치고는 물었다.

"명식이가 누군디?"

할머니가 되레 물었다. 연수는 난감했다. 이명식이 이명식인데 이명식을 누구냐 물으면…… 할 말이 없다.

"에휴, 할머니. 댁에 다른 분 안 계세요?"

"없어. 나뿐이여. 우리 아들, 시방 논에 갔는디, 금시 올 틴께 기다릴랑가?"

"그래요? 그럼 실례지만 여기서 잠깐 기다릴게요."

"그래, 저짝에서 쉬면서 기다리소."

할머니가 툇마루를 가리키며 말했다. 할머니의 '금시'는 정확히 몇 분인 걸까. 얼마 후 연수와 강우는 구슬땀을 흘리며 툇마루 벽에 붙은 시계를 힐끔힐끔 보았다. 연수는 툇마루에 앉아 할머니와 함께 밤을 까고, 강우는 마당에서 장작을 패고 있었다.

한 시간 전쯤, 둘이 툇마루에 짐을 풀고 잠시 앉아 있는데 할머니가 심심한데 밤이나 까먹으라며 한 소쿠리를 가져다주었다. 그러곤 어디선가 커다란 도끼를 들고 장작을 패려고 하는 것이다. 도끼 들 힘도 없어 보이는데 할머니가 두 팔을 부들부들 떨면서 장작을 패고 있으니 건장한 강우가 앉아 있기에 민망했다.

"할머니, 이리 주세요. 제가 팰게요."

"아니여. 내가 할 수 있어. 임자는 쉬고 있으랑께."

입으로는 거절하면서 할머니는 강우 손에 덥석 도끼를 쥐여주었다. 그때부터 강우는 머슴처럼 장작을 팼고 할머니는 연수 옆으로 와 밤을 깠다. 할머니는 밤을 까면서 연수에게 껍질을 얇게 까야 한다며 잔소리를 했고, 강우에게는 옹이를 피해서 도끼질을 해야 한다고 훈수를 두었다.

둘은 마녀에게 잡힌 헨젤과 그레텔처럼 땀을 삐질삐질 흘리며 열심히 일했다. 연수가 겨우 한 소쿠리 가득 든 밤을 다 까고 허리를 펴자 강우도 얼추 장작 패기를 끝내가고 있었다.

"할머니, 아드님 금방 오는 거 맞아요?"

시계를 보니 벌써 한 시간 반이 훌쩍 지나 버렸다. 강우는 장작 부스러기를 치우곤 어이가 없어서 시계와 도끼를 번갈아 보았다.

"응, 인자 올 때 되았어. 금시 온당께."

그렇게 또 30분이 흘러갔다. 강우와 연수는 007과 본드걸이 적진에서 탈출하듯 서로 눈짓을 나누었다.

"하하, 할머니, 저희는 바빠서 이만 가보겠습니다."

강우가 카메라 가방을 챙기며 말했다.

"아니, 왜? 우리 아들 시방 오고 있을 텐디. 그리고 고생했으니께 밥이라도 먹고 가. 그래야 내가 거시기 안 하지."

할머니가 강우를 붙들었다.

"아니에요, 할머니. 저희 오늘 서울 올라가야 하거든요. 빨리 이명식 씨 만나봐야 해요."

연수가 사양했다.

"그래두 서운한디……."

할머니가 매우 섭섭한 얼굴로 뒤따라 나왔다.

"그럼 쪼매만 기다려. 내 금시……."

"아니에요, 할머니. 저희 이만 가보겠습니다."

강우는 연수의 옆구리를 찔러 재빠르게 집을 나왔다. 달리듯 종종걸음을 치며 도망친 둘은 이장 집에서 조금 멀리 떨어져서야 걸음을 멈추었다.

"거 참, 할머니 기운도 좋으시고 요령도 좋으시네. 사람 부려먹는 솜씨가 아트(Art)야, 아트."

강우가 두 시간 동안 장작을 패고 정리한 게 어처구니없는지 피식 웃었다.

"밤 다 까고 할머니가 부엌 들어가실 때 아까 들여놨던 감자 대야를 들고 나오실까 봐 얼마나 조마조마했다고요. 나보고 그거 다 까라고 할까 봐······."

둘은 얼굴을 마주 보고 쿡 웃었다. 킥킥 한바탕 웃은 후에 강우가 입을 열었다.

"마을회관에 가보자. 거기선 무슨 실마리라도 얻겠지."

연수는 고개를 끄덕이며 앞장서는 강우를 뒤따랐다. 좁은 시골길을 걷고 있는데 뒤쪽에서 털털털 경운기 소리가 들렸다.

"어이, 거시기! 서울서 온 손님!"

경운기 위에서 밀짚모자를 쓴 늙수그레한 아저씨가 소리쳤다. 강우가 뒤돌아보았다. 경운기는 꽤 빠른 속도로 달려와 두 사람 옆에서 멈추어 섰다.

"아이고, 젊은 사람이라 걸음도 빠르요."

아저씨가 밀짚모자를 벗고 한숨 돌리며 말했다.

"엄니한테 들었는디 이명식을 찾는다고?"

"아, 네."

"여기서 솔찬히 먼디······. 내가 태와주고 싶어도 시방 마을회관에 일 있어서 가봐야 하구만."

"괜찮습니다. 집만 알려주시면 저희가 알아서 가겠습니다."

"그럼 저기, 고갯길 보이재라. 저 고개 넘으면 길이 두 갈래로 나뉘는디 왼쪽 길로 가시요. 한참 가다 보면 냇가가 나올 텐디 개울 건너

쫌만 더 걸으면 파란 지붕 집이 나오재라. 그 집이 거시기 집이요."

"아, 고맙습니다."

강우가 예의 바르게 인사했다.

"그럼, 잘 가시요잉."

아저씨는 경운기에 시동을 걸었다. 그러다 무언가 생각났는지 경운기 뒤쪽에서 검은 비닐봉지를 하나 꺼냈다.

"아 참, 점심때 다 됐는디 가면서 묵소."

아저씨는 강우에게 보따리를 떠넘기듯 쥐여주고는 경운기를 털털거리며 앞서 나갔다.

"뭐예요?"

강우가 열어보니 김이 모락모락 나는 옥수수와 삶은 감자가 들어 있었다. 목 막히지 말라고 조그만 물병에 수정과도 들어 있었다. 연수는 침이 고였다. 강우가 손잡이처럼 잡을 수 있게 옥수수 잎을 뒤로 젖혀 연수에게 건넸다. 연수는 한 알 한 알 옥수수를 뜯어 먹으며 걷기 시작했다.

천국이 따로 없었다. 사랑하는 님과 나란히 걸으면서 연하디연한 옥수수를 먹는 맛은 오성급 레스토랑의 최고급 요리에 비할 바가 아니었다.

'이런, 또!'

연수는 방심한 사이 또 강우를 사랑하는 마음이 깊어지는 자신을 깨달았다. 그래서 얼른 주문을 외웠다.

'히드라는 못생겼다! 히드라는 난쟁이 똥자루……'

중얼중얼하는 사이에도, 하늘은 구름 한 점 없이 푸르고 들판은 익어가는 벼이삭이 더없이 풍요로웠다. 빨간 고추잠자리가 길가에 핀 코스모스 위에 앉았다가 날아올랐다. 연수는 코스모스를 한 송이 따다가 꽃 점을 보았다.

'잊혀진다. 아니다. 잊혀진다⋯⋯.'

한 장 한 장 꽃잎을 떼면서 속으로 중얼거렸다. 그리고 마침내 마지막 한 장.

'잊혀진다!'

연수는 저만치 앞서 가는 강우의 뒷모습을 보았다. 꽃 점이 이렇게 말한다. 언젠가는 히드라를 잊을 수 있다고. 마지막 꽃잎을 손바닥 위에 올려놓고 연수는 잠시 멍했다. 시간이 지나면 히드라가 연수의 가슴속에서 하얗게 지워진다 하니 좋은 일이지만 웬일인지 가슴 한쪽이 싸하다.

"뭐 해? 안 오고?"

마치 뒤에도 눈이 달린 듯 연수의 눈길을 받자마자 강우가 돌아보며 소리쳤다.

"빨리 와. 안 오면 놓고 간다!"

"아니요, 가요, 가!"

연수는 마지막 코스모스 잎을 풀밭에 조심스레 놓았다. 마치 그녀의 마음속에서 히드라를 내려놓는 것처럼.

이명식, 정영은 부부의 집은 『동행』의 사진에서처럼 아담하고 예뻤다. 연수는 한눈에 그 집을 알아보았다. 마당의 꽃밭에는 노란 국화가 만발했고, 두 부부가 나란히 앉아 손을 맞잡고 있던 그네도 감나무 옆에 그대로 있었다.

"계십니까?"

강우가 마당으로 들어서며 안쪽을 향해 말했다. 드르륵 여닫이문이 열리며 두 살쯤 되어 보이는 아기를 업은 여자가 나타났다. 아기를 보느라 잔머리가 삐죽삐죽 튀어나오고 얼굴은 지친 듯 조금 까칠했지만 꽤 미인이었다.

"누구세요?"

"서울서 왔습니다. 여기가 이명식 씨 댁입니까?"

"그런데요……."

여자는 문지방을 넘어 툇마루로 나왔다. 강우는 지갑에서 명함을 꺼내 여자에게 건넸다.

"영화 제작사 백야의 최강우입니다. 이쪽은 이연수 대리고요. 이명식 씨께 몇 번 연락드리긴 했는데 인터뷰 건으로 허락을 받고자 이렇게 찾아뵀습니다."

"인터뷰요? 그이 지금 여기 없는데…… 시내 나가서 이따 오후쯤에나 돌아올 거예요."

'그이?'

연수는 여자가 '그이'라고 말하자 의아했다. 분명 연수가 기억하는 정영은은 이런 얼굴이 아니었다. 눈이 좀 더 동그랬고 쌍꺼풀도 없었다. 얼굴은 턱이 조금 각 졌고 입술은 도톰했다.

"정확히 몇 시쯤에나 오실까요?"

"글쎄요. 3시쯤?"

"알겠습니다. 그럼 그때 다시 찾아뵙겠습니다."

강우와 연수는 도로 집을 나왔다.

"이상해요."

연수가 고개를 갸웃했다.

"뭐가?"

"분명 방금 그 여자가 이명식 씨를 두고 '그이'라고 했잖아요? 근데 제가 아는 정영은 씨가 아니에요."

"실물은 한 번도 못 봤잖아. 사진 속 얼굴은 많이 달라 보이기도 하니까……."

통. 통. 통. 통. 통.

작은 조약돌이 발레리나처럼 수면 위를 가볍게 차고 통통통 튀어 올랐다가 마침내 물속에 풍당 빠졌다.

"야호! 오늘 회는 감독님이 쏘시는 거예요!"

연수가 환호성을 올렸다. 강우는 기가 막힌 묘기를 눈앞에서 확인했는데도 믿기지 않았다. 아니, 어떻게 조약돌이 한 번도 아니고 다섯 번이나 튀어오를 수가 있지? 강우가 던진 조약돌은 기껏 한 번 통 튀어 올랐다가 그대로 풍덩 빠지기 일쑤였다.

"알았어."

강우는 오기가 나서 승부와 상관없이 조약돌을 하나 주워 야구 공을 던지듯 와인드업까지 해가며 날렸다. 조약돌은 날개를 단 듯꽤 멀리 날아갔지만 이내 물속으로 쑥 들어가고 말았다.

"어휴, 물수제비는 무식하게 힘만 쓰면 안 된다고요. 자, 봐요. 가볍고 우아하게."

연수의 포즈는 우아하기보다는 우스꽝스러웠지만 어쨌든 이번 에도 조약돌은 통, 통, 통, 통, 통, 다섯 번을 뛰었다.

이명식이 오기를 기다리며 둘은 동네 구경을 마치고 냇가에서 물수제비로 저녁 내기를 하는 중이었다. 연수는 물수제비를 몇 번 더 뜨고 나서 커다란 버드나무 그늘에 앉아 휴식을 취했다. 그러 나 강우는 물귀신이라도 된 양 시냇가에 붙박이가 되어 물수제비 를 떴다.

강우는 한 번 꽂히면 아무리 사소한 거라도 끝장을 보곤 했다. 이번엔 물수제비가 그의 자존심을 건드린 모양이다. 그렇게 30분 쯤 물수제비를 떴을까, 조약돌이 통, 통, 통, 물 위를 세 번 뛰었다.

"아싸! 봤어, 태권브이?"

강우가 자랑스럽게 돌아보며 외쳤다. 사무실에서는 근엄한 위 엄과 포스가 넘치던 그가 지금은 영락없는 열 살 개구쟁이였다. 꾸벅꾸벅 졸던 연수는 강우가 소리치는 바람에 깨어 영혼 없는 물 개 박수를 쳤다.

"축하해요!"

졸음이 그녀의 영혼을 다시 반쯤 삼켰을 때 갑자기 연수가 눈을 번쩍 떴다. 냇가 맞은편에서 눈에 익은 남자가 다가오고 있었기 때문이다. 연수는 벌떡 일어나 남자에게 달려갔다.

"안녕하세요, 이명식 씨? 일전에 전화드렸던 백야의 이연수입 니다."

연수는 폴더 접듯 깍듯하게 인사했다. 이명식은 연수를 보고는 얼굴을 일그러뜨렸다.

"안 한다고 했을 텐데요."

이명식은 차갑게 대꾸하고는 연수를 지나쳐 걸어갔다.

"잠깐만 시간 좀 내주시지요."

강우가 이명식과 나란히 걸으며 말했다.

"네, 잠시만요. 저희의 프로젝트를 차분히 들어보시고……."

연수가 이명식의 팔을 살며시 잡았다.

"글쎄, 안 한다고 하지 않았습니까?"

이명식이 연수의 팔을 내치며 짜증스럽게 대꾸했다. 얼굴에는 못마땅한 표정이 가득했다.

"저기, 그러지 마시고…… 서울에서 내려온 정성을 봐서라도 아내분과 함께 저희 얘기를 들어주시면 안 되겠습니까? 얘기를 다 듣고도 싫다 하시면 군말 없이 물러나겠습니다."

벌써 파란 지붕 집 앞이었다. 강우가 간곡한 어조로 부탁했다. 연수가 재빠르게 덧붙였다.

"두 분이 책으로 내신 『동행』을 무척 감명 깊게 읽었어요. 그 책을 보고 '나도 사랑한다면 이렇게 해야지' 하고 맘먹었죠. 두 분의 애틋한 사랑이 인상 깊었기에 이번 프로젝트를 기획하고서 꼭 두 분을 인터뷰하고 싶었어요. 제발 부탁합니다. 얘기만이라도 들어주세요."

이명식은 대문 손잡이를 잡고는 잠시 멈추어 섰다. 꾹 다문 그의 입술이 왠지 조금 떨리고 있었다.

"영은이는 죽었습니다. 그리고 난 재혼했고요. 그러니 다시는 귀찮게 하지 마십시오."

이명식은 비통하게 말을 내뱉고는 문을 열고 안으로 들어가 버렸다. 뒤에 남겨진 연수와 강우는 할 말을 잃었다.

"하…… 참…… 하아."

연수는 머리에 벼락을 맞은 것처럼 짧은 탄성만 내지를 뿐이었다. 믿기지가 않았다. 책에서는 죽음도 갈라놓을 수 없을 것처럼 영원한 사랑이었는데. 아직도 목이 메었던 한 대목이 생각난다.

─죽음이 우리를 갈라놓을지라도
사랑은 갈라놓지 못한다.
하늘의 사랑이 깊어
내가 혹은 네가 먼저 떠나더라도
그것은 잠깐의 이별, 다시 만날 약속.
나는 네 가슴에 해가 되고
너는 내 가슴에 달이 되니
외로울 땐 가슴에 물을게.
똑똑똑.
"당신 거기 잘 있나요?"

"죄송합니다, 완전 헛걸음만 했네요."
어깨가 축 늘어져서 연수가 말했다.
"됐어. 네가 죄송할 게 뭐 있어. 두 사람에 대해 얻을 수 있는 사전 정보는 아무것도 없었으니 이런 일쯤 대수로울 거 없어."

강우가 쿨하게 대꾸했다.

"그나저나 택시를 불러야 할 텐데……."

강우는 가까운 농가를 찾았다. 꽤 두메산골이라 인가가 드문드
문 있었다. 두 사람은 냇가를 건너 10분쯤 걸어 근처 농가로 갔다.

"고맙습니다, 할머니. 근데 한 가지 여쭤볼 게 있는데요, 저기
시냇가 지나 파란 지붕 집 말예요."

할머니에게서 콜택시 전화번호를 받아 든 연수가 이명식 씨에
대해 운을 떼었다.

"응, 재명이네?"

"재명이요?"

"그 집 아들 이름이 재명이잖어."

연수는 그 여자가 아이를 업고 있었던 게 기억났다.

"그럼, 그 아이가 혹시……."

"영은이 아들이지."

할머니가 눈치 빠르게 대답해 주었다.

"영은 씬 언제……."

"에구구, 불쌍하지. 작년 가을에 애 돌도 못 보고 갔당께. 참 싹
싹하고 밝은 처자였는데……. 그리 둘이 죽고 못 살더니 애 엄마
죽고 일 년도 안 돼 재혼해 부렀잖어. 애 때문이라고 어쩔 수 없다
해도 참…… 꼭 재명 에미 죽기를 기다린 것같이…… 거땀시 마을
사람들도 좀 거시기혀 해."

혼자 사는 터에 말동무가 생겨 반가운 듯 할머니는 청하지도 않

앉는데 이런저런 이야기를 풀어놓았다.

"실망했어?"

할머니 말에 적당히 맞장구를 쳐준 다음, 밖으로 나오면서 강우가 연수에게 물었다.

"뭘요?"

"얼굴에 다 쓰여 있어. 이명식 씨가 재혼해서 실망 많이 했어?"

"조금은……."

연수가 새침하게 말했다.

"조금이 아닌 것 같은데? 마치 네가 배신당한 것 같은 얼굴이군."

연수는 대꾸하지 않았다. 『동행』을 읽고 두 사람의 사랑에 무척 감동했기에 명식 씨가 일 년도 안 돼 재혼했다는 소식은 충격이었다. 강우의 말대로 연수 자신이 배신당한 기분이다.

그렇다면 책에 적힌 그 애절한 사랑은 대체 뭐였나? 영은 씨와의 사랑은 다 거짓인 건가?

두 사람이 막 대문 밖을 나왔을 때였다. 아까 이명식 씨 집에서 보았던 여자가 주위를 두리번두리번거리더니 둘을 보고 잰걸음으로 다가왔다.

"다행이에요. 아직 안 가셔서……."

"무슨 일이시죠?"

연수가 의아해서 물었다.

"아까 재명 아빠랑 문밖에서 하신 얘기 들었어요. 『동행』 보시고 그것 때문에 오셨다고……."

"네. 그렇긴 한데……."

"바쁘시지 않으면 저랑 잠깐 가주실 수 있을까요?"

연수는 어쩌면 좋겠느냐는 눈길로 강우를 보았다. 강우가 고개를 끄덕였다. 여자는 둘을 가까운 산 오솔길로 안내했다. 산허리를 따라 조금 올라가자 햇빛이 잘 드는 곳에 작은 봉분이 하나 있었다.

"여기예요, 영은 씨 묘."

봉분 앞에는 대리석으로 된 비석이 깔려 있었다. 그리고 방금 꽂아놓은 듯 비석 옆 화병에는 노란 국화꽃이 만발해 있었다. 여자는 국화꽃잎을 손으로 어루만지고는 잠시 말이 없었다.

"명식 씬 아마 거의 매일 여기 올 거예요. 오늘은 장에 다녀온 기념으로 꽃을 샀나 보네요."

여자는 그렇게 말하며 말갛게 웃었다. 그 말간 웃음이 연수에게는 참 복잡하게 느껴졌다. 모든 것을 포용하는 이해의 미소 같기도 하면서, 한편으로는 쓸쓸한 서글픔이 느껴지기도 했다.

"용식이 할머니께 얘기 다 들었겠죠? 그 할머니 외로우셔서 그런지 수다가 장난 아니시거든요."

"네. 영은 씨, 작년 가을에 돌아가셨다고……."

"명식 씨, 아주 많이 괴로워했어요. 아마 재명이 없었으면 영은 씨를 따라갔을 거예요. 이 비석 읽어보실래요?"

여자는 강우와 연수가 글을 읽을 수 있게 옆으로 비켜섰다.

─죽음이 우리를 갈라놓을지라도
사랑은 갈라놓지 못한다.
…….

똑똑똑.

"당신 거기 잘 있나요?"

비석에는 연수가 『동행』에서 가장 인상 깊게 본 구절이 적혀 있었다.

"영은 씨는 여기 묻혀 있지 않아요. 그이 가슴에 살아 있죠, 영원히. 두 사람의 사랑 때문에 인터뷰까지 오셨는데 재혼했다는 얘기를 듣고 떠나면 둘의 사랑…… 왠지 거짓인 것처럼 여길 것 같아서…… 뵙자고 했어요. 그러면 내가 너무 미안해지니까……. 안 그래도 마을 사람들이 많이 수군거리거든요."

여자의 눈에 살며시 그림자가 졌다.

"영은 씨 잃고 힘들어하는 그이에게 내가 먼저 결혼하자고 했어요. 재명이한테는 엄마 손길이 필요하다면서……. 명식 씬 고개를 저었지만 내가 끈질기게 설득했어요. 그렇게라도 명식 씨 곁에 있고 싶었거든요. 그인 내 첫사랑이자 10년 묵은 짝사랑이에요. 처음엔 영은 씨 많이 미워했어요. 10년 동안 난 바라보기만 한 그이를 단번에 가진 그녀가 너무 미웠어요. 근데 이제는 너무 미안해요. 그저 내가 살아 있다는 이유만으로 명식 씨 곁도, 재명이 곁도 지킬 수 있거든요. 난 아직 짝사랑 중이에요. 어쩌면 평생 짝사랑으로 끝날지 몰라요. 그게 때로는 마음 아프지만 그래도 행복해요."

여자는 『동행』의 표지 속 영은 씨처럼 미소 지었다. 편안하고 선한 웃음이었다. 셋은 다시 길을 거슬러 내려왔다. 오솔길 초입에 다다르자 명식 씨가 아들 재명이를 데리고 나와 있었다. 명식 씨는 나란히 내려오는 셋을 말끄러미 보았다. 연수는 괜히 찔려서 걸음이 늦어졌다. 아내를 꼬여내 만난 걸로 오해하고 그가 화를 낼 것만 같았다.

"역시 이분들을 만나러 나온 거였군……."

명식 씨가 혼잣말하듯 중얼거렸다. 명식 씨는 그 이상 아무 말도 않았다. 그저 아내의 손을 잡고 나란히 걸었다.

"당신은 먼저 들어가 있어."

갈림길에서 명식 씨는 아들을 아내에게 안겨주며 말했다. 아내는 고개를 끄덕이고는 연수와 강우에게 인사를 했다.

"그럼, 안녕히 가세요."

"오늘, 고마웠습니다."

강우가 마주 인사했다.

"만나서 반가웠습니다. 안녕히 가세요."

같은 짝사랑 동지로서 어느새 여자에게 마음이 간 연수가 다정하게 말했다. 아내가 떠나자 명식 씨가 둘에게 물었다.

"제 아내가 무슨 얘기를 했습니까?"

"별다른 말 없었습니다. 당신을 사랑한다는 얘기……."

"그리고 영은 씨가 잠들어 있는 곳을 보여주었어요."

연수가 강우의 말을 받아 대답했다. 명식 씨는 생각에 잠겨 한동안 말이 없었다. 이윽고 콜택시가 기다리는 곳에 도착했다.

"영은이에 대한 사랑은 여기 이쪽에 있습니다."

명식 씨가 제 오른쪽 가슴을 손으로 가리키며 말했다.

"그리고…… 지금 아내에 대한 사랑은 여기 이쪽에 있습니다.

아직 작고 여린 새싹이지만 시간이 지나면 점점 자라나겠죠. 하지만 영은이에 대한 사랑이 줄거나 하지는 않을 겁니다. 두 사람의 방은 각각 따로 있으니까요."

이번에는 왼쪽 가슴을 가리키며 명식 씨가 말했다. 강우는 알았다는 듯이 고개를 끄덕였다. 사람의 마음은 우주처럼 넓어서 그 안에 무수한 방이 있다고 한다. 그 수많은 방 중 하나가 찼다고 해서 다른 방이 모두 닫히는 건 아니다. 그러기에 사랑을 잃고 웃음을 잃은 남자와 여자도, 다시 찾아오는 사랑에 미소를 되찾는 것이다.

영원한 사랑이 있을까?

연수는 생각했다.

어쩌면 영원한 사랑이란 내 마음을 차지한 그 사람을 마음의 방에서 억지로 비워내지 않는 것, 그 사람을 그 방에 소중히 간직해 두는 게 아닐까.

연수는 명식 씨의 말을 되새기다가 영원한 사랑에 대해 조금은 알 것 같은 기분이 들었다. 그녀가 제 마음의 방 창문을 드르륵 열었다. 그 방은 비어 있었다. 아까 마지막 코스모스 잎과 함께 연수가 억지로 히드라를 비워낸 것이다.

연수는 강우를 보고는 찰칵, 눈으로 그를 찍었다. 그리고 마음의 방 벽 액자에 아주 소중히 걸어두었다.

'나, 일부러 비워내지 않을게. 그러니 원하는 만큼 맘껏 머물러요, 히드라.'

종일 난쟁이 똥자루를 외우던 연수가 가만히 중얼거렸다.

6. 사랑은 원래 불안한 것

쿠르릉, 쿵쾅!

퍼런 불이 번쩍 일며 뒤이어 하늘이 무너지는 듯한 커다란 소리가 창문을 뒤흔들었다. 연수는 이불을 뒤집어쓰고 몸을 달달 떨었다.

우르르, 쿠쿵!

또다시 천둥소리가 세상을 집어삼켰다. 가는 날이 장날이라더니 하필이면 갑작스런 폭우에 연수와 강우는 발이 묶여 버렸다. 할 수 없이 여객터미널 근처 여인숙에 방을 잡았는데, 마치 누군가 장난을 친 것처럼 여인숙의 두꺼비집이 나가 버렸다. 주인아주머니가 미안해하며 주고 간 초는 귀신을 부르는 등불처럼 혼자서 춤을 추더니 그만 꺼져 버렸다.

연수는 천둥 치는 밤이 제일 싫었다. 비 오는 밤의 천둥은 어린 시절의 끔찍했던 기억으로 연수를 끌어당겼다. 어둡고 탁하고 무서운…… 한 번 들러붙으면 결코 떨어지지 않는 그 진득한 기억 속으로.

우우우우웅—

"엄마야!"

연수는 이불 속에서 갑자기 울리는 진동 소리에 간이 배 밖으로 튀어나가는 줄 알았다. 하지만 다행히 뱃가죽이 두꺼워 간은 무사했다. 휴대폰 액정에 '히드라내꺼'가 떴다. 연수는 반갑게 전화를 들었다.

"여…… 보세요?"

지금까지 연수를 집어삼킨 무서움과 안도감이 교차하며 목소리가 쉬어 나왔다.

[역시 예상대로군.]

전화 너머로 들리는 강우의 목소리는 나직나직했다.

"네?"

[지금 방 앞이야. 문 열어.]

강우는 대답을 기다리지 않고 전화를 끊었다. 순 제멋대로였지만 연수는 투덜거릴 수 없었다. 무서워서 아무라도 붙잡고 매달리고 싶은 이때에 강우가 와주니 감개무량할 뿐이다.

"자!"

강우는 까만 비닐봉지를 연수에게 안겼다. 안에는 오징어와 맥주 두 캔이 들어 있었다.

"왜 촛불을 끄고 있어?"

"끈 게 아니라 저절로 꺼진 거예요. 근데 무서워서 다시 켤 수가 없는 거 있죠? 또 켰다가 꺼지면 꼭 귀신이 이 방에 같이 있는 것 같잖아요."

연수는 생각만으로도 소름이 끼치는지 양팔을 X 자로 겹쳐 쓱쓱 팔을 문질렀다.

"하여튼 쓸데없이 상상력만 좋아가지고는……."

강우는 어이없다는 표정을 짓고는 사온 플래시의 불을 켰다. 형광등만큼은 아니지만 방 안이 조금 환해졌다. 밝은 빛에 연수는 두려움이 가시는 걸 느꼈다.

"와아!"

연수가 탄성을 질렀다.

"이거 사온 거예요? 나 때문에?"

기대에 차서 연수가 물었다.

"아니, 귀신 놀이 하려고."

강우가 플래시를 제 목 밑에 갖다 대면서 장난을 쳤다.

"어우, 치워요! 이런 거 딱 질색이야!"

연수가 팔딱 뛰며 강우를 저도 모르게 세게 밀쳤다. 강우는 그대로 엉덩방아를 찧었다.

"다 죽어가는 줄 알았더니 그래도 힘은 남아 있네."

아무리 힘이 세도 그렇지, 연수에게 단번에 밀린 강우는 민망하기 그지없었다.

"미안…… 해요."

"됐어. 태권브이를 얕잡아본 내 잘못이지."

강우가 플래시를 마저 연수에게 안기고는 문 쪽으로 향했다.

"가시게요?"

연수가 쫄래쫄래 따라와 물었다.

"응."

"그럼 이거는요?"

"먹고 자라고. 마시면 천둥 따위 무섭지 않을 거야."

'역시 알고 있었구나……'

연수는 뜬금없이 맥주와 오징어를 사다 안긴 강우가 고마웠다.

"같이 마셔요. 전 한 캔이면 돼요."

두 사람은 이불을 뭉쳐 플래시를 화로처럼 세워놓고 마주 앉았다. 캔을 따자 시원한 맥주 거품이 올라왔다.

"근데 제가 천둥을 무서워하는 줄 어떻게 알았어요?"

연수는 강우가 알아준 게 기쁘기도 하고 어린아이처럼 천둥을 무서워한다는 걸 들킨 게 멋쩍기도 했다.

"작년 워크샵 때 예고도 없이 폭우가 쏟아졌잖아. 내 방이 여자들 방 바로 옆이었는데 천둥이 칠 때마다 네 비명 소리에 잠을 설친 건 나뿐인 것 같더군."

그랬다. 그날, 어찌나 무서웠는지 깜짝깜짝 놀라 저도 모르게 소리를 질렀는데 오 차장도 소정 언니도 쿨쿨 잠만 잘 잤다.

"그랬구나……. 다들 잘 자기에 괜……."

그때 또다시 창문 밖이 번쩍거렸다. 곧이어 쿠르르― 쾅쾅, 요란한 소리가 창문을 뒤흔들었다. 연수는 놀라 캔을 떨어뜨릴 뻔했다. 그녀의 안색이 창백했다. 맥주를 든 손이 바들바들 떨렸다. 강우는 연수의 이런 약한 모습은 처음 보았다.

"덮치지 않는다고 약속하면 팔을 빌려주지."

강우는 분위기를 바꾸려고 농담처럼 툭 내뱉었다. 그런데 연수가 덥석 그의 손을 붙잡았다.

"약속해요. 안 덮칠게요."

연수가 너무 진지한 바람에 강우는 더 이상 그녀를 놀릴 수 없었다. 그래서 오른팔을 어깨까지 높이 들어 연수가 들어올 공간을 만들어주었다. 연수는 서슴없이 그의 어깨 아래로 들어왔다. 연수는 연약한 병아리 같았다. 그의 팔 안에 감긴 연수의 어깨가 천둥이 칠 때마다 작게 바스락거렸다.

"그런데 천둥이 왜 무서운데?"

강우는 '연수가 이렇게 여렸었나?', '언제나 씩씩하던 연수가 이렇게 작았었나?' 새삼 느끼며 물었다.

"비…… 밀이에요."

연수가 작게 속삭였다.

"비밀?"

"네."

강우는 비밀이 무엇인지 궁금했지만 연수의 얼굴에 진 그림자를 보고 더 이상 캐묻지 않았다.

"그만 자. 잘 때까지 곁에 있어줄 테니 무서워 말고."

강우가 이불을 끌어 연수에게 덮어주었다.

연수는 한기가 일어 잠에서 깼다. 눈을 뜨니 플래시가 희미하게 깜박거리고 있었다. 잠결에 걷어찼는지 이불은 다리 밑에 겨우 걸쳐진 채였다. 손안에서 느껴지는 온기에 연수는 누운 채로 고개를 들었다. 강우가 그녀의 손을 꼭 잡은 채 벽에 기대어 잠들어 있었다. 잠결에도 무서운 나머지 그의 손을 놓치지 않았나 보았다. 연수는 강우의 손바닥에서 느껴지는 온기를 음미하다가 조심스럽게 손을 뺐다. 그러곤 일어나 이불을 주워 강우에게 꼭꼭 덮어주었다.

　　잠든 강우의 모습은 살아 있는 다비드상 같았다. 깨어 있을 때의 차갑고 가시 돋친 그가 아닌 따스하고 다정다감한 모습에 연수는 그의 볼을 살며시 만져 보았다. 그러곤 그의 옆에 나란히 앉았다.

　　어느새 비는 그치고 바람이 잦아들어 덜컹거리던 창문도 깊은 잠에 빠져 있었다. 연수는 어두운 창밖을 바라보았다. 마음을 짓누르는 무거운 기억이 연수를 진득한 어둠 속으로 끌어당기는 것 같았다.

　　"난요…… 천둥이 제일 무섭고 싫어요……. 천둥이 치면요…… 내가 다시 작아져요. 아무것도 할 줄 모르는 철없기만 한 내가 돼요."

　　연수는 어린 날의 기억 속으로 빠져들어 갔다. 연수가 여덟 살 때였다. 아버지는 화가 많은 사람이었다. 연수를 낳자마자 아내가 죽은 게 화나고, 믿고 보증 서주었는데 배신하고 야반도주한 친구가 미워 화가 났다. 화가 나면 아버지는 술을 마셨다. 그리고 술을 마시면 아버지는 이놈, 저놈 하면서 세상을 저주했다. 고래고래 소리를 지르고 때로는 물건을 던지기도 했다. 손찌검을 하지는 않았지만 연수는 아버지가 술에 취하면 무서웠다.

그날도 아버지는 술에 취했다. 연수는 일찌감치 술 취한 아버지를 피해 작은 방에 들어가 숙제를 했다. 그러다 내일 미술 시간에 쓸 찰흙을 사가야 한다는 게 생각났다. 아빠는 새벽에 일찍 일하러 나가니까 밤에 미리 용돈을 타두어야 했다. 연수는 안방으로 갔다. 아버지는 화장실에 갔는지 방에 없었다. 텔레비전 위에 놓인 지갑이 보이기에 연수는 찰흙 값을 꺼냈다. 그 순간, 연수는 방에 들어온 아버지에게 귀싸대기를 얻어맞았다.

"이게 어디서 배워먹은 짓이여? 너, 에미 없다고 도둑년 소리까지 듣고 잡나?"

연수는 억울했지만 술 취한 아버지는 연수의 변명 따윈 들을 여유가 없었다. 연수는 작은 방으로 달려가 이불 속에서 엉엉 울었다. 너무도 억울해 '아빠 따위 죽어버렸으면 좋겠다'고 생각했다. 울다가 지쳐 잠든 연수는 커다란 천둥소리에 잠에서 깼다. 비가 억수같이 내렸고, 쩌억쩍 하늘을 가르며 천둥이 연신 쳤다. 연수는 무서워서 베개를 든 채 안방으로 갔지만 아버지는 없었다. 아까처럼 화장실에도 없었다. 깊은 밤, 커다란 집에 연수 혼자만이 있었다.

"……밤새 울었던 것 같아요. 울다가 지쳐서 겨우 새벽녘에 잠이 들었는데 누군가 흔들어 깨웠어요. 억지로 눈을 뜨니 옆집 할머니가 혀를 쯧쯧 차면서 측은하게 저를 내려다보더군요. 할머니는 아빠가……."

연수의 목소리는 잠겨서 조금 젖어 있었다.

"아빠가…… 돌아가셨다고 했어요. 저수지에 발을 헛디뎌 빠졌다고……."

연수는 울음을 꿀꺽 삼켰다. 그러곤 침묵했다. 그때 잠든 줄 알았던 강우가 연수의 손 위로 그의 손을 얹었다. 연수는 흠칫 놀랐다. '임금님 귀는 당나귀 귀!' 처럼 그가 깊이 잠들었다고 생각했기에 꺼낸 얘기였다. 아버지가 돌아가신 이후로 한 번도, 그 누구에게도 입 밖에 낸 적 없는 비밀 이야기였다.

연수는 비밀을 들킨 황망함에 손을 빼려 했다. 도망치고 싶었다. 어릴 적 그 순간에서, 이 방에서, 강우에게서. 하지만 강우는 완강했다. 그녀의 손을 꼭 잡고 놓아주지 않았다.

"놔…… 요!"

연수가 잡힌 손을 세차게 흔들었다.

"네 탓이 아니야."

낮은 목소리였지만 또렷하게 강우가 말했다. 연수는 더 거세게 손을 빼려 했다. 강우가 이번에는 더 큰 소리로 말했다. 그리고 더욱더 힘주어 연수의 손을 꼭 잡았다.

"아빠가 돌아가신 건 네 탓이 아니야."

그가 연수의 다른 한 손도 꼭 잡았다. 달아나려던 연수의 몸짓이 뚝 멈추었다.

"흐으윽……."

연수는 참았던 눈물을 터뜨리고 말았다. 강우의 말이 부드럽게 그녀의 가슴속에 스며들어 화석처럼 굳어 있던 마음을 녹여냈다.

아버지가 돌아가시고 연수는 장례식에서도 울지 않았다. 울지 않는 연수를 보고 마을 사람들은 '애가 독하다'고 했고, 혹은 '아직 어려서 뭘 모른다'고 했다. 하지만 연수는 독한 것도, 뭘 모른 것도 아니었다. 그저 울 수 없었다. 아니, 울 자격이 없었다. 그날 연수는 아빠가 죽어버렸으면 좋겠다고 생각했다. 그리고 아빠는 정말 죽었다. 어린 마음에 그건 큰 상처였다. 그 상처는 19년이 흘렀어도 여전히 붉은 피를 흘리고 있었다.

"바보. 괜찮아……."

강우는 어깨를 가늘게 떨며 흐느끼는 연수를 두 팔로 꼭 안아주었다. 그러곤 가볍게 등을 토닥여 주었다. 말없이 안아주며 토닥이는 그의 따스한 손길에서 연수는 오랜 상처에 약이 발라지는 듯한 느낌을 받았다.

한참을 울고 나자 마음이 한결 가벼워졌다. 연수는 제 눈물 때문에 함빡 젖어버린 강우의 셔츠를 보고는 미안하면서도 고마웠다.

"다 젖어버렸네. 여벌옷도 없는데……."

연수가 젖은 셔츠를 손으로 가볍게 만지며 중얼거렸다. 그러곤 강우를 올려다보며 말했다.

"고마워요……."

연수가 손을 떼려는데 강우가 연수의 손 위로 그의 손을 겹쳤다. 강우의 가슴에 얹어진 손을 통해 연수는 그의 심장 소리를 들을 수 있었다.

두근두근.

조금은 빨리 뛰는 듯한 심장 소리가 연수를 가슴 뛰게 만들었다. 연수가 강우를 쳐다보자 강우의 얼굴이 서서히 다가왔다. 연수는 저도 모르게 눈을 감았다. 곧이어 달콤한 입술이 제 입술에 닿았다.

두근두근, 두근두근.

연수의 심장도 강우의 심장 소리에 맞추어 빠르게 뛰기 시작했다.

초콜릿이 진득하게 흐르는 달달한 브라우니, 연유를 듬뿍 넣은 블루베리 타르트, 생크림 가득 얹은 카페라떼…… 하지만 그 어떤 것도 히드라의 키스만큼 달콤하지 않았다. 꽃잎처럼 부드러운 입술, 매끈하고 섹시한 혀가 빚어내는 키스는 연수를 황홀하게 만들었다. 입술과 입술이 포개지고 서로의 타액이 섞이며 혀와 혀가 만나 서로를 탐닉하는 순간, 연수의 눈앞에 천국이 펼쳐졌다.

"그렇게 맛있어?"

강우는 연수가 들고 있던 텀블러를 빼앗아 한 모금 마셨다.

"아우, 써!"

강우가 인상을 찌푸리면서 연수의 손안에 도로 텀블러를 쥐여 주었다. 눈을 감고 달콤한 환상 속에 잠겨 있던 연수는 난데없는 강탈에 현실로 돌아왔다. 하지만 환상 속의 잘생긴 강우는 여전히 눈앞에 있었다. 더 잘생기고 멋진 모습으로.

"이게 맛있다고 그런 표정을 짓고 있었던 거야? 이연수, 이비인 후과에 가봐야 하는 거 아냐? 미각 세포에 이상이 있는 것 같군."

강우가 쯧쯧 혀를 찼다. 그러나 연수는 타박에도 아랑곳 않고 그저 매혹적인 입술에 넋이 빠지고 말았다. 말할 때마다 강우의 입술이 섹시하게 오므라졌다가 펴졌다. 그걸 보고 있는 것만으로도 연수는 강우에게 격렬한 키스를 받고 있는 것처럼 짜릿했다. 너무 황홀해서 정신이 혼미해질 정도로 달콤했던 그때의 키스처럼.

'이런, 또 음란 마귀에 홀렸군!'

연수는 음란 마귀를 쫓으려고 텀블러에 담긴 블랙커피를 한 모금 들이켰다. 틈만 나면 며칠 전 달달했던 키스가 머릿속에서 자동 재생되면서 진하게 진도를 나가는 바람에 연수는 곤혹스러웠다. 정신 좀 차리라고 위장에 쓴물이 올라올 정도로 커피를 진국으로 탔는데도 달달한 상상은 떠날 줄을 몰랐다.

"맛있기만 한데요, 뭐."

연수는 음란 마귀에 쓰인 걸 강우에게 들킬세라 눈을 내리깔고 퉁명스럽게 대꾸했다.

"어서 준비. 재결합 커플 인터뷰 나가야지."

"네? 벌써 그렇게 됐어요?"

연수는 시계를 보았다. 누가 한 시간을 통째로 보쌈해 갔는지 벌써 3시였다. 연수는 후닥닥 가방을 챙겨 강우를 따라나섰다. 운이 나쁘게도 엘리베이터에는 강우와 연수 단둘뿐이었다.

콩닥콩닥, 콩콩닥.

밀폐된 공간에 둘만이 있으니 연수는 심장이 콩닥거렸다. 갑자기 강우의 입술이 도드라지면서 커다란 나비가 되어 팔랑팔랑 날아왔다.

'이놈의 음란 마귀!'

연수는 제 뺨을 찰싹 때렸다. 강우가 의아한 눈으로 연수를 보았다.

"하하, 가을인데도 모기가 있네요⋯⋯."

연수는 웃음으로 얼버무리고는 엘리베이터 문이 열리자마자 밖으로 튀어나갔다. 그렇지만 별 효과가 없었다. 또다시 강우의 차에 단둘이 탔기 때문이다. 연수는 아예 강우가 없다는 듯 조수석에 꼿꼿하게 앉아 앞만 보았다. 강우 쪽으로 눈을 돌렸다가는 언제 또다시 진한 키스신을 머릿속에서 연출할지 몰랐다. 이런 자신이 바보 같았지만 그 키스로 또 한 번 강우에게 반해 버린 터라 스스로도 어쩔 수 없었다.

차를 부드럽게 운전하며 강우가 흘깃 연수를 보았다. 연수는 입술을 꾹 다문 채 로봇처럼 부자연스럽게 앞만 보고 있었다. 그 침묵이 강우는 영 거슬렸다. 연수의 재잘거리는 수다가 그리웠다. 하지만 요 며칠 연수는 강우와 눈 마주치는 것조차도 피하고 있었다.

'역시 그 키스 때문인가?'

연수와 나눈 키스는 강우의 인생에서 최고로 손꼽을 수 있을 만큼 달콤하고 황홀했다. 초인적인 이성으로 억누르지 않았다면 강우는 그 자리에서 연수를 유혹해 가져 버리고 말았을 것이다. 그렇기에 강우는 스스로가 무척 당혹스러웠다. 연수가 자신을 좋아한다는 걸 뻔히 알면서 마음이 약해져 있는 그녀를 이용한 자신이 용서가 되지 않았다.

"그날 일은……."

"알아요!"

강우가 며칠 전 일을 언급하려 하자 연수는 급히 대답하며 그의 말을 막았다.

"그 키스는…… 그저 위로의 키스였다는 걸. 아무 의미 없다는 거 잘 알아요. 그러니까 걱정 마세요. 오해도, 기대도 안 하니까요. 나한테도 그건 그저…… 음…… 그래요. 모기가 앉았다 간 거예요."

모기? 의미 없는 위로의 키스?

강우의 눈썹이 꿈틀거렸다. 연수가 잘못 알아도 한참 잘못 알았다. 그건 절대 위로의 키스가 아니었다. 흐릿한 조명과 연수의 가녀린 어깨, 목덜미를 간질이는 가느다란 숨결…… 분위기에 휩쓸린 것은 일정 부분 사실이지만, 그때 분명 강우는 사랑하고 싶다고 느꼈다. 사랑 따위 믿지 않으면서도 연수의 마음에 닿고 싶었다.

"아니, 그건……."

"잠깐만요. 여보세요?"

연수는 가방에서 휴대전화를 꺼내 통화 버튼을 눌렀다.

"진호 오빠!"

굳어 있던 연수의 얼굴이 활짝 펴지자 강우는 왠지 속이 쓰렸다.

게다가 오빠라고?

외동인 연수는 오빠가 없었다.

'쳇! 요즘은 개나 소나 다 오빠지.'

강우는 전화기에 대고 활달하게 깔깔거리는 연수를 흘깃 째리면서 투덜거렸다.

강우와 연수가 식장 안으로 들어서자 신부대기실에서 요란스런 고성이 흘러나왔다. 날카로운 고음의 여자 목소리와 화가 잔뜩 난 중저음의 남자 목소리였다.

"그걸 지금 말이라고 한 거야?"

"그래, 했다. 또 해줄까? 이 나쁜 새끼야!"

강우는 혹시나 잘못 찾아왔나 싶어 예식 홀의 이름을 확인했다. 하지만 평일 오후 5시 예식이라 그 시각에 결혼식은 한 건밖에 없었다. 고로 신부대기실 안에서 격렬하게 말다툼을 하고 있는 커플은 오늘의 주인공이라는 말씀이시다.

강우가 눈살을 찌푸리며 먼저 도착해서 촬영을 준비하고 있던 스태프를 찾았다.

"어떻게 된 거야?"

"모르겠어요. 벌써 30분째 저 난리예요."

"최 감독, 오늘 아무래도 텄어. 이래갖고 결혼식, 치르기나 하겠어? 하긴, 세 번 이혼하느니 결혼 전에 쫑 나는 게 낫지."

촬영 감독인 정 팀장이 구레나룻을 손으로 쓰다듬으며 말했다. 오늘 인터뷰 커플은 이벤트에 당첨된 '천상천하 유아독존' 커플 중 하나였다. 여자는 김세연, 남자는 정기찬으로 둘은 두 번이나 결혼과 이혼을 반복한 독특한 커플이었다.

한 번은 신혼 석 달 만에 갈라섰다가 일 년 후 재결합했고, 두 번째는 재결합 일 년 만에 또다시 갈라섰다. 그렇게 5년을 따로 살다가 최근에 다시 만난 두 사람은 사랑의 불꽃이 되살아나 세 번째 결혼을 결심한 것이다. 그런 까닭에 결혼식은 조촐하게 직계 가족들만 참여하기로 했고, 식장과 예식에 관련된 일체의 비용은 백야에서 대기로 했다.

"어떡하죠?"

연수가 신부대기실 안에서 오가는 고성이 점점 커져 가자 초조 해져서 강우를 보았다. 강우는 시계를 보았다. 결혼식까지는 앞으로 한 시간 가까이 남아 있었다.

"내가 들어가 보지."

"아, 아야야. 좀 살살 해."

강우가 앓는 소리를 냈다. 그새 강우의 왼쪽 눈두덩에는 시퍼런 멍이 들어 있었다.

"가만있어요! 이렇게 해야 멍이 가라앉는단 말예요."

연수는 날달걀로 사정없이 강우의 눈두덩을 문질렀다.

"아, 운동신경이 그렇게 없어요? '비 사이로 막 가', 뭐 그런 건 못해도 날아오는 핸드폰 정도는 가볍게 피해줘야죠."

연수가 속이 상해서 강우를 타박했다. 강우는 자신만만하게 신부대기실 문을 열었다가 날아오는 휴대전화를 맞고 한 방에 장렬하게 물러났다. 물론 싸움은 말려보지도 못했다. 슬쩍 열린 문틈으로 보건대 안은 거의 전시 상황이나 마찬가지였다. 이제는 귀를 째는 고성은 잦아들었지만 우당탕, 탕탕, 알 수 없는 소리들이 대기실 문 너머로 들려오고 있었다.

"하여튼 홍 지면 김세연 씨랑 정기찬 씨 가만 안 둬."

연수는 신부대기실 쪽을 야리면서 강우의 눈두덩에 후 하고 바람을 불어넣었다. 강우는 속으로 흠칫거렸다. 연수의 앵두 같은 입술이 눈앞에 가까이 있자 심장이 덜컥 내려앉았다. 키스, 한두 번 해본 것도 아닌데 따스한 입김과 함께 강우는 완도에서의 입맞춤이 떠올랐다.

두근 반 세근 반.

가슴이 두근거렸다.

"내가 하지."

강우는 몸을 뒤로 빼며 연수에게서 달걀을 뺏어 눈두덩을 문질렀다.

'젠장, 뭐지? 이건?'

강우가 속으로 뇌까렸다. 완도의 밤 이후로 강우는 연수가 신경 쓰여 죽을 것 같았다. 전에도 물론 연수가 신경 쓰이긴 했다. 하지만 그때는 충분히 조절 가능했다. 그저 동료일 뿐이라고 치부하며 일에 열중하다 보면 어느새 신경 쓰이는 마음은 스러져 버렸다.

그런데 요 근래에는 그게 안 됐다.

스스로도 그 키스를 어떻게 설명해야 할지 몰라, 연수가 눈 마주치는 것조차 피할 때는 잠시 생각할 시간을 번 것 같아 고맙기까지 했다. 그런데 그것도 한때, 이제는 은근슬쩍 자신을 피하는 연수에게 슬슬 짜증이 치밀어 오르던 차였다.

인간이란 참 간사하기도 하지. 아직 맘을 정하지 못한 주제에 강우는 연수가 멀어지는 것도, 가까워지는 것도 싫었다.

"어떻게 할 거야, 최 감독. 철수해?"

정 팀장이 강우의 눈에 난 멍을 보고 비죽비죽 웃으며 물었다.

"생각 좀 해봐야겠어요."

강우는 계란을 굴리면서 연수가 신부대기실 앞을 초조하게 왔다 갔다 하는 걸 바라보았다.

예식 30분 전쯤 되자 신부 측 언니가 식장에 도착했다.

"뭐예요? 또 싸우는 거예요?"

기가 막힌 듯이 신부의 언니, 세주가 물었다.

"이번엔 왜요? 뭐 때문이래요?"

"글쎄, 그건 저희도……. 안 그래도 어떡할까 고민됐는데 좀 말려주세요. 저희가 말리는 건 씨알도 안 먹혀요."

연수가 구세주를 만난 얼굴로 말했다. 그러나 세주는 고개를 절레절레 저었다.

"냅둬요! 저러다 말겠죠."

"저러다 마는 게 아니라니까요! 좀 전엔 육탄전까지 벌어진 것 같았어요. 우당탕, 탕탕, 아주 요란했다니까요?"

연수가 절절한 표정까지 지었지만 세주는 끄떡없었다.

"잘됐네요, 뭐. 이번엔 콩깍지가 언제 벗겨지나 했는데 다행히 결혼식 전에 벗겨지겠네. 다 싸우거든 알려주실래요? 전 요 밑 커피숍에서 커피 좀 마시고 올게요."

세주는 동생 부부가 싸우든 말든 관심 없어 하며 엘리베이터를 타고 쌩하니 내려가 버렸다. 연수는 결혼식 전에 세계 전쟁을 벌이는 신랑 신부와, 또 그걸 대수롭지 않게 여기는 가족들에게 질려 버렸다.

시간은 흘러 흘러 예식이 시작되기 10분 전이 되었다. 생각 좀 해보던 강우는 결국 연수에 대한 결론이 안 나자 자리를 털고 일어났다. 그러곤 정 팀장에게 말했다.

"봉주 형, 카메라 셋업됐죠?"

"응, 그렇지."

"그럼 따라오세요."

강우는 앞장서서 신부대기실 문을 활짝 열었다. 신랑과 신부는 치열하게 대치 중이었다. 신부는 신랑의 머리채를 잡고 있었고, 신랑은 신부의 목걸이를 잡고서 으르렁거리고 있었다. 마치 코미디 영화의 한 장면처럼 우스꽝스러운 모습이었다.

"정말 이러기야?"

"자기야말로 정말 이러기야?"

둘은 씩씩거리며 서로를 노려보았다. 머리채를 잡힌 신랑이 눈을 치켜뜨고 신부를 노려보는 모습은 실로 우습기 짝이 없었다. 강우는 정 팀장에게 눈짓을 보냈다. 그러자 정 팀장이 두 사람 앞에 카메라를 들이댔다.

"지금 뭐 하는 겁니까?"

신랑이 짜증스럽게 물었다.

"예정대로라면 촬영이 진즉 시작되었을 텐데 보시다시피 두 분 때문에 오늘 촬영은 물 건너간 것 같군요. 예식장비며, 식당 예약비며…… 들인 돈이 있으니 저희도 뭐라도 건져야죠. 카메라 신경 쓰시지 마시고 두 분 볼일 계속 보십시오."

강우가 건들건들 약 올리듯 말했다.

"세연아, 이게 뭔 꼴이냐? 그러니까 내가 오늘은 좀 자제하겠지!"

"아니, 왜 내 탓을 해? 원인 제공을 한 게 누군데!"

"알았어, 알았으니까 됐고! 이거 놓자, 우리."

"좋아. 자기가 먼저 놔."

"니가 먼저 놔야지. 지금 머리 다 뽑히는 거 안 보여? 나 대머리 되면 다 니 탓이다!"

"여기, 생채기 난 건 안 보이나 보지? 얼마나 세게 잡아당기면 목이 다 까졌어!"

두 사람은 또다시 투닥거렸다. 누가 먼저 손을 놓느냐에 이 싸움의 승패가 걸린 것처럼 자존심으로 똘똘 뭉쳐 '네가 먼저 놔라', '아니다, 네가 먼저 놔라' 한창이었다. 그사이 정 팀장은 두 남녀를 클로즈업으로, 롱샷으로 열심히 찍었다.

강우는 기가 막혔다. 카메라를 들이대면 싸움을 멈출 줄 알았는데 둘은 아랑곳 않았다. 그런 면에서 이 둘은 너무도 잘 어울리는 한 쌍이었다.

신랑 신부의 가족들이 하나둘 착착 도착했다.

"또 지랄이군."

그들은 이런 일에는 이력이 났는지 혀를 쯧쯧 차면서 고개를 저으며 식장 안으로 들어갔다. 신랑 신부의 가족들이 모두 착석하자 예식장의 도우미가 신부대기실로 왔다. 도우미는 신랑 신부의 기괴한 기 싸움을 보고 놀란 표정을 짓더니 이내 프로답게 무표정을 유지했다.

"신부님, 신랑님, 곧 결혼식이 시작됩니다. 준비해 주세요."

그러자 마법처럼 신랑 신부가 동시에 손을 놓았다.

"결혼식…… 할 겁니까?"

강우가 물었다.

"그럼요!"

"물론이죠!"

신랑, 신부가 동시에 대답했다.

'아니, 죽일 놈 썩을 X, 그 난리를 피워놓고?'

강우가 믿기지 않는 표정으로 둘을 보았다. 방금 전까지 죽이네 살리네 한바탕 전쟁을 치르던 두 사람은 서로의 머리를 매만져 주고 흐트러진 옷매무새를 고쳐 주며 살가운 연인 놀이에 한창이었다.

"정말이에요? 후회 안 하시겠어요?"

연수도 기가 막혀서 물었다.

"아니, 후회는 왜 합니까? 사랑해서 결혼하는 건데."

"맞아요, 사랑하는 일에 후회될 건 없죠. 오히려 사랑하지 않는 게 후회될 일이지……."

세연이 환하게 웃으며 말했다. 두 사람은 도우미의 안내를 받아 팔짱을 끼고 식장으로 향했다.

예식이 무사히 끝나고 식당에서 가족들과의 만찬도 화기애애하게 끝났다. 강우의 감독하에 촬영도 순조로웠다. 연수가 스태프들과 철수 준비를 하는 사이, 강우는 가족들에게 작별 인사를 하는 신랑 신부에게 다가갔다.

"사랑하는 일에 후회될 건 없죠. 오히려 사랑하지 않는 게 후회될 일이지."

아까 신부의 말이 가슴에 남았던 강우는 꼭 물어보고 싶은 게 있었다.
"축하드립니다."
"고맙습니다. 모든 게 감독님 덕분입니다."
신랑이 말했다.
"오늘 많이 놀라셨죠? 저희가 사랑을 좀 지랄 맞게 하는 편이죠."
신부가 신랑의 옆구리를 쿡 찌르면서 웃었다. 이런 모습을 보면 아까 있었던 공방전이 꿈인가 싶다.
"솔직히 좀 놀랐습니다. 두 분이 싸우는 모습 때문이 아니라, 그리 격렬하게 싸우고도 결혼하겠다는 용기에 말입니다."
"하하, 용기라……. 용기라기보다는 그냥 미친 거죠. 안 그래?"
신랑이 신부를 보며 눈을 찡긋했다.

"두렵지 않으십니까? 이미 두 번이나 헤어졌는데 세 번째도 있을지 모른다는 사실이? 둘이었다가 혼자가 되었을 때 느끼는 지독한 상실감이?"

강우의 진지한 얼굴에 신랑 신부의 얼굴도 덩달아 진지해졌다.

"왜 두렵지 않겠어요. 같은 사람이랑 두 번이나 결혼했다가 이혼한 우리를 두고 남들은 철없다 가볍다 말하지만 세 번째 결혼은 우리에게도 크나큰 용기가 필요했어요. 또 상처 주면 어쩌나, 또 상처받으면 어쩌나…… 가족들은 뭐라고 할까…… 이런저런 이유들이 사랑을 가로막더군요. 하지만 그런 생각들에 막혀 주저앉으면 알 수 없는 거잖아요. 우리가 얼마나 행복할지, 혹은 얼마나 불행할지……. 아마 살다가 감정이 식으면 또 헤어질지도 모르죠. 하지만 그러더라도 후회는 않을 거예요. 두 번의 이별을 통해 우린 좀 더 사랑하지 못한 걸 후회했으니 이번만큼은 미련이 남지 않도록 원 없이 서로를 사랑할 테니까요."

"사랑은 원래 불안한 거예요, 감독님."

세연은 강우의 흔들리는 마음을 꿰뚫어 본 듯이 말했다.

'사랑은 원래 불안한 거라……. 그래, 그렇군.'

강우는 평생 동안 골머리를 썩여왔던 문제의 실마리를 잡은 듯한 기분이 들었다.

"고맙습니다. 두 분, 오래오래 행복하십시오."

강우가 진심이 담긴 축원을 남겼다.

7. 우직한 놈

연수를 기다리면서 강우는 낯선 긴장을 느꼈다. 평일 한낮의 카페 안은 여유롭고 한가했지만 강우의 마음속은 과연 이 결정이 잘하는 일일까, 하는 의구심으로 복잡했다.

언젠가부터 연수가 신경 쓰이기 시작했다. 아마도 2년 전 제주도 워크샵 때부터인 것 같다. 복숭아가 한창 물이 오르던 철이라 총무팀에서는 복숭아를 상자째 구입해 저녁 다과 시간에 냈다. 그런데 강우의 접시에만은 특별히 사과가 놓여 있었다.

"어? 나도 사과 좋아하는데…… 뭐야? 감독님만 특별 대우하는 거야?"

백 부장이 농담 섞인 투정을 하자 연수가 타박했다.

"감독님은 복숭아 알레르기잖아요. 백 부장님은 마당쇠 입맛이라 가리는 것도 없으면서 뭘……."

내색은 안 했지만 강우는 놀랐다. 누군가 이런 걸 신경 써준 적이 있었던가. 병원에 실려갈 정도의 대단한 알레르기가 아니라 그저 좀 간지러운 수준이었기에 주위 사람들은 모두 대수롭지 않게 여겼다. 때론 까맣게 잊어버리고선 복숭아가 나올 때마다 왜 먹지 않느냐고 무신경하게 몇 번씩 묻기도 했다. 심지어 어머니조차도 모르는 복숭아 알레르기를 연수가 기억하고서 배려해 준 것이 강우는 무척 고마웠다.

강우에게 연수는 쩍쩍 갈라지는 논바닥을 촉촉이 적셔주는 단비 같은 사람이었다. 사흘 밤낮 쏟아진 폭우 끝에 쨍 하고 비치는 밝은 햇살 같은 여자였다. 따스하고 맑고 밝고, 보고 있으면 덩달아 기분 좋아지는…….

그러기에 강우는 연수를 잃고 싶지 않았다. 그래서 지금껏 감정에 선을 긋고 함께 일하는 동료로서만 대해왔다. 하지만 완도에서 그녀의 비밀을 들은 후, 아니, 더 솔직해지자면 고백을 받은 직후부터 그는 흔들리고 있었다.

연수를 더 알고 싶다. 여린 그녀의 어깨를 폭 감싸 안고 싶다. 무엇보다 그녀의 마음에 닿고 싶다는 욕구가 나날이 커져 갔다.

하지만 그럴 수 있을까? 이렇게 다가가려는 게 영영 연수를 잃어버리는 일이 되지 않을까?

남녀 사이는 한 번 틀어지면 영원한 이별밖에 남지 않기에 강우는 그 첫발을 떼기가 무척 조심스러웠다.

때로 사람들은 차갑게 독설을 내뱉는 강우를 피도 눈물도 없는

에고이스트로 여기지만, 그것은 사실 타인으로부터 자신을 지켜주는 방패나 마찬가지였다. 강우는 사람과 사람 사이의 관계가 가장 어려웠고, 특히 사랑하는 대상으로서 여자를 대하는 것은 더욱 어려웠다. 만약 시험을 친다면 빵점은 따 놓은 당상일 것이다.

강우는 주머니에서 보석 상자를 꺼냈다. 연수의 생일 선물이었다. 상자 속에는 요즘 연수가 홀릭하고 있는 드라마의 여주인공이 소품으로 걸었던 목걸이가 들어 있었다. 소정에게 그 목걸이, 너무 예쁘지 않느냐고 연수가 얘기했던 걸 강우는 기억하고 있었다. 쓸데없이 머리가 좋은 탓이다.

이걸 선물하면 연수는 아파트 한 동은 너끈히 밝히고도 남을 백만 볼트짜리 환한 미소를 지을 게 뻔했다. 강우는 그 웃음이 보고 싶으면서도 한편으로 쑥스러웠다. 이렇듯 여자에게 마음이 담긴 선물을 한 번도 해본 적이 없기에 참으로 낯간지럽기 짝이 없었다.

「감독님, 장인주 씨와 통화가 길어져서 지금 사무실에서 나가요. 쫌만 더 기다려 주세요. ^^;;」

띠링, 소리와 함께 연수에게서 문자가 왔다. 연수는 강우가 카페로 불러낸 걸 일 때문이라고 생각하고 있었다. 백야에서는 답답한 사무실을 벗어나 카페에서 혹은 호프집에서 차와 술을 마시며 미팅을 한 적이 많았기에.

강우는 문자를 보고는 마른침을 삼켰다. 곧 연수가 올 거라 생각하니 왠지 입술이 말랐다. 그때 전화기가 앵앵 울렸다.

어머니였다.

강우는 눈살을 찌푸렸다. 받을까 말까 망설이다가 통화 버튼을 눌렀다.

"무슨 일이세요?"

안부 인사는 생략하고 퉁명스럽게 용건부터 물었다.

[바쁘니?]

"네. 그러니 길게 통화 못해요."

[알았다. 그럼 용건만 말하마. 이달 말, 마지막 금요일 시간 되니?]

"글쎄요. 스케줄을 봐야 할 것 같은데요."

[안 되더라도 시간 내라. 나도 그날밖에 시간이 없어.]

"……"

[로버트랑 식사나 하자꾸나. 넌 그이랑은 한 번도 함께 식사한 적이 없잖니. 29일 금요일 7시까지 삼청동 운영각으로 오렴.]

강우는 입매가 굳어졌다. 어머니는 항상 이런 식이었다. 혼자서 다 정해놓고 통보하는 방식. 이럴 거면 애초에 시간이 되느냐고 물어볼 건 또 뭔가.

게다가 강우는 어머니의 새 남자와 불편하게 식사 같은 건 하고 싶지 않았다. 지금껏 수많은 경험으로 보건대 어머니의 남자와 안면을 익히는 것은 불필요한 일이었다. 서로 얼굴을 익히고 친해질 만하면 어느새 어머니는 다른 남자를 애인이라고 강우에게 소개하곤 했으니까.

이번이 몇 번째이더라? 이제는 전남편이 된 세 명의 남자를 차치하고서도 어머니의 애인 자리를 거쳐 간 남자는 수없이 많았다. 재미교포인 로버트는 그중 하나일 뿐이었다. 언제 또 어머니의 변덕에 과거의 남자가 될지 몰랐다.

"아무래도 안 되겠네요. 그날, 회의가 있어요."

스케줄을 확인한 강우가 말했다.

[그래? 나중으로 미루면 안 되겠니?]

"미룰 수 없는 중요한 회의예요."

거짓말이었다. 회의가 있는 건 사실이었지만 취소 못할 정도로 중요한 건 아니었다.

[이런…… 어쩐담? 로버트도 그날밤에 시간이 안 된다던데……. 아무쪼록 네가 한번 시간 내보렴. 참, 나…… 다음 달 초에 로버트 따라 미국 들어간다. 거기서 쭉 지낼 생각이야. 한국에서 우리 셋이 함께할 수 있는 마지막 저녁이니 어떻게든 시간 내서 꼭 오렴. 일단은 네 몫까지 예약해 놓으마.]

미국에 들어간다는 어머니의 말에 강우의 안색이 딱딱하게 굳어졌다. 아무리 일 년에 한두 번 보는 소원한 사이라지만 그런 중요한 사항을 의논 한 번 없이 결정하고 통보하는 것에 강우는 화가 머리끝까지 치밀어 올랐다. 게다가 어머니는 시간을 조율해서 어떻게든 아들을 만날 생각조차 없는 것인가?

"그럴 필요 없습니다. 저한테 아주 중요한 회의라 절대 빠질 수 없으니까요."

강우가 차갑게 말했다.

"그럼 나중에 또 통화하죠."

강우는 어머니의 대답을 기다리지 않고 전화를 끊었다. 전화기를 쥔 그의 손이 부들부들 떨렸다.

한국을 떠난다고? 한마디 의논도 없이?

강우는 또 한 번 어머니에게 자신은 아무 의미 없는 존재임을 확인했다. 어릴 적부터 그랬다. 자신은 어머니의 어깨에 얹어진 불필요한 짐짝에 불과했다. 어머니는 어린 강우에게 언제나 원망을 늘어놓았다.

"너 때문에 친구들을 만날 수 없어."
"너 때문에 일을 할 수 없잖니!"

강우는 족쇄였다. 어머니의 발목에 채워진 족쇄.

어린 강우는 쓸모없는 짐 덩어리가 되지 않으려고 요리도 하고 빨래도 하고 청소도 했지만 어머니에겐 여전히 귀찮은 짐일 뿐이었다. 아무리 잘해도 어머니는 마음 곁을 강우에게 내주지 않았다.

"그렇게 보지 마! 네 눈…… 네 눈이 날 미치게 해. 그 사람을 꼭 닮은 네 눈…… 그 눈으로 날 쳐다보지 마!"

어느 날인가는 술에 취한 어머니가 강우의 얼굴에 수건을 덮어 씌우며 소리를 지른 적도 있다. 다음날, 술에서 깬 어머니는 자신이 무슨 짓을 했는지 기억하지 못했지만 강우는 그날 이후로 해바라기처럼 어머니의 사랑을 갈구하던 걸 그만두었다.

'훗, 이런 일…… 한두 번도 아닌데 새삼 상처받은 건가?'

강우는 쓸쓸하게 웃었다. 어차피 어머니와 연락하고 지내는 일은 거의 없었다. 그러니 어머니가 한국에 있든 미국에 있든 별다를 건 없었다.

하지만 강우는 방금 전 통화로 들떴던 마음이 차갑게 식어버렸다. 누군가를 사랑하는 일이 버겁게만 느껴졌다. 아무리 소리쳐도 돌아오지 않는 메아리같이 공허한 사랑. 그리고 그 뒤에 홀로 남겨지는 지독한 쓸쓸함…….

사랑이 전부인 어머니를 곁에서 지켜보면서 강우는 '남녀 간의 사랑'이 얼마나 덧없는 것인지 수없이 목격했다. 모든 것을 내줄 것같이 불타오르던 감정도 시간이 지나면 퇴색하고 별일 아닌 일에도 서로를 할퀴고 상처 낸다. 그 끝은 결국 헤어짐. 영영 이별.

"많이 기다리셨죠, 감독님?"

뛰어왔는지 연수가 숨을 헐떡였다.

"근데 무슨 바람이 부셨어요? 사무실이 제일 편하다고 하시는 분이?"

강우는 손안에 든 상자를 슬그머니 주머니 속에 다시 넣었다. 연수는 털썩 앉고는 메뉴판에 콕 얼굴을 박았다. 여전히 시선을 피하는 눈치다. 연수의 까만 머리꼭지를 강우는 쓸쓸하게 내려다보았다.

"메뉴 다 골랐으면 진척 사항 빨리 브리핑해. 장인주 씨랑은 어떻게 됐어? 촬영 시간은 잡았나?"

장인주는 다음 인터뷰 대상이었다. 강우는 연수에게 쉴 틈도 주지 않고 바로 일로 휘몰아쳤다. 연수는 종업원에게 녹차 팥빙수를 주문하고는 곧바로 보고를 하기 시작했다.

한 시간 동안 둘은 〈당신을 사랑하는 천 가지 이유〉의 일정을 체크하고 각 커플들의 인터뷰 및 촬영 날짜를 조정했다. 그런 후 사무실로 돌아갔다.

"와, 이 대리님, 애인 생겼어요? 한발 늦었네! 내가 지~인짜로 멋진 형 소개시켜 주려 했는데……."

사무실에 들어서는 연수를 향해 태주가 빈말을 늘어놓았다.

"뜬금없이 웬 애인 타령?"

연수가 묻자 태주는 대답 대신 손가락으로 창가의 테이블을 가리켰다. 테이블 위엔 커다란 꽃바구니와 케이크, 그리고 선물 상자가 놓여 있었다.

"아까 배달 왔는데 연수 씨 자리에 놓을 데가 없어서 여기에 놨어. 근데 누구야?"

오 차장도 궁금한지 파티션 위로 고개를 빼고 물었다.

"어머! 제 거예요?"

연수는 활짝 웃으면서 창가로 달려갔다. 강우는 사장실에 들어가려다 말고 멈추어 섰다. 연수가 꽃바구니에 꽂힌 카드를 꺼내 읽었다. 어느새 태주가 연수 뒤에 바짝 붙었다가 카드를 훔쳐 읽었다.

"진호? 만날 때마다 호텔 뷔페를 쏜다는 그 부잣집 도련님? 오오, 대리님, 완전 킹카 잡았네!"

"그런 거 아냐. 그냥 학교 선배야."

자꾸 애인 타령하는 태주를 눈으로 흘기며 연수는 슬근슬근 강우의 눈치를 보았다. 강우는 관심 없는지 사장실로 쏙 들어가 버렸다.

"에이, '그냥 선배'가 생일 날 꽃바구니에 케이크에 샴페인까지 보내나요? 하긴 '그냥 아는 오빠'가 애인 되고 애인이 남편 되는 건 순식간이지. 그래도 이 대리님, 너무 빨리 고무신 거꾸로 신는다. 감독님한테 결혼하자고 조른 지 얼마나 됐다고! 하긴 재벌 3세면 아무리 감독님이라도 쫌 밀리지?"

그놈의 입이 방정이지, 결국 태주는 연수에게 등짝을 얻어맞고 말았다.

'진호?'

강우는 문 앞에서 익숙한 그 이름을 나직이 중얼거려 보았다. 그러고 보니 얼마 전 두 번 헤어졌다가 세 번째 재결합하는 커플의 결혼식에 가는 도중 연수에게 전화를 걸어온 이도 진호였다. 중요한 이야기의 맥을 끊어놓았던……. 어쩌면 그 전화가 없었다면 강우는 연수에게 제 마음을 털어놓았을지도 모른다.

그 키스는 위로의 키스 따위가 아니라고. 한 남자가 한 여자의 마음에 닿고 싶었던 간절한 몸짓이었다고…….

"고마운 남자로군……."

말은 그렇게 했지만 아이러니하게 강우는 입맛이 썼다. 주머니

속 보석 상자는 거추장스럽게 불룩 튀어나와 있었다.

"네? 뭐라고요? 갑자기 양수가 터졌다고요?"

연수는 인주의 전화에 다급히 물었다.

"네, 네, 지금 곧 준비해서 병원으로 갈게요."

허둥지둥 전화를 끊고서 연수는 곧바로 정 팀장과 촬영 스태프들에게 전화를 돌렸다. 그런 후 강우에게도 보고를 했다. 예정일이 3주나 남아 있었기에 다들 다른 일을 잡고 있던 터라 갑자기 시간 빼기가 여의치 않았다. 하지만 이번 촬영은 지금이 아니면 영원히 찍을 수 없는 일이어서 팀원들은 모든 일을 제치고 급히 병원으로 향했다.

인주 씨와 정훈 씨는 서른셋, 서른하나인 연상연하 커플이었다. 연상연하가 대세인 요즈음 두 살 차이는 대단한 나이 차라고 볼 수 없지만 이 커플은 세연, 기찬 커플과 마찬가지로 독특한 사연이 있는 커플이었다. 아니, 그건 어쩌면 편견이 낳은 시선일지도 모른다. 정훈 씨는 왼쪽 팔과 왼쪽 다리가 없는 장애인이었다. 태어나기를 그렇게 태어났다. 하지만 한쪽 팔과 다리가 없는 대신 선한 웃음과 긍정적인 마음이 그 누구보다 아름다운 청년이었다.

인주와 정훈은 대학교 연합 봉사 서클에서 만나 사랑을 키웠다.

"이이는요 타고난 밀당의 고수예요. 봉사 활동을 나가면 어느새 이이가 옆에 있는 거예요. 어르신들 챙기느라 밥 때를 놓치면 슬며시 제 손안에 삶은 계란을 쥐여주고 가고, 무거운 짐을 들고 낑낑거리고 있으면 턱하니 어깨에 짊어지곤 앞장섰지요. 만나면 공주처럼 챙겨주는 건 기본이고⋯⋯ 그런데 헤어지면 연락 한 장 없는 거예요. 분명 내 전화번호도 알고 있으면서⋯⋯. 그래서 이 남자가 날 좋아하나 싶다가도 연락 없는 걸 보면 아닌가 싶기도 하고, 많이 헷갈려 했어요. 그렇게 3년을 만나니까 애가 타다 못해 화가 나더라고요. 그래서 제가 먼저 '나랑 사귈래, 죽을래?' 하고 말했죠."

촬영 일자를 조율하기 위해 첫 만남의 자리를 가졌을 때 인주는 부른 배를 안고서 해맑게 말했다. 연수가 왜 3년 동안이나 고백을 안 했느냐고 물으니 정훈은 멋쩍게 웃으면서 대답했다.

"자신이 없었어요. 인주를 행복하게 해줄 자신이⋯⋯. 인주는 천사처럼 예쁜데다 학벌도 집안도 흠잡을 데 없었으니까. 그러니 나보다 더 멋진 남자를 만나야 하지 않을까 생각했었죠. 근데 인주가 울면서 '사귈래, 죽을래?' 하니까 정신이 확 들더라고요. 내 망설임이 이 사람을 이렇게 불안하게 했구나, 나 때문에 이렇게 아팠구나⋯⋯. 그때부터는 망설이지 않았어요. 나보다 잘생기고 능력 있고 부자인 남자는 수없이 많을 테지만 인주를 그 누구보다 아껴주고 사랑해 줄 사람은 나뿐이었으니까요."

강우와 연수 일행이 청은산부인과에 도착하자 인주는 병실에서 홀로 진통을 참고 있었다. 아직 산도가 좁아서 분만실로 가기엔 이르다는 거였다. 식은땀을 뻘뻘 흘리면서 진통이 올 때마다 이를 악물었다.

"정훈 씨는요?"

"연락했는데…… 전화를 안 받아요. 그래서 문자 남겨놨어요."

인주는 아픔을 참으며 말했다. 연수는 인주가 진통을 느낄 때마다 제가 아기를 낳는 양 인상을 쓰면서 심호흡을 하라고 말하며 '후', '후' 숨을 내쉬었다. 때때로 간호사가 와서 살폈지만, 간호사는 이 정도 진통쯤은 껌이라는 표정을 짓고는 "아직 멀었어요" 하면서 휑하니 나가 버렸다.

그사이, 강우는 병원에 양해를 구하고 정 팀장과 함께 촬영에 들어갔다. 카메라가 돌아가자 인주는 긴장을 했는지 정훈에게 다시 전화를 걸었다.

[전화를 연결할 수 없어 소리샘으로 넘어갑니다.]

이번에도 역시 정훈은 전화를 받지 않았다. 불안해하는 인주의 표정을 보고 연수가 위로했다.

"일하느라 전화벨 소리를 못 듣고 있나 봐요. 제가 주기적으로 남편분께 계속 연락드릴 테니 너무 걱정 마세요."

하지만 정훈은 세 시간이 넘도록 연락이 닿지 않았다. 회사로 전화까지 넣었으나 오늘은 일찍 조퇴했다고 한다.

"조퇴라니…… 어디가 아팠던 걸까? 오전에 조퇴했다는 사람이 집에도 안 오고…… 어디 갈 데도 없는데……. 어떡해요. 우리 그이, 아파서 어딘가에 쓰러져 있는 거 아닐까요?"

인주는 고통스런 진통 속에서도 오히려 남편 걱정에 안절부절 못했다.

"아니에요. 그럴 리 없어요. 속단하지 말아요. 걱정의 94%는 아직 일어나지 않은 일이라잖아요. 분명 진동으로 해놓고 듣지 못하고 있거나 가방 속에 핸드폰을 넣어두고 있는 걸 거예요."

연수는 인주의 손을 꼭 잡아주었다.

"누구 연락할 다른 분 없어요?"

"없어요. 시어머님은 시골에 계시고 정훈 씨는 외동이라······. 제 친구들도 다들 지금쯤 회사에 있을 테고요······."

인주가 고개를 저었다.

'이럴 때 친정엄마가 곁에 있어주면 좋으련만.'

하지만 연수는 차마 소리 내어 말하지 못했다. 인주 역시 친정 엄마가 사무치게 그리울 테지만 내색하지 않았다. 검사, 판사, 의사······ 좋은 선 자리 다 마다하고 몸이 불편한 나이 어린 남자를 선택한 인주에게 그녀의 부모는 실망하다 못해 분노해 연을 끊어버렸다.

인주와 정훈이 사귄다는 걸 알고부터 그녀의 집안은 한바탕 난리가 났었다. 인주는 다니던 대학원도 포기하고 집 안에 갇혀 있어야 했고, 심하게는 머리까지 삭발당했다. 부모의 호통과 위협과 눈물과 호소에도 인주는 정훈에 대한 사랑을 멈출 수 없었다. 결혼 허락을 받기 위해 5년 동안이나 부모님을 설득했지만 결국 돌아오는 건 "결혼하려거든 부모 자식 간의 인연을 끊겠다"는 잔인한 통보였다.

그때, 간호사가 인주를 분만실로 데려가려고 왔다. 인주는 분만실로 들어가면서 연수를 불안한 눈으로 바라보았다.

"걱정 마세요! 제가 정훈 씨에게 꼭 연락할게요. 지금은 아이에게 집중하세요!"

연수는 큰 소리로 말했다. 분만에 방해되지 않도록 정 팀장만이 분만실로 따라 들어갔다. 분만실 문이 닫히자 연수는 다시 한 번 정훈에게 전화를 걸었다. 그러나 역시 연결되지 않았다.

"어쩌죠?"

연수가 걱정스런 얼굴로 강우를 보았다. 강우는 잠깐 고민하더니 연수에게 말했다.

"인주 씨 아버지가 서운대학교 교수랬지? 대학교에 연락해서 장 교수랑 연결해 봐."

"어쩌려고요?"

"계란으로 바위 치기라도 한번 해봐야지. 딸이 혼자서 아이를 낳고 있다는데 아무리 옹고집이라도 마음이 조금은 흔들리겠지."

연수는 서운대학교 사무실로 전화를 걸어 어렵사리 장주한 교수와 연락이 되었다. 연수가 전후 사정을 간단히 설명하는 동안 상대는 아무 반응이 없었다.

"교수님? 듣고 계세요? 그러니까 인주 씨가 지금……."

[나와는 상관없는 일이오. 수업이 있어서 이만 끊겠소.]

장주한 교수는 차갑게 툭 내뱉고는 그대로 전화를 끊어버렸다. 연수는 어이가 없어서 끊긴 전화기를 멍하니 바라보았다. 그사이 분만실에서는 고통스러운 비명이 연신 터져 나오고 있었다. 듣는 것만으로도 인주가 겪는 산고가 고스란히 전해져 오는 것 같았다. 그때, 분만실 문이 열리고 간호사가 다급히 나왔다.

"장인주 씨, 보호자분 아직도 안 왔어요?"

간호사가 긴장한 탓인지 날카로운 목소리로 말했다.

"네? 네. 아직 연락이……."

"무슨 일입니까? 뭐가 잘못됐습니까?"

강우가 나서며 물었다. 간호사가 얼굴을 찡그렸다.

"아이가 거꾸로 서 있어요. 이대로 분만을 계속했다가는 아이도 산모도 위험할 수 있어요. 보호자께서 제왕절개 수술에 동의해 주셔야 하는데……."

간호사는 허둥지둥 다시 분만실로 들어갔다. 연수는 손을 덜덜 떨면서 주머니에서 휴대전화를 꺼냈다. 정훈에게 전화를 걸었으나 여전히 신호음만 갈 뿐이었다. 그 와중에도 안에서는 찢어지는 듯한 비명이 들려왔다. 연수는 겁이 덜컥 났다. 아기와 인주가 죽을지도 모른다는 사실에 심장이 두근거리고 머리가 하얘졌다. 손이 떨려 연수가 휴대전화를 놓치자 강우가 주워주면서 연수의 손을 꼭 잡았다.

"정신 차려. 네가 허둥거려 봤자 인주 씨에게 도움될 건 하나도 없어. 찬영이랑 기주를 정훈 씨 회사랑 집에 보냈으니까 곧 소식 올 거야. 그리고 인주 씨, 휴대폰 가지고 있지?"

연수가 고개를 끄덕이자 강우는 연수의 어깨에 두 손을 짚고서 그녀와 마주 섰다. 강우가 침착한 눈으로 연수를 바라보았다.

"안으로 들어가서 인주 씨에게 휴대폰 비밀번호 알려달라고

해. 불안해하지 말고 침착하고 차분하게. 네가 불안해하면 인주 씨가 더 불안해하는 거 잊지 말고."

강우가 격려하듯 어깨를 두드려 주자 연수는 마음이 조금 가라앉았다. 소독을 하고 가운을 입고서 간호사의 인도를 받고 안에 들어간 연수는 산고에 녹초가 되어 있는 인주의 손을 꼭 잡았다. 거의 정신을 놓고 있던 인주가 손에서 느껴지는 온기에 힘없이 고개를 돌려 연수를 보았다.

"정…… 훈 씨는요?"

힘이 없어 인주는 입술만 달싹였다. 연수는 고개를 저었다. 그러곤 잡은 인주의 손에 힘을 꾹 주고는 말했다.

"경찰에도 알리고 집에도 회사에도 사람을 보냈으니 곧 소식이 올 거예요. 지금은 인주 씨와 아기가 걱정이에요. 수술이 필요하다는 거 알지요? 어머니를 부르려고 하는데 허락해 주세요."

인주는 눈물을 글썽이며 고개를 끄덕였다. 연수는 인주가 불러주는 대로 휴대폰 비밀번호를 풀고 전화번호부에서 어머니의 연락처를 찾았다. 분만실을 나와 통화를 시도했으나 신호음만 갈 뿐 어머니는 전화를 받을 기미가 없었다.

"안 받아?"

강우가 초조하게 물었다.

"네."

"우선 문자 남기고 1분마다 전화해 봐."

강우는 급히 말하고는 서운대학교의 장 교수에게 다시 전화를 걸었다. 수업에 들어갔다는 조교의 말에 강우는 이쪽 사정을 전하며 시급하니 최대한 빨리 장 교수에게 전해달라고 요청했다.

"보호자분, 아직도 연락이 안 돼요?"

간호사가 초조한 기색으로 또다시 물었다. 안색이 바짝 굳어 있는 게 상황이 급박히 돌아가는 모양이었다.

"지금 백방으로 알아보고 있습니다."

"안 되는데…… 이러다간 정말 큰일 나요."

간호사는 목소리마저 흔들렸다.

"저…… 많이 안 좋으면 일단 수술을……."

연수는 안 되는 줄 알면서도 물었다.

"규정상 그건 안 돼요."

간호사는 딱 잘라 말했다. 연수는 발을 동동 굴렀다. 강우와 연수가 번갈아가며 정훈에게, 인주의 친정엄마에게 전화를 걸었다.

따르르릉, 따르르릉…….

신호음이 한 번씩 갈 때마다 연수는 수명이 일 년은 주는 것 같았다. 갑자기 분만실 문이 열리며 수술 가운을 입은 의사가 나왔다. 담당의사는 잔뜩 날이 선 얼굴이었다.

"장인주 씨, 보호자! 지금 어디서 뭘 하고 있는 겁니까? 정말 아기랑 산모를 죽이고 싶은 겁니까?"

화가 잔뜩 난 의사가 소리쳤다. 여기서 그 누구보다 답답한 건 아마도 인주의 담당 의사일 터이다.

"여기! 저, 여기 있습니다. 수술…… 어서 해주십시오!"

엘리베이터가 있는 복도의 모퉁이를 달려 돌아 나오며 정훈이 소리쳤다. 무거운 의족이 복도의 대리석을 쿵쿵 울렸다. 정훈은 어디서 물벼락이라도 맞은 듯 땀으로 푹 젖어 있었다. 걱정이 가득한 정훈의 뒤를 초로의 여인이 사색이 되어 뒤쫓아왔다. 나이만 더 들었다 뿐이지 인주와 꼭 닮은 얼굴이었다.

"우리 인주, 인주 살려주세요, 선생님. 네, 꼭꼭 부탁드립니다."

인주의 어머니는 서둘러 분만실로 들어가는 의사의 뒤통수에 대고 몇 번이고 절을 꾸벅했다. 정훈은 간호사가 내미는 수술동의서에 재빨리 사인하고는 마취에 들어가기 전에 인주에게 인사를 하고 나왔다. 정훈이 분만실을 나오자 인주 어머니가 정훈의 손을 꼭 잡았다. 정훈은 서글서글한 웃음을 어머니에게 지어 보였다.

"괜찮을 거예요. 어머니가 와 있다니까 인주가 아주 기뻐하던 걸요."

이제는 기다리는 일만 남았다. 정훈은 일시에 힘이 빠져서 분만실 앞 대기 의자에 털썩 주저앉았다.

"어떻게 된 거예요? 아무리 연락해도 전화를 안 받으셔서 걱정 많았어요."

"그러게요. 하필이면 휴대폰이 고장난 것도 모르고……."

"근데 인주 씨가 병원에 있다는 건 어떻게 아셨어요? 어머니는 또 어떻게 만나셨고요?"

초긴장 상태에서 풀려나자 연수는 궁금한 게 아주 많아졌다. 지난 한 시간여 동안 정훈과 인주의 어머니와 그렇게 연락을 하려 했어도 닿지 않았던 것이다.

"인주 아버지가 집으로 전화를 주었어요. 혹시 김 서방, 집에 와 있느냐고……. 인주가 지금 혼자서 애 낳고 있다는데 대체 뭐 하고 있느냐면서요."

정훈 대신 인주 어머니가 답을 했다.

"네?"

연수는 고개를 갸우뚱했다. 그러니까 장 교수가 본인 집에 전화를 해서 정훈 씨가 거기 있느냐고 물었다는 건가.

하지만 왜?

그 의문이 연수의 얼굴에 쓰여 있었는지 인주 어머니가 덧붙였다.

"김 서방은 한 달 전부터 매일 우리 집에 출근을 했어요. 회사가 끝나면 집에 들어가기 전에 항상 우리 집에 먼저 들러 이제 그만 용서해 달라고 빌었죠."

"아!"

연수는 저도 모르게 탄성을 질렀다.

"오늘은 내가 아프다고 하니까 조퇴까지 하고 죽을 사와서는……."

인주 어머니는 목이 메는지 말을 잇지 못했다. 그 옆에서 정훈은 어머니의 손을 꼭 잡은 채 머리를 긁적였다.

"어머니, 인주한테는 어머니도 아버지도 필요해요. 제가 아무리 인주를 사랑해도 두 분의 빈자리를 채울 수는 없어요. 게다가 이렇게 멋진 할아버지, 할머니를 우리 달이가 모르고 자라게 할 수는 없잖아요."

"그래, 그렇지. 고맙네……."

인주 어머니는 정훈의 손을 토닥이며 눈물을 글썽거렸다. 그때,

꼬장꼬장해 뵈는 노인이 얼굴이 붉으락푸르락해서 다가왔다.

"아니, 전화는 왜 안 받는 거야? 기다리는 사람도 생각해서 연락을 줘야 할 거 아냐?"

노인은 다짜고짜 소리를 질렀다. 그러자 인주 어머니가 몸 둘바를 몰라 하고 쩔쩔매며 말했다.

"미안해요. 당신 전화 받고 정신없이 나오다 보니 핸드폰을 집에 두고 나왔어요."

"인주는? 인주는 어떻게 됐어? 애가 거꾸로 섰대며?"

장주한 교수가 걱정 서린 얼굴로 물었다.

"지금 수술 중이에요. 다행히 때를 놓치지 않았어요. 곧 끝날 거래요."

장 교수는 정훈을 찌릿 째리고는 아내의 옆에 앉았다. 허리를 쭉 펴고 꼿꼿하게 앉아 입을 꾹 닫고 있는 모습이 찔러도 바늘 한 방울 안 들어갈 것처럼 고집 세 보였다.

"아버님, 전화 주셔서 고맙습니다. 아버님이 아니었다면 우리 인주 어떻게 됐을지……."

정훈은 생각만으로도 아찔해서 몸서리를 쳤다.

"못난 놈……."

장 교수는 못마땅한 눈으로 정훈을 흘기곤 분만실 문을 깨부술 것처럼 뚫어지게 쳐다보았다. 그렇게 어색한 침묵이 흐르고 마침내 문을 열고 의사가 나왔다. 모두들 자리에서 일어나 의사의 입만 쳐다보았다.

"축하드립니다. 딸입니다. 산모도 아이도 모두 건강합니다."

"와아!"

연수는 너무도 감사해 박수를 쳤다. 지켜보던 스태프들도 모두 한마음으로 정훈에게 축하 인사를 건넸다. 정훈과 인주 어머니는 서로를 부둥켜안고 기쁨의 눈물을 흘렸다. 장 교수는 무표정한 얼굴이었지만 입술을 한 번 실룩거렸다. 강우는 그것이 분명 장 교수가 웃은 거라고 생각했다. 장 교수는 한쪽에서 돌아가고 있는 카메라를 보고는 이맛살을 찌푸리면서 강우에게 다가왔다.

"저건 뭔가?"

강우는 〈당신이 사랑하는 천 가지 이유〉 프로젝트에 대해 간단히 설명했다.

"흠, 그러니까 지금 인주랑 저 녀석의 사랑이 댁들 눈에는 순수하고 아름답다, 뭐, 그런 건가?"

장 교수가 코웃음을 쳤다.

"아름답긴 개뿔, 부모 가슴에 대못을 쳐놓고는……."

장주한 교수는 혼자서 구시렁구시렁거렸다. 그러곤 정훈을 흘깃 보고는 아내에게 말했다.

"난 이만 갈 테니 당신은 인주 깨나거든 보고 와."

"아니, 같이 안 보고요?"

"난 됐어."

"그래두 여기까지 왔으니 얼굴이나 보고 가지……."

"글쎄, 됐다니까 그러네. 할 일이 아주 많아."

"아버님, 그러지 마시고……."

"누가 자네 아버진가? 난 허락한 적 없어!"

장 교수는 정나미가 똑 떨어지도록 꼬장을 부렸다. 정훈은 타박당한 쑥스러움을 사람 좋은 웃음으로 얼버무리며 "죄송합니다" 하고 인사했다.

"사내자식이 이렇게 물러서야……."

순순히 죄송하다고 하는 것도 못마땅한지 장 교수가 혀를 쯧쯧거렸다. 그러곤 강우에게 따라오라고 말했다.

장 교수가 강우를 데려간 곳은 삼청동에 있는 아담한 단독주택이었다. 교수는 강우에게 영화에 대해 꼬치꼬치 묻더니 보여주고 싶은 것이 있다고 했다.

현관문을 열고 들어가자 커다란 감나무가 그들을 맞았다. 가지 끝에는 까치밥으로 남겨놓은 감이 주렁주렁 열려 있었다. 장 교수는 감나무를 보더니 감개무량한 듯 기둥을 어루만졌다.

"이 나무가 말이오, 인주랑 나이가 같아……. 인주가 태어난 해에 심었지."

강우는 새심스럽게 감나무를 올려다보았다. 둘은 집 안으로 들어가 서재로 갔다. 동양 철학을 전공하는 교수답게 서재는 고서들로 가득했다. 헌책방에 들어섰을 때 나는 낡은 종이 냄새가 알 수 없는 향수를 자극했다.

"게 앉게."

장 교수는 강우에게 의자를 권하고는 책상 서랍에서 만세력을 꺼냈다. 그러곤 가만히 눈을 감고 손가락을 꼽아 뭔가를 계산하더니 한지를 펴고 붓으로 이름 하나를 써 내려갔다.

—金素聿.

"김소율?"

"주역 잘하는 할아비를 뒀는데 이름은 직접 지어주어야지."

"그럼, 이제 정훈 씨를 사위로 인정하시는 겁니까?"

강우가 눈을 빛내며 물었다.

"진심인 놈이 우직하기까지 하니 낸들 당할 수가 있나……."

장 교수는 심드렁하게 킁 콧소리를 냈다. 그때, 짤랑 소리가 울렸다. 장 교수의 휴대전화에서 나는 소리였다. 장 교수가 전화를 꺼내 확인하자 사진이 도착해 있었다. 열어보니 인주가 엄마와 활짝 웃고 있는 사진이었다. 이어서 짤랑, 소리가 또 들렸다. 간호사의 팔에 안겨 편안하게 잠든 아기의 모습이 보였다. 볼이 통통하고 솜털이 뽀송뽀송한 게 깨물어주고 싶을 만큼 귀여웠다. 그걸 보자 불만스럽게 뾰루퉁하던 장 교수의 입매가 슬며시 반달 모양을 그렸다. 장 교수는 책꽂이에 꽂혀 있는 스크랩북을 꺼냈다. 그러곤 아기 사진을 프린트해 스크랩북 안에 붙여 넣었다.

강우가 얼핏 보니 스크랩북 안에는 편지들이 들어 있었다. 장 교수는 강우에게 스크랩북과 아기 이름이 든 봉투를 건넸다.

"우리 인주랑 정훈이 얘길 영화에 담는다고?"

"예, 그렇습니다."

"그럼, 이것도 같이 담아요. 정훈이, 아니, 김 서방 그 사람이 어떤 사람이고 어떤 사랑을 하고 있는지 이걸 보면 잘 알 수 있을 테니……."

"이건?"

"결혼하고 나서 정훈이가 한 달에 한 번씩 보내온 편지라오. 우리가 걱정할까 봐 자기들 알콩달콩 사는 소식을 적어 보내며 우리 안부를 꼬박꼬박 물었지."

강우는 스크랩북을 열어보았다. 또박또박 정성 들여 쓴 편지가 나왔다. 맨 앞장의 편지들은 찢어버렸다가 투명 테이프로 조각조각 붙인 흔적이 있었다. 그걸 보고 강우는 부모의 마음이 이런 건가, 하는 생각이 들었다.

기대를 저버린 자식이 미워 찢었지만 못내 마음에 걸려 편지 조각들을 일일이 이어 붙이는 장 교수의 모습을 그리니 왠지 코끝이 시큰해졌다.

편지들에는 신혼의 소소한 행복들이 담겨 있었다. 때때로 사진도 곁들여 있어 인주와 정훈이 소박하지만 얼마나 행복하게 사는지 알 수 있었다. 편지는 모두 스물네 장이었다. 결혼 후 2년 동안 매달 한 번도 거르지 않고 보내온 것이었다.

"고맙습니다. 그리고 이건 아무래도 직접 전해주시는 게 나을 것 같습니다."

강우는 스크랩북 위에 놓인 봉투를 장 교수에게 내밀었다.

'하여튼 이놈이나 저놈이나 말 안 듣는 건…….'

장 교수는 속으로 중얼거리며 손녀의 이름이 든 봉투를 서랍 속에 소중히 집어넣었다.

"이야, 너무 잘됐죠?"

연수는 몹시 흥분한 탓인지 볼이 사과처럼 빨갰다. 예정에 없던 일들이 연속으로 터졌지만 끝이 좋으니 중간에 맘 졸였던 일들도 마냥 좋게만 느껴졌다. 게다가 인주, 정훈 부부가 부모와 극적으로 화해하게 되었으니 기쁘기 그지없었다.

"다큐멘터리는 이래서 좋아요. 영화나 드라마에서 봤다면 꾸민 이야기니까 작가가 좋게 좋게 쓴 거라고 여겨서 감동도 덜할 테지요. 근데 내 눈앞에서 기적 같은 일이 직접 벌어지니까 가슴이 너무 벅차올라요! 믿겨져요? 현실에서 이런 일이 일어난다는 게?"

연수는 몹시 감동했는지 꿈꾸는 듯한 표정을 지었다.

"꼬집어줄까, 뺨? 현실인지 아닌지 알 수 있게?"

강우가 피식 웃으며 농담을 했다.

"꼬집어봐요! 너무 세게는 말고 살살!"

연수는 뺨을 살짝 강우에게 가져다 댔다. 강우는 왼손으로 운전대를 잡고서 오른손으로 말랑말랑한 볼을 비틀어 꼬집었다. 그러자 연수가 "아얏!" 하고 소리를 질렀다.

"어휴, 이렇게 세게 꼬집으면 어떡해요! 참!"

연수가 귀엽게 눈을 흘겼다. 강우는 싱긋 웃으며 조수석의 연수를 보았다. 연수는 이내 스케줄표를 보며 오늘 촬영 때문에 꼬인 일정들을 어떻게 풀어야 할지 체크했다. 열심히 머리를 굴리며 일하고 있는 연수를 가만히 보면서 강우는 이대로도 좋지 않은가 하는 생각이 들었다.

굳이 사귀지 않아도 동료로서 이렇게 함께 있는 것. 슬플 일도 서운한 일도 만들 필요 없이 적당히 거리를 유지하는 관계. 이대로도 괜찮지 않을까?

차는 어느새 백야의 사무실이 있는 건물 주차장에 도착했다. 퇴근 시간이 좀 넘은 시각이었기에 주차장은 한산했다.

"저녁 먹고 갈래? 오늘 수고했으니 원하는 대로 쏘지."

"아니에요. 오늘은 선약이 있어요."

"선약?"

강우가 되묻는데 연수가 차에서 내려 로비에 서 있는 한 남자를 향해 손을 흔들었다.

"진호 오빠, 여기예요!"

연수는 남자를 향해 소리치더니 차에서 내린 강우에게 꾸벅 인사했다.

"그럼, 감독님. 조심히 들어가세요."

연수는 진호라는 남자에게 달려갔다. 검은 뿔테 안경에 회색 양복을 입은 진호는 영락없이 성실한 샐러리맨이었다. 초등학생 때부터 대학생 때까지 일탈이라곤 모르고 공부만 우직하게 했을 것 같은 모범생 타입. 키는 177은 족히 되어 보이고 몸집도 꽤 있고 얼굴도 봐줄 만하고, 게다가 '나 성실'이라고 이마에 딱지까지 붙어 있으니 여자들에게 은근히 인기 있는 일명 '교회 오빠'가 아닌가.

강우는 뚜벅뚜벅 로비를 향해 걸어갔다. 연수가 진호에게 뭔가를 신나게 재잘거리며 걸어왔다. 연수는 강우를 스쳐 지나 진호와 다정하게 먹자골목 쪽으로 향했다. 강우가 멈추어 서서 계속 바라보았지만 연수는 단 한 번도 뒤돌아보지 않았다.

'제길……'

강우는 가만히 욕지거리를 내뱉었다.

"어? 왜 혼자 오세요? 이 대리님은요? 같은 차 타고 들어오는 거 아니었어요?"

태주는 의아해하며 강우를 보았다. 강우는 인상을 찌푸리고선 아무 말 안 했다.

"에이, 이 대리님 오면 같이 저녁이나 먹을까 했는데……"

태주가 투덜거렸다.

"저녁, 아직 안 먹었나?"

"네. 약속 펑크 났는데 집에서 처량 맞게 혼자 먹기 그래서요."

"그럼, 나랑 같이 먹지."

"아싸! 감독님이 먹자 한 거니 감독님이 쏘시는 겁니다!"

태주가 양손으로 쌍권총을 만들고는 눈을 찡긋하며 강우를 향해 빵 쏘았다.

"대신 메뉴 결정권은 내게 있는 거야."

"물론입죠. 자, 가실까요?"

태주는 레이디를 모시는 중세의 귀족처럼 오른발을 뒤로 빼고 무릎을 굽혀 인사하면서 문을 열었다. 그들은 사무실을 나가 곧장 '돼지 왕자 춤추네'로 갔다. 강우는 안으로 들어서자마자 홀을 한 눈에 쓱 훑었다. 예상대로 가게 안쪽 구석에 연수와 진호가 앉아 있었다.

'돼지 왕자 춤추네'는 이 근처에서 연수가 가장 좋아하는 음식점 중 하나였다. 연수는 이 집 고기에 중독되어 있다시피 해서 무슨 이유를 만들어서든 일주일에 한 번은 들렀다. 요즘은 야들야들 달달한 돼지갈비에 홀릭 중이었다.

"어? 이 대리님이네!"

태주는 연수를 발견하고 달려가 아는 체를 했다.

"오, 이 대리님! 어디 갔나 했더니 여기 와 있었네? 이분은 혹시 남자친구?"

태주가 생글생글 웃으며 진호에 대해 호기심을 보였다. 연수가 아니라고 손사래를 치는데 진호가 자리에서 일어나 악수를 청하며 자신을 소개했다.

"남자친구면 정말 잘해줄 텐데 연수가 자꾸 튕기네요. 지금은 그냥 아는 선뱁니다. 김진호라고 합니다."

"아, 네. 전 하태주입니다. 한마디로 대리님 꼬붕이죠. 그럼 '아는 선배님', 파이팅하십쇼."

태주는 유들유들 진호를 격려하고는 강우가 착석해 있는 테이블로 돌아왔다.

"돼지갈비 2인분요."

종업원이 오자 태주가 주문하고 나서 연수 쪽을 힐끔거렸다.

"이 대리님 꽤 눈 높은데? 저 정도 킹카한테 튕기고."

"킹카긴……. 뭐, 그럭저럭 봐줄 만은 하네."

"에이, 감독님 점수 참 짜시네. 내가 알기론 저 남자 S그룹 손자예요. 이른바 재벌 3세란 말이죠. 정희주 씨도 아마 저 남자가 소개시켜 준 것일걸요."

그러고 보니 연수가 정희주 얘기를 꺼낼 때 학교 선배 소개라고 했다. 그 학교 선배가 이른바 '진호 오빠'였단 말이지?

강우의 눈썹이 미세하게 꿈틀거렸다.

"이건 비밀인데요, 예전에 저 킹카가 이 대리님한테 대시했다 까인 것 같아요. 지난번 생일 날 꽃바구니랑 선물 잔뜩 보내왔잖아요. 이 대리님이 그것 때문에 통화하는 걸 들었는데…… 그냥 선후배로 지냈으면 좋겠다고……. 아니, 일부러 엿들으려던 건 절대 아니고요. 커피 마시러 탕비실에 갔는데 들렸을 뿐이에요."

태주는 강우가 쓱 쳐다보자 제 발이 저려서 극구 변명했다.

"아무튼 이 대리님은 저 남자, 곰과라고, 부자인 것도 잘 안 내세우고 우직하기만 해서 여자들한테 자꾸 차인대요. 근데 그런 남자가 완전 진국 아닌가? 키 크고 잘생겨, 부자에 성실해…… 나 같으면 콱 낚아채겠구만. 하여튼 여자들은 알 수가 없어."

태주는 킹카를 찬 이 대리를 이해할 수 없다는 듯이 고개를 저었다.

"짚신도 짝이 있고 제 눈에 안경이니까 이 대리한텐 저 남자가 아닌가 보지."

강우가 심드렁하게 대꾸했다.

"그래도 아까 인사할 때 보니 저 남잔 아직 포기 안 한 것 같던데요?"

"그래 봤자 자기만 손해지. 남녀 관계는 한 번 아니면 끝까지 아니게 마련이야."

"감독님, 저랑 내기하실래요?"

갑자기 태주가 강우 쪽으로 몸을 당기며 눈을 빛냈다. 강우는 의문의 눈길을 태주에게 보냈다. 태주는 주머니에서 지갑을 꺼내 5만 원을 테이블 위에 올려놓았다.

"저 남자랑 이 대리님이 3개월 안에 사귄다에 5만 원 걸게요. 감독님은 둘이 안 사귄다에 5만 원. 어때요, 콜?"

"겨우 5만 원 갖고 누구 코에 붙이게? 50만 원이면 생각해 보지."

태주는 망설였다. 남의 연애사에 걸기엔 50만 원은 좀 지나치게 컸다. 그러나 진호가 하는 농담에 연수가 생긋 웃는 걸 곁눈질한 태주는 꿀꺽 침을 삼키고는 "콜"을 외쳤다.

"까짓것 좋아요! 감독님 덕분에 노트북 새 걸로 하나 장만할 수 있겠네!"

태주가 자신만만하게 말했다.

"그렇게 자신 있나?"

강우는 심기가 불편해서 물었다.

"그럼요! 우직한 사람이 진심으로 밀어붙이면 안 넘어갈 수 없다고요!"

그 말에 강우는 심장이 철렁했다. 그 비슷한 말을 낮에도 들었던 것이다.

"진심인 놈이 우직하기까지 하니 낸들 당할 수가 있나……."

꼬장꼬장하고 고집 센 장 교수의 마음을 돌렸던 정훈의 진심.

강우는 연수와 마주 앉아 있는 진호를 보았다. 선한 얼굴로 연수를 사랑스러운 듯이 바라보며 웃고 있었다.

'연수가 저 남자에게 넘어간다고?'

그러자 갑자기 미칠 것 같은 질투가 끓어올랐다. 싹둑, 강우는 진호를 연수에게서 잘라내 버리듯 숯불 위의 고기를 뒤집어 가위로 쓱쓱 잘랐다.

8. 네가 신경 쓰여 미치겠어!

"아, 그렇다니까요! 형, 백 프로, 확실! 이 대리님이 그 표 구하려고 세 시간 전부터 컴퓨터 앞에 대기했는데 못 구했어요. 그러니까 형이 짜잔 하고 표 보여주면 데이트는 따 놓은 당상이라니까요."

태주는 소변기 앞에서 볼일을 보며 휴대전화에 대고 열을 올렸다.

"어떻게든 그 표 꼭 구해요. 완전 좋은 기회니까."

수화기 너머의 남자가 "고맙다", "너밖에 없다"면서 전화를 끊었다. 태주는 휴대전화를 뒷주머니에 꽂고는 바지 지퍼를 올리며 휘익 휘파람을 불었다.

"이거 반칙 아닌가?"

익숙한 차가운 목소리에 태주가 히익, 숨을 삼켰다. 강우가 화장실 문을 열고 나오며 태주를 쓱 쏘아보았다. 태주는 그 서늘한 눈길에 찔끔했다.

"하하, 감독님, 계셨어요? 큰일 보셨나 보네. 시이원하겠다!"

태주가 상황을 넘기려고 쓸데없는 농담을 늘어놓았지만 강우의 표정은 풀릴 줄 몰랐다.

"언제부터 둘이 형, 동생 하는 사이가 됐지? 내가 알기론 일주일 전, '돼지 왕자' 네서 본 게 처음 만난 것일 텐테……."

"하하하하, 제가 좀 인사성이 좋잖아요! 50만 원이 걸린 일인데 두루두루 친해둬야죠."

"그래서 그쪽과 손잡고 연수를 공략하시겠다?"

강우가 한껏 비꼬았다.

"얘기해 보니까 제가 아니었어도 진호 형, 이 대리님한테 계속 대시할 생각이던데요, 뭘. 전 연애 바람이 잘 불게 옆에서 좀 부채질해 준 거밖에 없어요, 하하하."

강우의 눈썹이 꿈틀거렸다.

"에이, 그리고 감독님이 그러셨잖아요. 남녀 관계는 한 번 아니면 끝까지 아니라고. 정말 아닌 관계라면 옆에서 부채질 좀 한다고 뭐 달라지겠어요?"

태주는 간 크게 강우를 자극했다.

"그래? 그렇다면 내가 물 좀 뿌려도 상관없겠군. 어차피 활활 타오를 연애면 물 한 번 뿌린다고 꺼지진 않을 테니."

"예?"

태주는 멍하니 입을 벌렸다. 강우는 입만 벙긋거려 '각오하라고!' 말하고는 화장실을 나왔다.

❖

"와아, 진호 오빠! 정말이에요? 미라클 내한 공연 표가 있다고요?"

연수가 전화기를 들고 펄쩍펄쩍 뛰면서 물었다. 함박웃음을 머금고서 볼까지 발갛게 상기된 채 기뻐서 어쩔 줄 몰라 했다.

"나, 그거 정말 보고 싶었는데……. 고마워요, 당연하죠! 하하, 좋아요. 그럼 이따 봐요."

연수는 신이 나서 전화를 끊었다. 그 옆에서 태주는 '아싸' 하고 주먹을 쥐었다가 불안한 눈으로 사장실을 보았다. 음산한 기운이 거기서 뿜어져 나오는 것 같았다.

'물을 뿌린다던데…… 대체 어떻게 뿌리려고…….'

강우는 모니터의 화면을 보고 눈살을 찌푸렸다. 화면에는 4인조 그룹 미라클의 공연 안내 페이지가 떠 있었다. 젊고 잘생긴 짐승남들로 구성된 미라클은 노래도 노래지만 섹시한 퍼포먼스로 유명한 그룹이었다. 국내에서도 팬 층이 두터워서 매표를 시작한 지 10분 만에 표가 동이 났다고 한다.

'이런 공연을 못 가게 했다간 원망이 장난 아닐 텐데…….'

하지만 연수가 교회 오빠 같은 그 멀끔한 놈과 데이트하게 둘

수 없었다. 더구나 상대는 이제 작정하고 덤벼들기로 맘먹은 늑대
지 않은가.

'피 같은 50만 원인데, 눈 뜨고 코 베일 수는 없지. 내 사전에
남에게 지는 건 있을 수 없어.'

강우는 호승심이 우드득 돋아 인터폰을 힘차게 눌렀다.

"이연수 씨, 잠깐 들어오지."

연수가 문을 열고 들어오자 강우는 일부러 인상을 잔뜩 찌푸렸
다. 그가 의자 뒤에 등을 깊숙이 묻고 오른손 집게손가락으로 책
상을 톡톡 쳤다. 그러곤 잠시 동안 침묵을 지켰다.

연수는 강우가 불러놓고 아무 말도 없이 눈살만 찌푸리고 있자
잔뜩 긴장했다. 그가 침묵을 지키며 이렇게 책상을 두드릴 때는
기분이 아주 안 좋다는 뜻이었다.

'내가 뭘 잘못했나? 새로 조정한 스케줄표 정리해서 올렸고, 전
체 진행보고서 작성해서 드렸고…… 지시하신 일들 다 처리했는
데…….'

연수가 속으로 갸웃하고 있는데 강우가 책상 서랍에서 USB를
꺼냈다.

"이연수, 책임 프로듀싱을 하고 있다고 다른 일들을 너무 소홀
히 하는 거 아냐?"

강우가 한마디 툭 던졌다.

"네? 무슨……."

"〈당신을 사랑하는 천 가지 이유〉를 맡으면서부터 지난 두 달간
시나리오 분석 리포트가 안 올라오고 있는데…….."

"아, 그건⋯⋯."

연수는 얼굴이 달아올랐다. 백야의 직원들은 의무적으로 한 달에 한 편씩 영화와 시나리오를 보고 캐릭터, 소재, 주제, 플롯 등을 분석해 자료과에 제출하고 있었다. 그러면 자료과에서는 이것들을 취합해 데이터베이스화해서 새 영화의 기획, 제작 등에 참고 자료로 쓰는 것이다.

"프로듀서로서 작품을 보는 안목은 기본 베이스로 깔고 가야 한다는 거 몰라? 제일 중요한 걸 게을리하면서 어떻게 책임 프로듀싱을 하겠다는 거야? 이렇게 할 거면 프로듀싱 때려쳐!"

"⋯⋯죄송합니다."

연수가 고개를 푹 수그린 채 말했다.

"잘못 알았으면 내일까지 여기 들은 작품 분석해서 리포트 제출해. 나머지 하나는 이달 말까지 기한 주지."

"네? 내일요?"

연수가 강우를 보면서 몹시 곤란한 표정을 지었다. 내일까지 보고서를 제출하려면 밤을 꼬박 새워도 모자랄 터였다. 히드라가 눈을 번쩍이고 지켜보는 이상, 대충 써낼 수는 없었으니까. 그러면 미라클의 공연은 물 건너가는 거다.

"왜? 안 되는 이유라도 있나?"

"아⋯⋯ 아닙니다. 내일까지 제출하겠습니다."

연수는 잔뜩 풀이 죽어서 대답했다. 연수가 사장실을 나오자마자 태주가 득달같이 달려왔다.

"감독님이 뭐래요?"

"내일까지 시나리오 분석 보고서 제출하래."

"네에?"

태주는 사장실 문을 째려봤다.

'물을 뿌린다더니 고춧가루까지 타서 확 뿌렸구만. 으유, 치사빤스!'

"이 대리님, 미라클 공연 어떻게 하고요? 그거 보고 싶어서 몇 날을 상사병 앓듯 앓았으면서……."

"어쩔 수 있나? 포기해야지……."

"아니, 그게 포기가 돼요?"

"할 수 없잖아!"

연수는 염장을 지르듯 태주가 자꾸 토를 달자 짜증스럽게 말했다.

'아우, 내기만 아니었으면 히드라의 검은 속내를 낱낱이 까발려 주는 건데…….'

태주는 이발사가 대나무 숲에서 "임금님 귀는 당나귀 귀" 하고 소리쳤던 것처럼 입이 간질간질했다. 하지만 3개월 후에 들어올 50만 원을 위해 꾹 눌러 참았다.

"이 대리는?"

연수가 보이지 않자 엘리베이터에 올라타면서 강우가 물었다. 점심시간을 맞아 모두들 식사하러 나가는 중이었다.

"누구 때문에 식사도 거르고 밀린 숙제 하느라 정신없답니다."

태주가 불만스럽게 비꼬았다. 백 부장이 히드라의 독기를 건드리는 겁 없는 하룻강아지의 엉덩이를 쿡 찔렀다.

"아, 왜 찔러요, 부장님? 사실이 그런데!"

태주는 눈치 없이 백 부장을 흘겼다.

"하하, 이 대리가 오늘부터 다이어트 중이라네요. 먹는 낙으로 사니 며칠 하다 말겠죠, 뭐."

백 부장이 상황을 부드럽게 얼버무렸다. 강우는 무표정하게 앞만 보고는 아무 대꾸도 하지 않았다. 식사 후 오 차장에게 연수 몫의 샌드위치를 사 들려 보낸 강우는 오후 내내 기분이 찜찜했다. 꼭 볼일을 보고 손을 안 씻은 것처럼 꺼림칙했다.

퇴근 시간이 되어 일을 마친 직원들이 하나둘 돌아가자 강우는 뾰족 바늘이 수천 개 달린 방석을 깔고 앉은 것처럼 엉덩이가 들썩들썩했다. 강우가 사장실 문을 살짝 열고 밖을 내다보았다. 태주가 연수 자리에서 깔짝대고 있었다.

"이우, 이 대리님, 그거 내가 해드릴 테니까 공연 보러 가세요."

태주는 답답한 듯이 말했다.

"아니야, 됐어. 감독님 말씀처럼 기본에 충실해야지. 처음 맡는 책임 프로듀싱이라 내가 너무 붕 떴나 봐. 백 부장님은 프로젝트 두어 개씩 맡고 계시면서도 꼬박꼬박 작품 분석 작업하시는데……."

"그래도 고대하던 건데…… 표 썩히기 너무 아깝잖아요. 오늘 작품 분석 하나 한다고 갑자기 이 대리님이 천재 프로듀서가 되는 것도 아니고…… 그냥 갔다 오세요. 이번엔 제가 대신하고 제 몫의 리포트는 나중에 이 대리님이 해주면 되잖아요."

태주가 살살 꼬시자 연수는 많이 흔들리는 눈치였다. 잠깐 생각에 잠기던 연수가 고개를 저었다.

"고마워, 태주야. 근데 아무래도 그건 아닌 것 같아. 이 일은 내가 평생을 즐기면서 해야 할 일인데 그런 꼼수를 부리는 건 옳지 않아. 표는 아까우니 네가 다녀와. 진호 오빠한테는 내가 미리 말해둘게."

"그렇게 말하니 더는 못 권하겠네요. 뭐, 나야 좋죠. 이 대리님 덕분에 비싼 공연 공짜로 보고……."

연수가 이렇게까지 나오자 태주는 한발 물러설 수밖에 없었다. 연수가 진호에게 전화를 걸려고 휴대전화를 집어 드는데 때마침 전화벨이 울렸다. 진호였다.

"어, 오빠. 도착했어요?"

[응. 회사 앞이야. 낮에 말한 일은 어떻게 됐어? 잘 끝났어?]

"저기, 오빠, 정말 미안한데 아무래도 난 못 나갈 것 같아요. 전에 만난 태주 있죠? 미안하지만 태주랑 같이 공연 보실래요? 오늘 약속 펑크 낸 건 내가 다른 날 몇 배로 보상할게요."

연수가 미안해서 어쩔 줄 몰라 하며 말했다. 수화기 너머의 진호가 낮게 한숨을 내쉬었다.

"마중까지 나와주었는데 정말 미안해요."

[뭐가 미안해? 못 갈 것 같다고 미리 연락 주었는데도 온 건 나인데……. 공연 못 봐서 아쉬운 건 너잖아. 그러니 나한테 미안해

할 것 없어. 태주 씨 나오라고 해. 밑에서 기다릴 테니.]

"네. 그럼, 오빠 잘 보고 오세요. 담에 이 원수, 꼭 갚을게요."

연수는 농담을 덧붙이고는 전화를 끊었다. 그러곤 태주에게 말했다.

"얼른 내려가 봐. 진호 오빠가 밑에서 기다리겠대. 차 막힐지 모르니까 빨리 가."

태주는 자리로 돌아가 잽싸게 가방을 챙겼다.

"그럼 대리님, 잘 보고 올게요."

"그래. 사진 많이 찍어오고!"

연수는 태주에게 손을 흔들어 보였다. 태주가 사무실 문을 닫고 나가자 연수가 한숨을 깊게 내쉬었다. 막상 안 가겠다고 결정은 했지만 아쉬움이 깊었다.

'아자아자, 힘내자! 이연수!'

연수는 커피나 한 잔 마시며 기분 전환이나 할까 싶어 자리에서 일어나 탕비실로 갔다. 정수기 옆 티테이블에는 녹차와 둥글레차만 있을 뿐 커피가 없었다. 연수는 싱크대 문을 열었다. 하필이면 손이 닿지 않는 맨 위에 커피 상자가 있었다. 발뒤꿈치를 들어 올려 까치발로 서서 손을 뻗자 가운뎃손가락 끝에 아슬아슬하게 상자가 걸렸다. 연수는 팔짝팔짝 뛰어 손끝으로 상자를 잡아 빼다가 그만 놓쳐 버리고 말았다. 상자가 와라락 쏟아지며 연수의 눈두덩을 콕 찍었다.

"아야!"

연수는 눈두덩이 얼얼해 눈물이 찔끔 났다. 손으로 가볍게 눈두덩을 문질러 주고는 쏟아진 커피믹스를 챙겨 티테이블에 놓아두고 다시 남은 커피믹스를 상자 속에 넣어 싱크대에 올려두었다. 연수가 탕비실을 나가자 강우가 딱 버티고 서 있었다.

"아이고, 깜짝이야! 왜 여기 서 계세요?"

하지만 강우는 연수의 눈가를 뚫어지게 쳐다보고는 아무 말 없이 사장실로 들어가 버렸다. 연수는 고개를 갸웃하고 자리로 돌아와 커피를 호로록 마셨다.

강우는 사무실 안을 불안하게 왔다 갔다 했다. 양심이 콕콕 찔렸다. 눈가가 빨간 걸 보니 연수는 운 게 틀림없었다.

'아니, 그깟 공연이 뭐라고!'

하지만 연수에게는 그깟 공연이 아니었다. 작년에 미라클이 일본 공연을 찍고 홍콩으로 넘어가자 비행기표까지 예약하려던 그녀였다. 표만 구했으면 아마도 정말 홍콩까지 날아갔을 터였다. 강우는 창밖을 내다보았다. 태주가 건물을 나와 주차장으로 가고 있었다. 강우는 태주에게 전화를 걸었다. 태주가 가방을 뒤적거려 휴대전화를 찾는 게 보였다.

[네, 감독님.]

"연수 보낼 테니까 태주 넌 그냥 집으로 가."

강우는 용건만 말하고 툭 전화를 끊었다.

고급 빨간 스포츠카 앞으로 연수가 달려갔다. 진호는 스포츠카 옆에 서 있다가 연수에게 손을 흔들어 보였다. 연수가 다가가자 진호는 운전석에서 미리 준비한 꽃다발을 꺼내 연수에게 건넸다.

연수가 웃으며 뭔가 말을 건네자 진호도 마주 웃었다. 그러곤 매너 있게 조수석 문을 열어주었다. 연수는 꽃다발을 든 채 차에 올라탔다. 연수를 태운 스포츠카는 이내 주차장을 빠져나가 러시아워의 차량 행렬에 스며들었다.

'젠장.'

강우는 빨간 스포츠카가 도로 저편으로 사라질 때까지 사무실 창으로 내려다보고는 나지막이 욕설을 내뱉었다. 마음이 약해져 연수를 보냈지만 입맛이 썼다. 빨간 모자 소녀를 늑대가 사는 숲에 홀로 보낸 심정이었다.

저녁을 먹으면 체할 것 같아 강우는 탕비실에서 커피 한 잔을 타 사장실로 돌아왔다. 검토해야 할 서류들이 산더미였다. 하지만 아까부터 같은 페이지에서 자꾸만 도돌이표를 찍고 있었다. 눈은 글씨를 읽고 있는데 머릿속은 딴생각으로 가득 차 도저히 글씨가 들어오지 않았다.

생각이 자꾸 연수에게로 달려간다. 진호에게 환한 웃음을 던지는 연수, 그 남자와 손을 마주 잡고 있는 연수, 그리고 입을 맞추⋯⋯.

"빌어먹을!"

강우는 서류를 책상 위로 내던져 버리고는 머리카락을 마구 흐트러뜨렸다. 그러곤 서랍을 열어 얼마 전에 넣어두었던 보석 상자를 꺼냈다. 뚜껑을 열자 태양 모양의 예쁜 목걸이가 형광등 빛을 반사하며 반짝거렸다.

❖

"대체, 지금이 몇 신데 아직까지 쏘다니고 있는 거야?"

강우는 연수의 집 근처 골목에 차를 세워두고 시계를 보고는 투덜거렸다. 가로등의 노란 불빛 아래에서 시곗바늘이 12시를 가리키고 있었다. 공연은 10시쯤에는 끝났을 터였다. 그렇다면 지금쯤 어느 분위기 좋은 레스토랑에 있거나 혹은 경치 좋은 한강변, 그도 아니라면 드라이브를 핑계로 좁은 차 안에서 단둘이 데이트를 즐기고 있을 것이다.

"우직한 사람이 진심으로 밀어붙이면 안 넘어갈 수 없다고요!"

문득, 태주의 말이 떠올랐다.

'태권브이, 정말 넘어간 거 아냐?'

그러자 질투심이 스멀스멀 올라왔다. 자신에게 이런 뜨거움이 있었나 싶을 정도로 강우는 질투로 몸이 화르륵 달아올랐다. 그때 반대편 골목 어귀에서 빨간 스포츠카가 달려와 연수의 집 앞에 멈추어 섰다.

진호가 차에서 내려 조수석 문을 열어주었다. 연수는 꽃다발과 가방을 안고 내렸다.

"오빠, 오늘 정말 고마워요. 내 눈으로 직접 미라클 공연을 보다니! 정말 죽어도 여한이 없을 것 같아!"

"죽다니…… 이보다 재밌는 일이 얼마나 많은데."

"후후, 그만큼 좋았단 얘기죠. 오빠 덕분에 정말 눈 호강, 귀 호강 톡톡히 했어요. 담에 만날 땐 내가 거하게 쏠게요."

"기대할게."

"그럼 운전 조심해서 가세요."

연수가 작별 인사를 건네며 진호가 차에 타기를 기다렸다. 하지만 진호는 뭐가 아쉬운 듯 미적미적거렸다.

"얼굴에 뭐 묻었다."

"응? 뭐가?"

연수가 오른손으로 제 볼을 어루만졌다.

"거기 말고……."

"여기요?"

연수가 손을 조금 내려 입가를 쓸었다.

"아니, 거기도 말고……."

진호는 그렇게 말하곤 제가 떼어내 줄 것처럼 연수의 뺨을 잡더니 고개를 숙여 그녀의 입술에 쪽 입을 맞추었다. 너무 순식간이라 연수는 진호를 밀치고 자시고 할 시간도 없었다. 정신을 차렸을 때는 진호가 입술을 떼고 싱긋 미소 짓고 있었다. 연수는 그저 놀라 눈을 동그랗게 떴다.

그때, 갑자기 뒤에서 한 남자가 튀어나와 진호의 멱살을 잡더니 주먹을 날렸다. 진호는 얼굴을 한 방 얻어맞고 뒤로 몇 발짝 물러났다. 연수는 들고 있던 가방으로 괴한의 뒤통수를 세게 날렸다.

"아얏! 태권브이, 나야 나!"

강우가 연타로 날아드는 딱딱한 가방을 팔뚝으로 막으며 소리쳤다.

"감독님?"

연수가 그제야 강우를 알아보고 믿을 수 없다는 표정을 지었다. 강우의 일격에 입술이 터진 진호는 잔뜩 화가 나서 강우의 멱살을 잡았다.

"무슨 짓입니까?"

그러자 강우도 진호의 멱살을 부여잡았다.

"당신이야말로 무슨 짓이지? 주인 허락도 없이 입술이나 훔치고."

강우가 또 한 대 칠 것처럼 으르렁거렸다. 두 남자는 주먹을 쥐고선 서로를 잡아먹을 듯이 노려보았다. 살벌한 기운이 두 사람을 감쌌다.

연수는 눈앞에서 벌어지고 있는 이 상황이 언뜻 이해가 가지 않았다. 지금쯤 자기 집 침대에 누워 잠을 청하고 있어야 할 강우가 왜 갑자기 어둔 골목길에서 튀어나와 진호 선배와 주먹다짐을 하는지. 하지만 어쨌든 이 두 짐승들을 떼어놓지 않으면 큰 사달이 날 것 같았다.

"그만두세요, 두 분!"

연수는 진호의 멱살을 쥔 강우의 손을 잡아끌었다. 그러곤 두 사람 사이에 파고들어 둘을 떼어냈다. 연수가 손수건을 꺼내 진호의 터진 입술에 가만히 가져다 댔다.

"진호 오빠, 미안해요. 감독님이 오빨 치한으로 오해했나 봐요.

대신 사과할 테니 이해해 주세요."

진호는 연수의 손수건으로 입술을 닦으면서 여전히 강우를 노려보았다. 연수는 진호의 팔을 잡아당겨 그를 차까지 데려갔다. 그러곤 문을 열고 진호가 타기를 기다렸다.

"밤이 늦었어요. 운전 조심해서 가세요."

연수가 재촉했다. 하지만 진호는 차에 탈 생각을 안 했다. 그러자 연수가 진호의 팔을 끌어 떠밀 듯 차에 태웠다.

"괜찮겠어?"

진호가 강우를 경계의 눈으로 힐긋 보고는 연수에게 물었다. 연수도 뒤돌아 강우를 슬쩍 보았다. 강우는 차갑게 이쪽을 쏘아보고 있었다. 연수는 짧게 한숨을 내쉬고는 고개를 끄덕였다.

"괜찮아요."

진호의 차가 골목길 너머로 사라지자 연수는 두 팔을 허리에 짚고 강우를 째려보았다.

"어떻게 된 거예요?"

연수가 타당한 설명을 요구하는 것은 당연했다. 하지만 강우는 설명할 수 없었다. 자신도 어떻게 된 일인지 알 수 없었기 때문이다. 강우는 그저 연수가 집에 잘 돌아오는지만 확인하려 했다. 그녀가 집에 들어가는 걸 확인하고 자신도 돌아가려 했다. 그런데 그 우직한 늑대가 연수의 입술을 훔친 순간, 강우는 평소 자랑하던 냉철한 이성이 뚝 끊어져 버렸다. 거의 본능적으로 주먹이 나갔다.

"신경이 쓰여……."

강우가 나직하게 중얼거렸다. 너무 작아서 연수는 무슨 말인지 알아들을 수 없었다.

"뭐라고요?"

"신경이 쓰여서 미치겠어."

"뭐가요? 뭐가 신경 쓰이는데요?"

연수는 통 감을 못 잡고 되물었다. 그러자 강우가 연수에게 성큼성큼 다가가 그녀의 어깨를 잡았다.

"네가! 이연수, 네가 신경 쓰여 미치겠다고!"

강우의 눈은 활활 불타오르고 있었다.

"감독님……."

"책임져, 이연수!"

강우는 연수의 손을 제 가슴에 가져갔다. 두근두근, 조금 빠르게 뛰는 심장 소리가 손바닥을 통해 느껴졌다.

"너 때문에 내 심장은 줄곧 120비트로 뛰고 있어. 너무 빨리 뛰어서 네 생각 말고는 아무것도 못하겠어. 검토해야 할 서류는 산더미고 오늘까지 결재를 끝냈어야 할 서류도 잔뜩인데…… 나를 봐! 사무실에 있어야 하는 내가 어째서 여기 와 있는 거지? 이연수, 너 대체 내게 무슨 짓을 한 거야?"

연수는 꿀 먹은 벙어리가 되었다. 당첨 확률이 814만 5,060분의 1이라는 로또가 당첨되어도 이보다 기쁠까!

짝사랑으로 끝날 줄 알았는데 히드라가 드디어 자신을 바라보기 시작했다는 사실에 연수는 너무도 기뻐서 아무 말도 할 수 없었다. 마치 꿈인 것 같았다. 너무 간절해서 눈 뜨고 꿈을 꾸고 있는 것 같았다.

연수는 제 볼을 세게 꼬집었다. 그런데 하나도 아프지 않았다.

진짜 꿈인가? 정말 눈 뜨고 꿈이라도 꾸고 있는 거야?

연수가 더 세게 볼을 꼬집으려 하자 강우가 그녀의 손목을 잡고는 막았다. 그가 싱긋 웃었다.

"바보, 그렇게 꼬집으면 꿈인지 생시인지 구분 가?"

"그럼…… 어떻게 해요?"

그러자 강우는 연수의 손을 가져가 쪽 입을 맞추었다. 손등에 느껴지는 보드라운 입술 감촉에 연수는 백만 볼트 전기에 감전된 듯 짜릿했다.

"이제 좀 생시 같나?"

연수는 손등 키스의 짜릿함을 좀 더 느끼고 싶었다.

"아…… 아뇨, 아직 모르겠어요."

강우는 이번에는 더 길게 손등에 입을 맞추었다. 그의 입술이 살갗을 간질이며 따스하게 손등을 어루만졌다.

연수는 심장이 덜컹 내려앉았다. 두근두근, 쿵쿵. 주책 모르게 뛰어댔다. 이렇게 심장이 뛰는 걸 보니 현실인 게 틀림없었다.

'맙소사! 히드라가 날 좋아한대!'

연수는 다리에 힘이 풀려 후들거렸다.

"채…… 책임질게요. 내가…… 다 책임질게요."

연수는 가슴이 벅차올라 더듬거리며 말했다.

"어떻게? 어떻게 책임질 건데?"

"음, 그러니까, 음……"

연수는 열심히 머리를 굴렸지만 선뜻 방법이 생각나지 않았다. 그런데 강우가 싱글싱글 미소 지으며 이쪽을 바라본다. 그 싱그러운 미소는 너무도 매혹적이어서 연수는 생각하는 걸 깡그리 잊어버렸다. 그녀가 강우의 어깨에 팔을 두르고 까치발을 했다. 그러곤 조금의 망설임도 없이 그의 입술을 머금었다. 호기롭게 입술을 들이댔으나 연수는 서툴렀다. 조심스럽게 강우의 입술 주변만 깔짝거리고 말았다.

하지만 연수의 기습 키스는 강우의 심장에 불을 붙였다. 잘 마른 솔가지에 불씨를 당기자마자 주변의 공기를 삼키며 화라락 타오르듯, 강우는 연수를 활활 불태워 버릴 만큼 그녀의 앙증맞은 입술을 열렬히 빨아들였다.

마치 처음부터 한 짝이었던 양 한 치의 틈도 없이 꼭 들어맞는 완벽한 퍼즐 조각처럼 두 사람의 입술은 뜨겁게 맞부딪쳤다. 둘의 혀가 하나로 얽히며 밀폐된 공간 속을 파도처럼 오갔다. 연수의 입속에서, 때론 강우의 입속에서 서로를 격렬하게 탐하는 사이 두 사람은 정신이 혼미해질 정도로 황홀한 감각을 느꼈다.

연수의 앙증맞은 빨간 입술은 연신 뜨거운 신음을 터뜨렸고 강우는 그녀의 헐떡거리는 숨소리마저 아까운 듯 남김없이 삼켜 버렸다.

깊은 밤, 달콤한 입맞춤이 끝없이 이어졌다. 달이 부끄러운지 구름 속에 숨어 연인들의 어깨 위로 달빛을 희미하게 내리비쳤다.

9. 비밀 연애 계약서

"좋은 아침입니다!"

연수는 출근하는 오 차장과 백 부장을 향해 활기차게 외쳤다. 어젯밤, 강우에게 고백받고 너무 좋아서 싱숭생숭 잠을 설친 연수는 새벽같이 출근했다. 조금이라도 빨리 강우 얼굴을 보고 싶어서였다.

"어? 무슨 좋은 일 있어? 오늘따라 더 생기 있네?"

"좋은 일? 있지요!"

"뭔데? 나도 좀 같이 좋자."

백 부장이 호기심을 번뜩이며 말했다.

"책임져, 이연수! 너 때문에 내 심장은 줄곧 120비트로 뛰고 있어. 너무 빨리 뛰어서 네 생각 말고는 아무것도 못하겠어."

'후후후.'

연수는 강우의 격렬한 고백을 떠올리며 볼을 발갛게 붉혔다. 목에는 강우가 준 목걸이가 반짝거리고 있었다.

"비밀이에요!"

"수상한데? 얼마 전에 꽃다발이랑 샴페인 받더니 정말 남자친구라도 생긴 거야?"

"백 부장님, 보아하니 딱인데 뭘 물어요."

백 부장이 의심의 눈초리를 보내자 오 차장이 끼어들었다.

"햐, 좋겠다! 아주 따끈따끈하겠구만. 난 요즘 우리 영심 씨랑 시베리아 한랭전선이 흐르는데 말이야. 도대체 여자들은 이해할 수가 없어. 달래주려고 미안하다고 하면 뭐가 미안하냐고 따지고, 그럼 왜 화가 난 거냐고 물으면 그걸 꼭 말로 해야 아느냐고 또 따지고……."

백 부장은 질렸다는 얼굴로 고개를 절레절레 저었다. 연수는 피식 웃으며 사무실 벽에 걸린 시계를 보았다. 8시 50분. 평소 같았으면 벌써 출근했을 강우는 아직 소식이 없었다. 맘 같아서는 엘리베이터 앞에 대기하고 서서 강우가 내리면 환한 웃음으로 맞아주고 싶었다. 1분이 여삼추(如三秋) 같아서 연수는 안절부절못했다.

드디어 문이 달칵 열리고 강우가 들어왔다. 연수는 자리에서 벌떡 일어나 폴더 접듯 허리를 접고는 큰 소리로 "좋은 아침입니다!" 하며 생글생글 웃었다. 그러곤 강우가 알아볼 수 있도록 목걸이를 만지작거렸다. 강우가 들어오다 말고 그 과한 인사에 멈칫했다.

"감독님, 태권브이가 드디어 솔로 탈출했답니다! 아침부터 힘이 넘쳐요, 아주!"

백 부장이 한마디 했다.

"그래? 축하해."

강우는 무심하게 연수를 쓱 한 번 보더니 사장실로 쏙 들어가 버렸다.

'어? 이게 아닌데……'

기대에 못 미치는 반응에, 연수를 하늘 꼭대기로 들어 올렸던 풍선 바람이 피시식 조금 빠졌다. 웃는 낯으로 활짝 인사하면 강우가 환하게 마주 웃어줄 줄 알았다.

'뭐, 사람들이 있어서 그렇겠지.'

연수는 간밤의 열렬했던 입맞춤을 떠올리면서 중얼거렸다. 두근두근. 또다시 가슴이 뛰었다. 하지만 전체 회의 시간에도, 단둘이 일 얘기를 할 때에도 강우는 이제까지와 다를 바 없었다. 아니, 전보다 더 엄격해서 도저히 어젯밤 뜨겁게 고백해 왔던 남자라고는 상상할 수가 없었다.

"차라도 드시고 가실래요?"

"태권브이, 지금 그 얘기, 얼마나 위험한 발언인지 알아?"

폭풍같이 격렬한 입맞춤이 끝난 후 연수가 말했을 때, 강우가 허스키한 목소리로 연수의 코끝을 가볍게 톡 건드리며 말했다.

"아니, 난 그저 진짜로 차만……."

그러자 강우가 고개를 저었다.

"오늘은 이만 가는 게 좋겠어. 앞으로 우리 관계도 생각해 봐야 하고……."

'그러고 보니 사귀자는 얘긴 없었잖아!'
열렬한 고백과 달콤한 키스에 넋이 나가 있어서 연수는 강우가 사귀자는 말을 하지 않았다는 걸 이제야 깨달았다. 그렇게 생각하니 강우의 무덤덤한 반응이 조금 이해가 갔다. 간밤엔 달빛과 연적의 도둑 키스에 흥분해 그만 고백하고 말았지만 환한 태양을 마주하니 충동적으로 고백한 것을 후회하고 있는 걸까?

"난 공적인 관계에 사적인 감정이 끼어드는 건 좋아하지 않아. 감정이 끼어드는 순간 관계는 망가지게 마련이거든."

연수의 고백을 딱 잘라 거절했을 때 강우는 이렇게 말했었다.
'안 돼! 절대 후회하게 두지 않겠어!'
강우의 마음을 안 이상 연수는 물러설 생각이 없었다. 강우가 고백을 무르자고 한다면 백 번이고 천 번이고 키스해서 그를 사로잡고 말리라.
연수는 전투욕을 불태우며 자리에서 일어났다. 똑똑, 노크를 한 후 허락도 떨어지기 전에 안으로 들어갔다.
"감독님!"
결사(決死)의 의지가 얼굴에 드러났는지 강우가 연수를 보더니 나직이 한숨을 내쉬었다. 그러곤 서랍을 열어 서류철을 꺼내 연수의 앞에 척 들이밀었다.

"사인해."

"이게 뭐예요?"

연수는 눈앞에서 팔랑거리는 서류를 끔벅끔벅 바라보았다. 표
지에 큼지막하게 '비밀 연애 계약서'라고 쓰여 있었다.

"읽어봐."

표지를 넘기자 몇 개의 수칙이 나왔다.

1. 회사 내에서 절대 사귀는 티를 내지 않는다.

2. 회사 내에서 절대 스킨십(눈빛으로 하트 쏘기, 생각·상상·공상 포
함) 금지.

3. 공과 사는 철저히 구분할 것.

4. 위 사항을 3회 어길 시에는 이 연애를 철회한다.

"다 좋은데 4번은 좀……."

"동의 안 해? 그럼 없던 것으로 하지 뭐."

"아니요, 할게요. 누가 안 한데요?"

연수는 강우가 비밀 연애 계약서를 낚아채려 하자 책상 위 볼펜
을 주워 재빨리 사인했다. 강우의 사인 옆에 연수의 사인이 들어
갔다. 나란히 쓰여 있는 사인을 보자 연수는 드디어 사귀는구나,
실감이 났다. 히죽히죽 저절로 웃음이 나왔다.

"히힛, 후후후후훗!"

연수가 계약서를 들고서 몸을 배배 꼬며 강우를 바라보았다. 눈

앞의 잘생긴 이 남자가 내 남자구나 싶자 세계 최고 부자라는 빌 게이츠, 워렌 버핏도 부럽지 않았다. 연수가 달달한 눈으로 강우를 보았다.

"삐잇! 경고! 계약 위반 1회."

"아…… 아니, 그런 게 어딨어요! 난 그저 감독님 얼굴밖에 안 봤는데."

연수가 팔짝 뛰었다.

"제2조, 스킨십 금지에 눈빛으로 하트 쏘기 포함, 몰라?"

"아니, 그런 게 어딨……."

연수가 억울해서 항변하자 강우가 일어나 성큼 다가왔다. 그가 연수의 어깨에 가볍게 두 손을 얹고서 지그시 내려다보았다. 그러곤 섹시하고 뇌쇄적인 눈빛으로 연수를 바라보았다.

"그런 눈빛…… 아주 곤란해. 왜인지 알아?"

강우의 낮게 속삭이는 목소리에 연수는 침을 꿀꺽 삼켰다.

"사…… 람들이 알아차릴까 봐?"

"아니. 자꾸 키스하고 싶어지잖아."

강우는 고개를 내려 연수의 귓가에 입술을 가져가 작게 속삭였다. 그가 말할 때마다 뜨거운 입김이 귓불에 닿았다. 연수는 화끈 달아올라 얼굴이 벌게졌다.

소설 속에서, 영화 속에서 이보다 더 격한 연인들의 닭살 행각에도 무감각했던 연수는 강우의 입 바람 하나에 심장이 쿵 내려앉았다. 듣는 것이 보는 것보다 못하고, 보는 것이 직접 하는 것만 못하다더니 과연 옛말이 그른 것 하나 없었다.

'이런 게 진짜 연애로구나!'

감히 상상도 못했던 달콤함에, 두근두근 미친 듯이 뛰는 심장 소리를 강우가 알아챌까 두려워 연수는 도망치듯 사장실을 나왔다.

한 주가 어떻게 지나갔는지 모르겠다. '스킨십 금지' 조항에 눈빛 하나도 조심스러웠던 연수는 드디어 첫 데이트를 맞았다. 새벽부터 옷장의 옷을 온통 꺼내놓고 몇 번씩 입었다 벗었다 하느라 연수는 데이트도 하기 전에 지칠 지경이었다.

겨우 옷을 정하고 머리를 손질하고 화장을 시작하려는데 강우에게서 전화가 왔다.

[준비 다 됐어? 내려와.]

"네, 벌써요? 5분만, 아니, 아니 10분만요!"

연수는 후닥닥 손이 바빠졌다. 옷을 고르느라 너무 시간을 많이 들였다.

'아유, 왜 이렇게 안 붙는 거야.'

경주가 첫 데이트를 기념하여 선물해 준 바비 눈썹을 풀로 붙이며 연수가 투덜거렸다. 속눈썹 숱이 바비 인형처럼 풍성해서 눈매를 깊게 만들어주는 마법의 도구였다. 간신히 눈썹 붙이기에 성공한 연수는 은옥이 준 '키스를 부르는 립스틱'을 입술에 발랐다. 그러곤 부리나케 아래로 뛰어나갔다. 하지만 1층 계단에서부터는 새침한 아가씨처럼 도도하게 걸어 나갔다.

하얀 와이셔츠에 하늘색 재킷을 입은 강우는 그 어느 때보다 멋졌다. 운전석 문에 기대서 있던 강우의 눈이 연수를 보자 놀란 듯이 커졌다.

'오, 예!'

연수는 속으로 회심의 미소를 지었다. 일찍 일어나 부산을 떤 보람이 있었다.

"맙소사, 얼굴에 뭘 붙이고 있는 거야?"

"네? 뭐가요?"

연수가 뭐가 묻었나 싶어 손으로 볼을 어루만졌다. 나오기 전만 해도 완벽했는데 뭐지?

그러자 강우가 마치 징그러운 것이라도 만지는 양 연수의 볼에 손을 뻗었다. 강우의 손가락 사이에 걸려 있는 건 눈매를 깊고 고고하게 만들어주는 속눈썹이었다. 달려 내려오는 사이 눈에서 떨어져 볼에 붙어버린 것이다.

"아악!"

연수가 백미러로 얼굴을 보는 사이, 강우는 속눈썹을 자세히 들여다보더니 안도의 한숨을 놓았다.

"다행이네. 멀리서 봤을 때 지넨 줄 알고 얼마나 놀랐는지 몰라."

강우가 키득거렸지만 연수는 '내가 미쳐!' 하고 속으로 백만 번은 외쳤다. 백미러에 비친 연수는 눈이 짝짝이였다. 한쪽은 속눈썹이 깊고 풍성한 매혹적인 눈, 한쪽은 밋밋한 초딩 눈.

"이리 봐. 내가 붙여줄게."

"돼…… 됐어요."

연수는 부끄러워서 나머지 한쪽 눈썹도 떼어버렸다. 밋밋한 초딩 눈이어도 데이트 도중 또 짝짝이가 되는 수모는 겪고 싶지 않았다.

'내가 예뻐서 놀란 줄 알았는데…….'

첫 시작부터 원대한 계획이 무참히 깨지자 연수는 시무룩했다. 그러자 강우가 연수의 양 볼을 손으로 잡았다. 그러곤 가볍게 눌렀다. 그 힘에 연수의 입이 짱구의 뾰로통한 입처럼 튀어나왔다.

"노요(놔요)."

강우가 볼을 잡고 있는 바람에 발음이 새어 나왔다.

"예쁘다, 태권브이. 내가 본 중 최고로 예뻐."

강우의 칭찬에 연수는 급 방긋거렸다.

"특별히 하고 싶은 거 있어?"

한강이 내려다보이는 전망 좋은 레스토랑에서 식사를 하며 강우가 물었다. 연수는 강우와 데이트를 한다면 하고 싶은 게 참 많았다. 그와 함께 여행도 가고 싶고, 연인들끼리 타는 2인용 자전거도 타고 싶고, 서울 타워에 가서 사랑의 자물쇠에 두 사람의 이름을 적으며 영원한 사랑도 맹세하고 싶었다.

하지만 가장 큰 로망은 강우가 집으로 초대해 그녀만을 위해 요리해 주는 거였다. 아마도 앞치마를 두른 강우는 엄청나게 섹시할 것이다. 그러나 데이트 첫날부터 집에 초대해 달라고 할 수는 없었다. 그렇다고 지금 당장 여행을 가자고, 서울 타워에서 사랑을 맹세하자고 할 수는 더더욱 없었다.

'언젠간 다 해봐야지.'

"영화 볼까요?"

평범한 레퍼토리였지만 강우와 함께라면 뭐든지 좋았다.

"대신 감상만 하는 거예요, 분석은 말고."

연수가 토를 달았다. 안 그랬다간 영화가 끝나고 나면 자연스레 데이트는 끝이 나고 영화 평론 시간이 되고 말 터였다.

"그러지."

강우가 피식 웃었다. 식사를 마치고 강우가 화장실을 간 사이 연수는 어떤 영화가 좋을까 스마트폰으로 검색을 하고 있었다. 그런데 갑자기 강우의 자리에서 전화벨 소리가 요란하게 났다. 성능이 너무 좋은 건지 은은하고 조용한 분위기의 레스토랑 안을 쩌렁쩌렁 울렸다. 주변 사람들의 시선이 일제히 연수 쪽으로 몰렸다. 연수는 민망해서 진동으로 돌려놓을 요량으로 의자에 걸쳐진 강우의 재킷에서 휴대폰을 꺼냈다. 그런데 에티켓 벨 버튼을 누른다는 게 그만 통화 버튼을 누르고 말았다.

[나다.]

전화기 너머로 중년의 여자 목소리가 들렸다. 교양 있는 고운 목소리였다.

"저…… 최 감독님 잠깐 자리 비우셨는데요."

연수는 난처해서 우물쭈물 대답했다.

[그래요? 아가씨는 누군데 우리 강우 전화를 받죠?]

"그게 저……."

[여자친군가? 강우 돌아오면 엄마한테서 전화 왔다고 전해줘요.]

강우의 어머니는 대답을 기다리지 않고 전화를 끊었다.

"뭐 하는 거지?"

어느새 강우가 돌아와 있었다. 연수는 당황했다. 꼭 애인이 화장실 간 사이에 휴대전화를 뒤지는 의부증 여자 같지 않은가.

"아니, 저…… 전화가 시끄럽게 울어서 진동으로 바꾸려다가…… 일부러 받으려던 거 아니에요, 진짜로!"

"누구였지?"

"어머니요."

강우의 얼굴이 찌푸려졌다.

"뭐라고 하셨어?"

"그냥…… 전화 왔다고 전해달라셨어요."

"알았어. 고마워."

강우는 연수에게 전화를 건네받고는 도로 재킷 주머니 안에 넣었다.

"전화, 안 할 거예요?"

연수가 조심스럽게 물었다.

"나중에 하지."

그렇게 말했지만 강우의 표정을 보건대 어머니에게 전화할 생각은 없어 보였다.

'어머니하고 사이가 안 좋은가? 전화…… 받지 않았으면 좋았을걸.'

확연히 그늘이 진 강우의 얼굴을 보며 연수가 후회했다.

❖

"할머니!"

[오냐, 우리 강아지. 이 시간에 바쁠 텐디 뭔 일로 전화다냐?]

"할머니 목소리 듣고 싶어서 전화했지."

연수는 어리광을 담아 애교를 피웠다.

[하하, 그랬어야? 전화 잘했따. 안 그라도 너그 내려온다는 야그에 읍내 좀 나가뿔까 싶더만.]

"읍내는 왜요?"

[왜긴, 장 좀 볼까 그라지. 설서 손님 내려오는디 집도 거시기한데 상까지 거시기해서 쓰겄냐?]

"힘들게 그러지 않아도 돼요. 먹을 건 우리가 알아서 할 거예요."

[옴마, 그라도 안 되지. 우리 연수 회사 사람들인디 내가 대접해야재. 특별히 좋아하는 거 있는감? 넌 뭐 먹고 잡은 거 없고?]

수화기 너머로 전해오는 할머니의 목소리에는 넉넉한 정이 가득 실려 있었다. 늦잠을 자느라 아침도 거른 터였는데 연수는 할머니와 통화하는 것만으로도 배가 불러왔다. 내려가는 날짜와 시간을 할머니께 알려주고 연수는 통화를 끊었다. 연수의 할머니와 할아버지는 〈당신을 사랑하는 천 가지 이유〉의 인터뷰 커플 중 하나였다.

연수는 기획 초기에 젊은 사람들뿐 아니라 노인들의 사랑도 넣었으면 좋겠다는 생각이 들었다. 사랑이 있다고 믿게 해주는, 사랑하는 삶을 살아온 분들의 이야기를 담는다면 사랑을 믿지 않는 사람도 마음이 흔들리지 않을까.

서로만을 바라보며 몇십 년째 알콩달콩 사는 노부부를 찾다가 연수는 할머니, 할아버지가 생각났다. 등잔 밑이 어둡다고 가까이서 두고 멀리서 찾은 꼴이었다.

"치야뿌라. 뭐 볼 거 있다고 우릴 찍노?"

시골에 내려간 날, 연수가 말을 꺼내자 할머니가 부끄러워하며 손사래를 쳤다. 하지만 연수가 차근차근 설명하자 "니한테 좋으면 내도 좋다"고 허락했다.

[이 대리, 다음 주로 촬영 당겨졌다고 할머니, 할아버지께 말씀드렸나?]

강우가 인터폰으로 물어왔다.

"네, 안 그래도 방금 통화했어요."

[음, 알았어.]

강우는 곧바로 인터폰을 끊었다. 연수는 수화기를 내려놓고 목이 말라 정수기 쪽으로 갔다. 정수기 통의 물이 거의 비어 있었다. 버튼을 눌렀더니 역시 컵 바닥을 적실 정도만 쪼르륵거리더니 안 나왔다. 연수는 빈 정수기 통을 꺼내 바닥에 내려놓고 탕비실에서 새 물통을 꺼냈다. 아침을 안 먹은 까닭에 다른 때는 거뜬하던 게 오늘은 좀 무거웠다. 연수가 낑낑거리며 물통을 들고 나오는데 강우가 화장실에 가려다가 그 모습을 보았다. 강우의 눈이 살짝 찌푸려졌다. 그가 연수에게 성큼성큼 걸어가 물통을 낚아챘다.

"이리 내놔, 이 대리. 아무리 힘이 남아돌아도 그렇지, 이런 건 이제 막내 시키라고. 태주 씨, 하태주?"

한편 태주는 모니터에 코를 박고 터질 것 같은 머리를 벅벅 긁고 있었다. 일 처리에서 대박 실수한 것을 방금 발견한 것이다. 배우 이미화 씨에게 보낸 시나리오가 젠장, 잘못됐다. 어찌 된 셈인지 첨부 파일에 〈천 년의 사랑〉이 떡하니 첨부된 것이다. 어제 이미화 씨 측 매니저가 백야에 시나리오가 아주 좋다고 흔쾌히 출연하겠다고 구두 약속까지 해온 마당에 시나리오를 잘못 보내는 초보적인 실수를 한 자신을 강우는 죽이려 들지도 몰랐다.

'아이구, 난 죽었다!'

태주가 사색이 되어 안절부절못하고 있는데 강우의 타박 섞인 부름이 들렸다.

'들켰나? 벌써?'

태주가 식겁해서 벌떡 일어났다.

"뭐 해? 후딱 와서 돕지 않고?"

"네? 네."

태주는 사약을 받으러 가는 죄수의 심정처럼 강우에게 다가갔다. 강우는 태주에게 물통을 떠넘기다시피 안겼다.

"앞으론 태주 씨가 물통 담당해."

"예에."

"됐어요. 물통 가는 일에 담당이 필요할 건 뭐예요. 그리고 이건 제가 제일 잘해요. 태주 씨, 그거 이리 줘."

연수가 손을 뻗자 강우가 눈을 부라리며 태주에게 눈치를 주었다. 태주는 부리나케 물통의 마개를 뜯고는 거꾸로 세워 정수기에 꽂으려 했다. 그러나 지은 죄가 있기에 긴장한 탓에 팔을 후들거리며 "어어어……" 하다가 물을 절반은 쏟고 말았다.

"거봐요, 내가 잘한다니까."

연수가 쏟아진 물이 아까워 쯧쯧거렸다. 태주는 땀을 삐질거리며 재빨리 대걸레를 가져와 물을 닦았다.

"태주 씨, 팔 힘 좀 길러야겠군. 물통 빌 때마다 팔운동 좀 해."

강우는 태주에게 쐐기를 박고는 자리를 떠났다.

직장 생활 중 하루의 활력소인 점심시간. 백야 2팀원들은 회사 뒤 먹자골목의 전주집에 와 있었다. 맛있고 풍성한 반찬에 인심까지 좋은 주인아주머니 때문에 자주 들르는 음식점 중 하나였다. 6천 원짜리 백반에 생선이나 고기반찬은 한 가지씩 꼭 들어가 있었고, 밑반찬들도 가짓수가 대여섯 가지로 하나같이 맛깔스러워 항상 직장인들로 붐비는 곳이었다.

상 두 개에 백야의 직원들이 둘러앉았다. 강우를 피해 가장 구석 자리에 앉은 태주는 오전 내내 속으로 끙끙 앓고 있었다. 다른 사람에 의해 실수가 들통 나기 전에 자진 신고를 하는 게 정답인데 후폭풍이 두려워 아직 실천을 못하고 있었다.

'오늘 안에는 말씀드려야 할 텐데……'

태주는 멀리서 강우의 눈치를 살살 살피며 중얼거렸다. 그때 아주머니가 은색 쟁반에 반찬들을 내왔다. 방금 만들었는지 윤기가 잘잘 흐르는 가지볶음에서는 김이 모락모락 났다. 태주는 가지볶음을 보자마자 없던 입맛이 돌았다.

'일단은 먹자! 먹고 죽은 귀신은 때깔도 좋다는데…….'

태주가 젓가락을 들고 젓가락질을 하려는데 강우가 가지볶음 접시를 집어 들더니 연수 가까이에 턱 놓았다.

'응?'

태주는 뭔가 위화감을 느꼈다. 그동안 수없이 강우와 밥을 먹었지만 강우가 반찬 접시를 재배치하는 일은 극히 드물었다.

"와, 맛있겠다. 나 가지볶음 정말 좋아하는데……."

연수가 입맛을 다시며 가지볶음을 집어먹었다. 태주는 국과 생선이 나오자 배를 채우느라 어렴풋이 든 위화감을 잊어버렸다. 화기애애한 얘기들 속에 접시들이 비어갔다. 그런데 연수가 빈 가지 접시의 양념을 숟가락으로 박박 긁자 강우가 아주머니를 불렀다.

"아주머니, 여기 가지볶음 좀 더 주세요."

태주는 잠들었던 위화감이 또다시 고개를 쳐드는 것을 느꼈다.

'오호, 이것 봐라!'

태주는 모래사장에서 사금파리 한 조각을 찾아낸 듯 눈을 반짝였다. 아까 있었던 물통 사건과 가지볶음 접시가 묘하게 어떤 접점을 가지고 있었다. 하지만 이내 태주는 고개를 저었다. 히드라의 지난 여자들을 몇 번 봐온 적 있기 때문이었다. 어느 트로트 가사처럼 얼굴은 V라인, 몸매는 S라인, 아주 죽여주는 여자들만 사귀어온 강우였다.

'에이, 설마!'

그런데 가지볶음을 오물거리며 아주 맛있게 먹고 있는 연수를 보는 강우의 표정이 무척 흐뭇해 보였다.

'설마, 진짜?'

태주가 흥미진진한 눈으로 강우와 연수를 번갈아 보았다. 하늘에서 동아줄이 내려온 기분이었다. 동화 속의 오누이도 지금의 태주보다 기쁘진 않았을 것이다.

'흐흐흐, 하느님, 부처님, 단군 할아버지…… 감사합니다!'

"이거 완전 반칙 아닌가요?"

태주는 사장실로 들어가자마자 거들먹거리면서 소파에 앉았다. 강우는 〈당신을 사랑하는 천 가지 이유〉의 지난 촬영분을 모니터로 확인하고 있다가 의아해하며 태주를 보았다.

"물만 뿌리신다더니 '고춧가루 팍팍' 넣으셨네. 게다가 그것도 모자라 아예 판을 엎으시고."

태주가 능글능글 웃었다. 강우는 속으로 아차 싶었지만 무표정을 유지하며 시치미를 뚝 떼었다.

"무슨 소리야?"

"에이, 감독님. 오늘 저한테 다 들켰거든요? '이런 건 이제 막내 시키라고!', '아주머니, 여기 가지볶음 좀 더 주세요.'"

태주가 강우 목소리를 흉내 냈다. 강우는 목이 화끈거리는 것 같았다.

"둘이 사귀는 거 맞죠? 그렇죠?"

"쓸데없는 소리 할 거면 가서 일이나 해."

"그래요? 쓸데없는 소리예요? 근데 진호 형은 왜 그런 말을 했을까나? 미라클 공연 날 감독님이…… . 아니다. 이 대리님한테 물어봐야지."

태주는 떡밥을 슬그머니 던지곤 자리에서 일어났다. 사실 진호에게선 아무 얘기도 못 들었다. 공연 다음날, 연수가 하루 종일 붕 떠 있기에 잘된 줄 알고 축하 전화를 걸었다가 진호의 시큰둥한 목소리만 들었던 것이다.

진호는 맥이 없고, 그런데 연수는 구름 위를 날고 있고…… 그래서 처음엔 그저 '미라클' 효과인가 싶었다. 그런데 오늘 보니 퍼즐의 모든 조각이 맞추어졌다. 그날, 미라클의 공연 날, 아무래도 뭔가가 확실히 있었다.

"앉아."

어느새 강우가 소파로 다가와 태주를 앉혔다.

'역시, 내가 레이더 하나는 기가 막히다니까.'

태주는 속으로 키득거렸다.

"원하는 게 뭐야?"

강우가 단도직입적으로 물었다.

"일단 내기는 반칙이니 없던 일로 하고."

"그러지."

"저한테 까임 방지권 하나 주세요."

"뭐?"

강우는 뭔 소린가 싶어 멀뚱멀뚱 태주를 보았다.

"어떠한 상황에도 감독님한테 까이는 걸 면책받을 수 있는 거요. 자, 여기 사인해 주세요."

태주는 주머니에서 고이 접어놓았던 종이를 꺼냈다. 강우가 받아 읽어보니 어처구니없게도 이렇게 쓰여 있었다.

—이 까임 방지권을 제시한 경우 어떤 실수도 어떤 잘못도, 묻지도 따지지도 않고 용서할 것을 맹세합니다.

강우가 눈을 치켜뜨고 태주를 째려보았다.

"하태주, 대체 뭔 짓을 저지른 거냐?"

음산한 목소리로 강우가 물었다.

'히익, 나왔다! 눈빛만으로 사람 목 조르는 기술……'

"하하, 사인해 주시면 말씀드릴게요."

"못해."

"그래요, 그럼. 이 따끈따끈한 핫(Hot) 뉴스를 전하는 수밖에. 백 부장님, 오 차장니임……!"

태주가 밖을 향해 소리치자 강우가 태주의 입을 막았다. 태주는 죽기 살기였다. 이 까임 방지권에 제 목숨이 걸려 있는지라 후환 따위는 생각할 여유가 없었다.

"알았다, 알았어."

격렬히 저항하는 태주의 몸부림에 강우가 한발 물러섰다.

"여기에 사인하면 되지?"

강우는 일필휘지로 사인한 후, 까임 방지권을 태주의 손안에 턱 쥐여주었다. 태주는 로또의 여섯 자리 숫자가 모두 당첨되기라도 한 것처럼 까임 방지권을 들고서 보고 또 보았다.

"말해봐. 뭔 실수를 했기에 이런 얼토당토않은 일까지 벌이는 거야?"

"그게요, 제가 진짜로 일부러 그런 게 아니라요……."

태주는 머뭇머뭇 썰을 풀었다.

"뭐? 하태주, 너…… 제정신이야? 이미화 씨한테 〈천 년의 사랑〉 시나리오를 보냈다고? 그럼 백 부장과 이미화 씨 매니저가 어제 서로 다른 작품을 놓고 계약 운운했던 거야?"

강우의 눈썹이 실룩거렸다. 화가 날수록 차갑게 가라앉는 목소리는 히드라가 독이 잔뜩 올랐음을 알려주는 증표였다.

태주를 씹어먹어도 시원찮을 표정인 강우에게, 태주가 척 하고 까임 방지권을 들이밀었다.

"어떤 실수도 어떤 잘못도, 묻지도 따지지도 않고…… 약속한 겁니다."

태주가 뻔뻔스럽게 말했다.

'어휴, 이걸 죽여, 살려?'

강우는 속이 용암처럼 부글부글 끓어올랐으나 약속은 약속.

"나가봐."

그가 태주를 한 번 째릿, 야리고는 말했다. 태주는 죽다 살아난 심정으로 벌떡 일어나 강우를 향해 90도 인사를 했다.

"고맙습니다아, 감독님! 앞으로 진짜 열심히 하겠습니다아."

태주는 강우가 변심할까 두려워 부리나케 문 쪽으로 달렸다.

"하태주!"

문을 열고 나가려는 태주를 강우가 불러 세웠다.

"네, 감독님!"

"살고 싶으면 비밀 잘 지켜!"

"넵! 걱정 마십쇼!"

태주는 오른손으로 입술 선을 따라 그리며 지퍼를 꽉 잠갔다고 표시해 보였다. 태주가 문을 닫자 강우는 자리로 돌아가 서랍 깊숙한 곳에서 비밀 연애 계약서를 꺼냈다.

1. 회사 내에서 절대 사귀는 티를 내지 않는다.

2. 회사 내에서 절대 스킨십(눈빛으로 하트 쏘기, 생각·상상·공상 포함) 금지.

3. 공과 사는 철저히 구분할 것.

4. 위 사항을 3회 어길 시에는 이 연애를 철회한다.

삐잇, 삐잇.

경고가 두 번이나 울렸다.

연수에게 사귀는 티 내지 말고 공과 사를 구분하라고 닦달했으면서 정작 자신이 어기고 있었다.

마음 하나 못 숨겨 고스란히 들키다니……. 게다가 태주에게 말려 공과 사를 뒤섞어? 내가, 이 최강우가?

강우는 스스로도 믿기지 않아 고개를 절레절레 저었다.

'맙소사, 이연수…… 너 대체 내게 무슨 짓을 한 거니?'

10. 어떤 사랑

"네, 네, 알겠습니다. 감독님께 말씀드리고 다시 연락드릴게요."

연수는 전화를 끊고 후 하고 입바람을 불어 앞머리를 날렸다. 촬영 일정이 또 꼬이게 생겼다. 촬영에 들어가기 전에 먼저 미팅을 하기로 했던 커플 중 하나가 해외 출장 때문에 미팅을 취소해 온 것이다.

[감독님, 이번 금요일 7시에 잡혔던 미팅 취소됐어요. 김성준 씨가 중국에 다녀온대요.]

연수가 인터폰으로 보고하자 강우가 고개를 끄덕이며 말했다.

"알았어. 다시 일정 잡아서 알려줘."

[네.]

인터폰을 끊고서 강우는 벽에 붙어 있는 화이트보드 달력을 힐끔 보았다. 달력에는 마카보드로 강우의 중요한 한 달 일정이 빼곡히 적혀 있었다. 강우가 화이트보드에서 29일 금요일 칸에 적힌 '7시 김성준 미팅' 글자를 지웠다.

"로버트랑 식사나 하자꾸나. 넌 그이랑은 한 번도 함께 식사한 적이 없잖니. 29일 금요일 7시까지 삼청동 운영각으로 오렴."

강우는 쓸데없는 생각이 드는 걸 지워 버렸다. 하지만 빈 공란으로 있는 그 시각이 왠지 마음에 걸렸다. 강우가 휴대전화를 꺼내 연수에게 문자를 보냈다.

「29일, 7시. 시간 비워놔.」

잠시 후, 띠링 답장이 왔다.

「:)」

활짝 웃는 이모티콘에 연수의 환한 웃음이 떠올라 강우는 빙그레 미소를 지었다.

연수는 커피 쟁반을 들고 사장실 문을 열었다. 소파에는 오드리 햅번처럼 우아한 미인이 앉아 있었다. 강우의 어머니였다. 하필이면 강우가 나간 지 얼마 후 방문한 탓에 어머니는 아들이 일하는 빈 방만 구경하고 있었다.

연수는 커피를 강우의 어머니 앞에 조심스럽게 놓았다.

"감독님 오후 늦게나 들어오실 것 같은데…… 전화 연락 한번 해볼까요? 언제쯤 들어오실지?"

"아니에요. 됐어요. 강우 녀석, 내가 일하는 거 방해하면 질색할 거예요."

"그래도 어머니께서 모처럼 오셨는데……."

연수가 안타까워했다. 영숙은 커피를 한 모금 머금으며 연수의 얼굴을 유심히 살폈다. 백화점에 쇼핑 나온 귀부인처럼 요리조리 품평하는 듯한 시선에 연수는 어색함을 느꼈다.

"혹시…… 지난 일요일에 우리 강우 전화 받은 아가씨?"

연수는 눈을 동그랗게 떴다. 통화가 짧았는데 강우 어머니가 어찌 알았을까 싶었다.

"어머, 어떻게 아셨어요?"

"내가 좀 음감이 좋아요. 우리 강우, 성격이 까다로워서 사귀려면 피곤할 텐데 아가씨가 많이 이해해요. 그래, 사귄 지는 얼마나 됐어요?"

영숙은 은근히 떠보았다. 순진하게도 연수는 아무 의심 없이 걸려들었다.

"얼마 안 됐어요."

볼을 발갛게 물들이며 연수가 대답했다. 영숙은 짧은 정보로 강우의 여자친구를 알아맞혔다는 사실에 만족스러운 웃음을 지었다. 사이가 좋지 않아 강우의 사생활에 대해선 잘 알지 못하지만 영숙은 아들이 사내 연애 따위는 절대로 안 할 성격이란 건 확실히 알고 있었다. 사람과 관계 맺는 일에 서툰 강우는 적당히 거리를 두고 제 영역을 안전하게 지키는 성격이었다. 그런 아들이 공적인 관계를 사적인 관계로 끌어들였다는 건 그만큼 이 아가씨가 특별하다는 뜻이었다.

영숙은 커피를 마시는 척하며 연수를 유심히 보았다. 첫눈에 봐도 밝고 명랑한 아가씨였다. 맑은 눈망울은 선하고 순수했고 입가에 짓는 미소는 포근했다.

'무뚝뚝하기 짝이 없는 강우에게 잘 어울리는군.'

영숙은 합격점을 주며 강우가 일하는 사무실을 둘러보았다. 번잡한 걸 싫어하는 아들의 성격답게 사무실 안은 기능적이고 간소했다. 영숙의 눈길이 한 달 일정이 적힌 화이트보드에 꽂혔다. 다른 칸들은 하루에도 두세 개씩 미팅이나 회의 일정이 빼곡한데 29일 칸은 비워져 있었다.

"강우 녀석, 29일 저녁에 중요한 미팅 있다더니……."

혼잣말처럼 중얼거리자 연수가 변명하듯 대꾸했다.

"원래 있었는데 취소됐어요."

"그래요?"

영숙은 대답하며 곰곰이 생각에 잠긴 표정을 지었다. 그러곤 연수를 다시 한 번 바라본다. 잠시 후, 영숙이 입을 열었다.

"아마 아가씨도 알 테지만 강우와 나는 사이가 그다지 좋지 않아요. 나는 좋은 엄마가 되지 못했으니까⋯⋯. 초면에 이런 부탁하기 미안하지만 이번 주 금요일에 함께 식사하지 않을래요?"

"네?"

연수는 뜻밖의 제안에 부담을 느꼈다.

"나는 다음 달이면 재혼한 남편을 따라 미국에 가요. 그곳에서 자리를 잡을 예정이지요. 그래서 그전에 강우랑 함께 식사를 하려는데 강우가 마땅치 않아 하네요. 자라온 환경도 생각도 제각각이지만 그래도 가족이라는 인연으로 묶였는데 우리 식구는 한 번도 함께 식사한 적이 없어요. 한국을 떠나기 전에 꼭 같이하는 자리를 만들고 싶은데⋯⋯ 어때요? 시간 괜찮아요?"

"저는 괜찮지만⋯⋯ 감독님 생각은 어떨지⋯⋯. 감독님이 좋다고 하면 꼭 참석할게요."

연수가 대답했다. 그러자 영숙이 고개를 저었다.

"아니. 그러면 강우는 분명 싫다고 말할 거예요. 혹시 금요일 저녁에 강우랑 데이트하기로 약속되어 있나요?"

"예? 예."

"그러면 그날 아무 말 말고 강우와 함께 여기 근처에 있는 우미각으로 와요. 미리 예약해 놓을 테니⋯⋯."

"하지만 그러면 감독님이⋯⋯."

"부탁이에요."

영숙이 연수의 손을 꼭 잡았다. 강우의 어머니가 간곡하게 부탁하자 연수는 마음이 흔들렸다. 그러나 속은 걸 알면 히드라는 독을 뿜어댈지 모른다.

"아무래도 전……."

연수가 거절하려는데 영숙이 눈물을 글썽였다.

"미안해요. 내가 그만…… 강우랑 화해하고 싶은 마음에 아가씨에게 무리한 부탁을 했군요. 미국으로 곧 떠날 생각을 하니 마음이 급해졌나 봐요. 신경 쓰지 마요."

눈물까지 보자 연수는 마음이 완전히 약해졌다.

'아니, 감독님은 어머니가 밥 한 끼 같이 먹자는데 무에 그리 어렵다고…….'

"갈게요. 어떻게든 감독님 데리고 갈 테니 어머니, 걱정 마세요."

연수가 영숙의 손을 마주 잡으며 말했다.

우미각에 들어서며 연수는 심장이 벌렁벌렁했다.

'감독님은 왜 어머니와 사이가 안 좋은 걸까?'

지난 화요일, 어머니가 다녀가셨다는 애길 전하며 연수가 넌지시 떠보았으나 강우는 화제를 돌리고는 대답하지 않았다.

"예약하신 성함이 어떻게 되십니까?"

우미각 입구 안내대에서 생활 한복을 곱게 차려입은 중년 여자가 물었다.

"이연수예요."

"네, 잠시만요. 모란 방으로 안내해 드릴게요."

잠시 후, 이십대 아가씨가 와서 두 사람을 예약석으로 안내했다. 두 사람이 들어갈 수 있도록 여종업원이 문을 열어주었다. 강우가 들어가려다가 멈칫했다. 안에는 뜻밖에도 어머니와 새아버지 로버트가 착석해 있었다. 강우가 어머니를 보고는 아미를 찡그렸다. 이어 그가 연수를 차갑게 쏘아보았다.

"무슨 짓이지?"

강우가 화를 억누르며 나직이 말했다.

올 것이 왔구나.

"미안해요."

연수는 찔끔하며 기어들어 가는 목소리로 말했다.

"연수 씨 탓할 거 없다. 내가 부탁한 거야. 네가 시간이 안 난다기에 이렇게라도 만나야지 싶어 억지로 청했어. 화낼 거면 나한테 내라."

영숙이 연수를 두둔했다.

"어서 오게, 강우. 이왕 왔으니 우리 같이 식사나 하지."

로버트가 웃으며 강우의 손을 잡아끌었다. 듬성듬성 서리가 내려앉은 머리와 눈가의 잔주름이 노년의 여유와 멋을 풍기고 있었다.

"재혼식 이후 처음 보지? 그사이 자넨 더 훤칠해졌군. 그래, 하는 일은 어떤가? 요새는 어떤 영화를 만들고 있는가?"

로버트가 붙임성 있게 물었다. 하지만 강우는 묻는 사람이 무안하리만큼 성의 없이 짧게 대답했다.

"그냥 이것저것 하고 있습니다."

그러자 연수가 끼어들었다.

"요즘 진행하고 있는 건 사랑에 관한 다큐멘터리예요. 100명의 커플들을 인터뷰해 사랑의 여러 가지 모습을 보여주는 거죠. 마치 프리즘을 통과하면 빛이 여러 갈래로 갈라지듯 사람들에 따라 사랑의 모습도 여러 가지 모양과 빛깔을 띠죠. 그걸 지켜보고 있으면 사랑이란 참 대단하구나, 참 아름답구나 하는 생각이 들어요."

연수가 어색한 분위기를 띄우려고 평소보다 목소리 톤을 높여 말했다. 연수는 〈당신을 사랑하는 천 가지 이유〉를 기획하게 된 사연과 촬영 중에 있었던 유쾌한 에피소드, 가슴 찡한 사연들을 이야기했다.

"아무쪼록 희주라는 그 아가씨의 마음이 통했으면 좋겠네요. 현성이라는 남자에게……."

이야기를 다 듣고 나자 영숙이 말했다. 시종일관 무뚝뚝한 표정으로 식사에만 집중하던 강우가 고개를 들어 어머니를 보았다.

"어머니는 사랑을 믿습니까?"

불쑥 강우가 물었다.

"그게 무슨 소리니?"

뜬금없는 물음에 영숙이 되물었다.

"말 그대로입니다. 영혼의 반쪽이라는 사랑의 유일성을, 영원토록 함께라는 사랑의 영속성을 믿으시냐는 겁니다."

강우는 문득 어머니의 사랑관이 궁금해졌다. 아버지를 비롯해 지나간 남자들이 어머니에게 어떤 의미였는지, 그들을 아니 아버지를 진정 사랑은 했었는지에 대해.

영숙은 답을 생각해 보는지 잠시 침묵했다. 이윽고 영숙이 입을 열었다.

"그래, 나는 믿는다. 사랑의 유일성을…… 사랑의 영속성을……. 믿기에 살아오는 동안 평생을 그렇게 찾아 헤맨 것인지도 모르지."

영숙이 스스로에게 읊조리듯 낮은 목소리로 말했다.

"그래서…… 찾으셨습니까?"

영숙이 로버트를 바라보았다. 로버트가 미소 지으며 영숙을 마주 보았다. 영숙은 로버트의 손을 살며시 잡고 미소를 지었다.

"글쎄…… 나는 모르겠구나. 찾은 것인지, 아직도 못 찾은 것인지……. 사랑은 혼자가 아닌 둘이 하는 것이기에 그걸 단정하는 건 지나친 자만이 아닐까?"

"그렇다면 아버지를…… 사랑하셨습니까?"

강우는 오랫동안 가슴속에 묻어두었던 질문을 꺼냈다. 그는 지금껏 한 번도 아버지를 본 적이 없었다. 낡은 사진첩 속에서, 어머니가 찢어서 버린 쓰레기통 속의 조각난 사진 속에서 우연히 보았을 뿐이다.

어릴 적 강우가 아버지에 대해 물었을 때 어머니는 '죽었다'고 대답했다. 슬픈 얼굴로, 혹은 노한 얼굴로 그렇게 말했다. 강우가 아버지에 대해 궁금해할 때마다 어머니의 얼굴은 고통으로 일그러졌다. 그렇기에 어느 순간부터 어린 강우는 입을 다물었다. 하지만 강우는 알고 있었다. 아버지가 어머니의 말처럼 돌아가신 게 아니라는 걸. 아버지는 어머니를, 그리고 아들인 강우를 버렸다. 그게 어머니가 숨긴 진실이었다.

영숙은 침묵했다. 이번에는 꽤 긴 침묵이었다.

"그래, 사랑했다. 첫사랑이었기에 그 누구보다 사랑했고 네 아버지를 잃었을 때는 그 어느 때보다 아팠다."

'아버지는 어떤 분이었습니까?'

강우는 묻고 싶었다. 어머니가 멀리 떠나니 만큼 어쩌면 그걸 물을 수 있는 기회는 지금이 유일할지도 몰랐다. 하지만 입만 달싹일 뿐, 결국 강우는 물음을 꿀꺽 눌러 삼켰다. 치부랄 수도 있는 가족사를 연수 앞에서 꺼내고 싶지 않았다. 게다가 아버지가 없어도 지금껏 잘살아왔다. 자기 자식을 가진, 임신한 여자를 버리고 떠나 버린 남자. 그런 남자에 대해 아직도 호기심이 남아 있다니…… 강우는 스스로를 책망했다.

어쩌면 어머니는, 아니, 거의 확실히…… 그 쓰디쓴 첫사랑의 기억 때문에 진실한 사랑을 찾아 수없이 헤매었는지도 모른다. 자신을 버린 남자를 상기시키는, 그 사람을 꼭 닮은 강우를 보며 매일매일 사랑의 존재를 의심하면서도 더더욱 사랑 찾기에 매달렸는지도 모른다. 그렇게 생각하니 강우는 아무런 상의 없이 한국을 떠나기로 결정한 어머니에게 더 이상 화가 나지 않았다. 어머니는 그 옛날에도 그랬고 지금도 변함없이 그저 사랑을 하고 있는 것일 뿐이다. 어렸을 때는 그런 어머니가 결코 이해 가지 않았지만, 어머니를 한 여자로서 바라보자 강우는 어머니의 선택들을 조금은 이해할 수 있었다.

"어머니 잘 부탁드립니다."

강우가 로버트를 보며 진심으로 말했다. 강우는 바랐다. 비록 어머니가 자애로운 어머니로서의 삶은 실패했을지언정 여자로서의 삶은 꼭 성공하기를. 그것이 멀리 떠나는 어머니에게 자식으로서 그가 해줄 수 있는 최선이었다.

"몇 시 비행기입니까? 출국일 날 배웅 나가겠습니다."

발렛 요원이 차를 가지고 나오기를 기다리며 강우가 어머니에게 물었다. 영숙은 고개를 저었다.

"그럴 필요 없다. 아주 나가는 것도 아니고 로버트가 사업차 한국에 들를 때 나도 함께 나올 거야. 오늘 얼굴 봤으니 됐다."

어머니가 이렇게까지 말하자 강우는 더 이상 묻지 않았다. 영숙은 한 번 마음을 정하면 웬만해서는 바뀌는 법이 없었다.

"알겠습니다. 그럼 미국 들어가시면 바로 연락 주세요."

영숙이 차에 타고 나서 조수석 문을 닫아주며 강우가 말했다. 곧이어 영숙을 태운 검은색 BMW가 주차장을 빠져나갔다.

"괜찮겠소? 정말 강우에게 말 안 해도 되겠어?"

로버트가 백미러로 점점 작아지는 강우를 보면서 영숙에게 말했다.

"네. 강우에게 여태껏 어미 노릇 제대로 못했는데 이제 와서 짐이 되고 싶지는 않아요. 아직 정확하게 진단받은 것도 아니잖아요. 뭐든 확실해지면 그때 얘기할게요."

"그래, 그럼. 난 당신이 어떤 결정을 내리든 당신 편이야. 내 친구 녀석이 그곳 병원장이니까 당신은 아무 염려할 것 없어. 그냥 공기 좋고 물 좋은 곳에서 요양한다고 생각해."

무릎 위에 올려진 영숙의 손 위에 로버트가 위로하듯 한 손을 올려놓았다. 영숙은 그의 손을 마주 꼭 잡고서 다정하게 미소를 지었다.

"당신에게 많이 고맙고 미안해요."

"아니야. 나야말로 당신에게 정말 고마워. 당신은 내 죽었던 심장을 다시 뛰게 해주었어. 아내와 아들 녀석을 사고로 한꺼번에 잃고 15년을 지옥 속에서 살았어. 그 지옥 속에서 당신이 날 건져주었지. 그러니 날 떠날 생각하지 마. 오래오래 나와 함께 있는 거요."

"그래요, 그럴게요."

영숙은 낮게 속삭이며 멀어지는 아들의 모습을 소중하게 마음에 품었다.

"우리도 가지."

어머니를 배웅하고 나서 강우가 연수 쪽으로 몸을 돌렸다. 강우는 차 안에서 말이 없었다. 그저 히드라의 전매특허인 무표정한 얼굴로 앞만 보고 있었다. 무사히 저녁 식사를 끝냈다는 안도감과 함께 연수는 불안을 느꼈다. 입술을 꾹 다물고 운전만 하는 강우는 우미각의 모란 방에서 영숙을 발견하고서 연수를 흘겨보던 때로 돌아간 듯했다.

"어디로 가는 거예요?"

"피곤하군. 집에 바래다줄게."

9시 10분. 데이트를 끝내기에는 아직 이른 시각이었다.

"화 많이 났어요? 미안해요."

하지만 강우는 아무 대꾸 없이 운전만 할 뿐이었다. 연수는 집에 도착하는 내내 무거운 돌덩이를 이고 있는 기분이었다. 안절부절못하고 몇 마디 변명을 덧붙였으나 강우는 묵묵부답이었다. 침묵의 고문에 지쳐갈 무렵, 연수의 집 앞에 차가 멈추어 섰다.

"마음 상하게 해서 정말 죄송해요. 어머니가 미국으로 떠나시기 전에 꼭 감독님과 식사를 하시고 싶다고⋯⋯."

"그래도 나한테 미리 말을 했어야지."

무거운 침묵을 깨고 강우가 차갑게 말했다. 강우는 이렇게 연수에게 제 가정사를 밝히고 싶지 않았다. 어머니는 강우에게 애증의 대상이었다. 가슴에 박힌 가시처럼 사랑하는 만큼 미워했고, 미운만큼 또 사랑했다.

연애를 시작한 지 이제 겨우 2주. 알아온 기간은 3년이 넘었지만 그동안 동료로서 두었던 거리만큼 서로에 대해 많은 것을 모르고 있었다. 그렇기에 아직은 좋은 것만 보여주고 싶고 밝은 면만 보여주고 싶었다.

그런데 연수는 그걸 단번에 깨버렸다. 그가 쳐놓은 테두리를 끊고 불쑥 들어와 버렸다. 강우의 아킬레스건을 건드려 버렸다.

어머니는 강우에게 상처였다. 아버지는 타인에게 절대 알리고 싶지 않은 비밀이었다. 강우는 제 상처를, 그 비밀을 내보일 준비가 아직 안 되었다.

"어쩌면…… 너무 성급하게 시작해 버렸는지도 모르겠군."

강우가 혼잣말처럼 중얼거렸다. 그 말에 연수는 얼굴이 해쓱해졌다. 무슨 말이라도 하고 싶었지만 입술이 얼어버린 듯 딱 달라붙어 떨어지지 않았다. 꾹 다문 강우의 입술이, 연수 쪽은 쳐다보지도 않고 앞만 보고 있는 강우의 눈이, 지금은 그 어떤 대화도 원하지 않는다는 뉘앙스를 강하게 풍기고 있었다. 손만 뻗으면 닿을 가까운 거리였지만 연수는 두 사람 사이에 넘을 수 없는 벽이 놓여 있는 것 같았다. 연수는 그 보이지 않는 차가운 벽 앞에서 벙어리 냉가슴 앓듯이 애를 태웠다.

11. 구름을 프라이팬에 볶아 먹는 맛

"아이고메, 우리 강아지 왔나!"

연수가 "할머니!" 하면서 마당으로 들어서자 안방 여닫이문을
열고 순자 할머니가 버선발로 뛰어나왔다. 손녀를 보는 할머니의
얼굴에는 하얀 박꽃이 환하게 피어 있었다. 정식 할아버지도 옆에
서 흐뭇하게 연수를 보았다.

"이 먼 촌구석까정 오니라 고생 많았소잉."

할아버지가 연수를 뒤따라온 촬영 팀을 반갑게 맞으며 말했다.

"안녕하십니까, 할아버지, 할머니? 연수 통해 두 분 얘기 많이
들었습니다. 백야의 대표 최강우입니다."

"긍께 임자가 안드로메다라 요거시구만?"

"네?"

할머니의 말뜻을 알아듣지 못해 강우가 반문했다.

"긍께 임자가 주둥이만 열었다 하면 다들 혼이 빠져서 안드로 메다로 가버린다문서?"

"할머니!"

연수가 안절부절못하며 할머니의 옆구리를 쿡 찔렀다.

"하하…… 연수가 그럽니까?"

강우가 멋쩍게 물었다.

"그건 내 입으로 말 못하재!"

할머니가 손사래를 치며 대답했다. 그 옆에서 연수는 얼굴이 홍시가 되어 있었다.

"연수 씨가 맞는 말 했구만, 뭘. 최 감독 독설 한 방에 안드로메다행(行)이면 그나마 다행이지. 잘못하면 블랙홀에 빠져서 영원히 넋 빠진 채로 살아야 한다고."

촬영 감독인 정 팀장이 연수를 두둔하면서 실없이 농담을 더했다.

연수는 할머니와 할아버지에게 촬영 스태프들을 일일이 소개했다.

"그럼, 잘 부탁드립니다."

팀원들이 인사를 다 나누고 나자 강우가 인사를 마무리하며 말했다.

"근디 거시기 하요! 우리 야그가 뭐라꼬 영화까정 맹근다요? 할 야그도 없구만시로……."

할아버지가 겸연쩍어하며 머리를 긁적였다.

"아닙니다, 두 분 이야기가 얼마나 좋은 소재인데요. 72년째 한 결같은 사랑을 지켜오는 게 요즘 세상에 쉬운 일입니까? 만남과 헤어짐을 밥 먹듯 하는 요즘 젊은이들에게 두 분 얘기는 많은 울림을 줄 겁니다. 그리고 카메라에 너무 신경 쓰지 마시고 저희는 없는 듯 평소대로 생활하세요. 두 분의 자연스러운 일상을 찍는 게 저희가 바라는 겁니다."

강우가 사근사근 말했다.

"그라믄야 다행이고."

"하이고, 젊은 냥반이 말을 참말로 이쁘게 하요? 맴이 쏙 홀려버리네."

할아버지도, 할머니도 촬영에 대한 부담감이 좀 줄어든 눈치였다. 인사가 끝나자 할머니는 손님들을 접대한다며 부엌으로 달려갔다. 연수는 할머니를 도와 상을 차리기 시작했다. 따로 준비하지 말라고 신신당부를 하였는데도 할머니는 커다란 무쇠 솥 가득 삼계탕을 푹 끓여놓았다.

"많이 잡수소. 한 솥 끓였응께 모자라면 싸게 말하시요잉. 금방 내올 텐께."

할머니가 양푼 가득 삼계탕을 담아 상마다 하나씩 내놓으며 말했다. 밤, 은행, 대추, 인삼 등 좋은 재료를 한가득 넣고 푹 익힌 토종닭은 보는 것만으로도 군침이 돌았다.

"아이고, 누님! 잘 먹겠습니다."

정 팀장이 넉살 좋게 할머니의 쪼글쪼글한 손을 잡으며 말했다.

"누님? 이렇게 주름이 자글한 누님도 있당가?"

할머니는 핀잔을 놓으면서도 싫지 않은 듯 피식피식 웃었다.

"그럼요! 저한테는 꽃보다 더 예쁘십니다."

"하이고! 그라문 사양 않고 동상 할까? 동상은 넉살이 좋아서 어디 가서도 안 굶겠구만. 옜다, 요기 쫄깃한 다리 먼저 드시소."

할머니는 양푼에서 통통한 다리를 쑥 뽑아 정 팀장의 앞접시에 올려놓았다. 정 팀장은 구령을 붙이듯 큰 소리로 "고맙습니다!" 하고는 살을 발라 먹기 시작했다. 강우는 정 팀장이 친화력이 좋다는 걸 새삼 느꼈다. 그 넉살이 부러워 강우가 정 팀장을 흘깃거리자 순자 할머니는 강우의 앞접시에 턱하니 다리 하나를 올려놓았다.

"다리 좋아하는갑네. 많이 있으니까 동상 꺼 탐내지 마소."

할머니는 강우의 어깨를 살포시 두드려 주고는 포근하게 웃었다. 그런 후, 할아버지 옆으로 가 앉았다. 할아버지는 그림의 떡인 양 삼계탕을 앞에 두고 군침만 꿀꺽 삼키고 있다가 할머니가 다가와 앉자 젓가락을 들었다.

"먼저 드시라니께 기다리고 있었어라?"

"임자랑 같이 먹어야 맛나지 혼자 먹으면 뭔 맛이당가?"

할아버지는 닭다리를 하나 잡아 토실토실한 살을 발라 할머니의 접시에 올려주고는 당신은 닭껍질을 호로록 먹었다.

"껍다기 미끄덩거리는 거 뭘라 드시요? 살 많고만 살부터 잡수요."

할아버지와 할머니는 경쟁하듯 서로의 접시에 살을 발라 올려놓기 바빴다. 강우는 두 분의 다정한 모습에 절로 배가 부르는 것 같았다. 연수가 항상 밝고 사랑이 넘친다 하였더니 이런 두 분을 보고 자라서였나 보았다. 강우는 흘깃 연수에게 눈길을 주었다. 연수는 부엌과 가까운 쪽에 앉아 삼계탕을 먹고 있었다.

지난 금요일, 그 일이 있고부터 둘은 서먹서먹했다. 주말에 연수가 사과를 하였고 강우도 사과를 받아들였으나 물 위에 기름이 둥둥 뜬 것처럼 둘 사이는 어딘가 어색하기만 했다. 말하고 싶지 않은 가족사를 타의에 의해 들켜 버린 까닭에 강우는 마음이 편치 않았다. 그것이 은연중에 태도에 묻어 나오는지 연수 또한 편치 않은 얼굴이었다.

주말이 지나고 주중에는 여러 가지 일들이 몰아치는 바람에 두 사람은 차분하게 이야기를 나눌 시간을 갖지 못했다. 일적인 얘기도 스스럼없이 하고 일상적인 대화도 여전했지만 묘한 어색함이 도는 건 어쩔 수 없었다.

어쩌면 정말 너무 성급하게 시작해 버렸는지도 모른다. 강우는 지금껏 살아오면서 공적인 일에 사적인 일을 끌어들인 적이 한 번도 없었다. 언제나 자로 재듯 정확하게 자신의 삶을 계획대로 재단해 왔다.

그런데 연수 때문에 벌써 몇 번이나 그걸 어겼다. 연수를 잃고 싶지 않아 〈당신을 사랑하는 천 가지 이유〉를 시작했고, 아직은 버거울지도 모르는 연수에게 책임 프로듀서를 맡겼다. 게다가 태주의 실수를 덮어주기까지 했다.

'이대로 괜찮은 걸까?'

아마도 이것이 강우의 솔직한 심정인지도 모른다. 하지만 강우는 한 가지는 확실히 알고 있었다.

이번에는 그간 있었던 몇 번의 연애와는 시작부터 다르다는 걸. 한 번도 이렇듯 애가 탄 적도, 마음을 송두리째 빼앗긴 적도 없었다. 언제나 일이 최우선이었던 그가 일에 몰두할 수 없을 정도로 연수 때문에 흔들리고 있었다.

"뭐, 필요한 거 있으세요?"

강우의 시선을 느끼고 연수가 물었다. 강우는 고개를 저었다. 그러자 연수는 다시 삼계탕을 깨작거리기 시작했다.

"연수 씨, 어디 아파? 이 맛있는 걸 왜 그리 깨작거려?"

정 팀장이 닭날개를 열심히 뜯으며 한마디 했다.

"아까 차에서 주전부리를 많이 해서 그래요."

그건 거짓이었다. 연수는 차에서도 거의 아무것도 먹지 않았다. 그러고 보니 이번 주 내내 입맛 없어 한 것 같다.

'다툰 것 때문인가?'

강우는 양푼에 놓인 국자로 고깃덩이를 푹 퍼서 연수의 접시에 올려주었다. 연수가 눈을 동그랗게 뜨고 강우를 보았다.

"태권브이, 내일부터 강행군이야. 많이 먹어둬."

강우가 일부러 무심하게 말했다.

"네에, 고맙습니다."

좀 전과는 달리 연수의 젓가락질이 조금은 활기차졌다.

❖

"도대체 왜 그랬어? 네가 백 퍼센트 잘못했네."

"무조건 납작 엎드려서 사과해. 너 이 일로 차여도 정말 할 말 없어. 더군다나 히드라…… 자존심 빼면 시체라며?"

강우가 낯빛을 흐리며 떠나 버린 날, 경주와 은옥이 충고했다. 연수는 금요일 밤새 끙끙 앓다가 강우에게 연락을 했지만 토요일 내내 강우는 전화를 받지 않았다. 그리고 일요일, 겨우 연락이 닿아 얼굴을 보았을 때 둘은 화해했지만 강우가 떠날 때 남겼던 말의 앙금은 연수의 마음속에 깊이 가라앉아 불안으로 남았다.

"어쩌면…… 너무 성급하게 시작해 버렸는지도 모르겠군."

시도 때도 없이 떠오르는 그 말이 연수의 가슴을 짓눌렀다. 비록 화해는 했지만 둘 사이에 보이지 않는 경계선이 그어진 것 같은 어색함을 느낄 때는 특히 더.

연수는 강우 어머니가 회사에 방문했던 화요일로 되돌아갈 수 있으면 얼마나 좋을까 수십 번은 생각했다. 그때 오지랖 넓게 착한 척 나서지 않았더라면 강우를 이렇게 화나게 하지 않았을 것이다.

'우리 사귀는 거, 정말 후회하고 있으면 어떡하지? 헤어지자고 하면?

연수는 뒷마당 수돗가에서 바가지로 대야의 물을 퍼 설거지 그릇에 부으며 생각했다.

'아냐, 쓸데없는 생각 말자. 그래도 아까 고기도 올려주고 그랬

잖아?'

연수는 고개를 세차게 저어 부질없는 생각을 털어버렸다. 그러곤 두 손으로 정신이 번쩍 나도록 제 뺨을 찰싹 때리고는 소리쳤다.

"아자, 아자! 태권브이, 파이팅!"

연수는 기운을 내고 힘차게 설거지를 시작했다. 그때 뒤쪽에서 발소리가 들렸다.

"태주야, 내가 그릇 닦으면 넌 물로 씻어서 거기 대야에 엎어 놔."

연수는 뒤도 돌아보지 않고 말했다.

"그러지."

강우가 대답하며 연수의 옆에 쪼그리고 앉았다.

"어?"

연수는 놀란 얼굴로 강우를 멍하게 보았다.

"뭐 해? 씻어서 넘겨주지 않고?"

"감독님이 왜? 태주는요?"

"산책 보냈어."

"네에."

연수는 고개를 수그리고 묵묵히 설거지에 열중했다. 강우도 거품을 묻힌 그릇을 넘겨받아 깨끗한 물에 씻을 뿐 아무 말도 않았다. 연수는 어색한 침묵이 피를 말리는 듯했다. 뭔가 말해야 될 것 같은데 머릿속에서 빙빙 돌 뿐 입으로 나와주지 않았다.

"미안해."

설거지가 마무리되어 갈 무렵, 이윽고 강우가 말했다. 연수는 접시를 닦던 손을 뚝 멈추었다.

'미안하다고?'

드디어…… 올 것이 왔다. 이 상황에서 강우가 미안할 게 대체 뭐겠는가. 있다면 딱 하나, 이별 통보에 대한 미안함…….

연수는 입술을 꾹 깨물고 다시 뽀득뽀득 접시를 닦기 시작했다.

"태권브이, 나 좀 봐."

강우가 연수의 손목을 잡으며 말했다. 연수는 억지로 그에게 시선을 맞추었다.

"미안해."

히드라가 다시 말했다.

"에이, 감독님이 뭐가 미안해요? 다 내 잘못이죠. 난, 괜찮아요. 내 탓인걸요, 뭐."

연수가 최대한 밝은 목소리로 답했다.

'잘하고 있어, 이연수. 그래, 이렇게 하는 거야. 아무렇지 않은 척. 당당하고 활달하게.'

"용서해 줘. 우리 사귄 거, 성급하게 시작했다는 말……. 그때는 내가 제정신이 아니었다."

"네에. 네?"

연수는 강우의 입에서 헤어지자는 말이 터져 나올 줄 알고 잔뜩 긴장했던 탓에 처음에는 강우가 무슨 말을 하는지 몰랐다. 뒤늦게 그의 말이 머릿속에 입력된 연수는 긴장이 와르르 풀려 손에 들고 있던 접시를 놓치고 말았다. 다행히 접시는 설거지물이 담겨 있던 대야 속으로 퐁당 빠졌다.

"아무리 화가 났어도 그런 말 하는 게 아니었어. 상처 많이 받았지? 미안해."

강우는 연수의 손을 꼭 쥐었다. 그제야 연수는 '연애 전선 이상 무(無)'를 실감했다. 지난 며칠간 맘 고생했던 게 주마등처럼 흘러가며 눈물이 나올 것만 같았다. 하지만 바보처럼 눈물을 보일 수는 없는 일.

연수는 대야의 깨끗한 물에 손을 집어넣었다가 강우의 얼굴에 튀겼다.

"아, 차거!"

강우가 소매로 얼굴을 닦으며 소리쳤다.

"이제 우리, 이걸로 쌤쌤이에요."

연수가 장난스럽게 웃으며 말했다.

"좋았어, 그럼 나도!"

강우는 바가지에 한가득 물을 펐다. 연수가 무서워 팔딱 뛰어 일어났다.

"뭐예요?"

"나도 이걸로 지난 일, 쌤쌤으로 쳐주지!"

강우가 씩 웃으며 바가지를 높이 쳐들었다.

"꺄악!"

연수가 소리를 지르며 물세례를 피했다.

"어쭈? 피했어?"

"순발력이 좋은 걸 어떡해요!"

"그래? 그럼 이것도 피해봐!"

강우가 대야에 손을 집어넣어 손바닥에 물을 담아 올리곤 연수에게 뿌렸다. 연수는 또다시 재빨리 피하고는 강우의 반대편에서 물을 퍼 올려 강우에게 튀겼다. 강우는 고스란히 얼굴에 물세례를 맞고 말았다. 강우가 팔을 걷어붙였다.

"좋아, 태권브이. 전쟁이다!"

"흥, 누가 무서워할까 봐!"

둘은 대야를 사이에 두고 어린아이들처럼 물싸움을 시작했다. 깔깔거리고 웃는 사이, 머리카락과 옷이 젖어들었지만 둘은 아랑곳하지 않았다. 듣기만 해도 기분 좋은 웃음소리가 뒷마당에 가득 울렸다.

산책을 다녀온 태주는 뭐가 그리 재미난 일이 있나 싶어 슬그머니 뒷마당으로 갔다. 이제 강우와 연수는 수도꼭지를 먼저 차지하려고 치열한 접전을 벌이고 있었다.

태주는 처음 보았다. 언제나 근엄하던 강우가 무장을 해제하고 아이처럼 즐거워하고 있는 모습을.

"으휴, 감독님이 저렇게 닭살인 줄 알았으면 까임 방지권을 네댓 장은 더 타내는 거였는데……."

뒤늦게 든 후회에 태주가 머리를 절레절레 흔들고는, 두 손바닥으로 팔에 솟아오른 닭살을 대패질했다.

촬영 팀은 며칠 동안 할아버지, 할머니의 일상을 따라다녔다. 두 분은 바늘과 실처럼 언제든 함께였다. 간혹 따로 떨어져 다니는 날에도 맛있는 거 있으면 서로의 몫을 챙겨놓았다가 밤에 주머니에서 주섬주섬 꺼내놓았다.

"누님, 안 지겨우세요?"

매일 꼭 붙어 다니는 두 분에게 촬영 감독인 정 팀장이 농담조로 묻자 순자 할머니가 대답했다.

"오매, 동상은 아침 먹으면 점심이 지겨운가 부네. 내, 낮밥으로 곤드레나물밥 할까 했는디 동상 몫은 빼놔야겠고만."

우문에 현답이었다.

"아이고, 누님, 내가 곤드레나물밥을 얼마나 좋아하는데요! 취소, 취소! 그런 질문한 내가 멍청이네!"

정 팀장은 제 머리에 알밤을 콩 하고 먹였다. 호들갑스러운 그 모양에 할머니와 할아버지는 물론 주위 스태프들까지 모두 한바탕 웃어댔다.

촬영은 순조롭게 진행되어 이제 마지막 인터뷰 장면만 남았다. 강우는 평상에 앉아 있는 할아버지와 할머니에게 이 영화를 보는 관객들이 궁금해할, 아니, 현재 사랑을 하고 있고 혹은 사랑을 하고 있지 않더라도 영원한 사랑을 꿈꾸는 모든 이들이 궁금해할 질문을 던졌다.

"72년 동안 한결같이 알콩달콩 사랑해 온 비결이 뭡니까?"

"뭐 별거 있나? 맛있는 거 같이 먹고 기쁠 때 같이 웃고 슬플 때 안아주고⋯⋯ 그냥 같이 있는 거여, 항상."

할아버지는 군데군데 빠진 이를 환히 보이며 활짝 웃었다. 순박한 그 웃음이 강우는 좋았다.

'그냥 같이, 항상.'

강우가 할아버지의 말을 새기면서 곁눈질로 연수를 보았다. 연수는 할아버지를 따라 해바라기처럼 예쁘게 웃고 있었다. 강우도 슬그머니 미소를 머금었다.

"그럼 마지막으로 묻겠습니다. 혹시 소원 있으세요? 서로에게 바라는 거?"

"읍서."

누가 금슬 좋은 부부 아니랄까 봐 할아버지와 할머니가 동시에 대답했다.

"에이, 할아버지, 왜 없어요. 그거 있잖아요, 그거!"

연수가 끼어들었다.

"잉? 뭐시기?"

할머니가 눈을 동그랗게 뜨고 연수를 보았다. 할아버지는 "아, 그거" 하면서 웃기만 할 뿐 고개를 저었다.

"뭔데요?"

강우가 물었다.

"되야써. 괜찮어!"

할아버지가 대답했다.

"뭐시다요?"

할머니가 할아버지의 옆구리를 쿡 찔렀다. 할아버지는 그저 싱글싱글 웃을 뿐이었다.

"할머니, 있잖아요, 그거! 할아버지한테 '정식 씨, 사랑해요!' 라고 한마디 해주세요."

보다 못한 연수가 나섰다. 그러자 할머니 얼굴이 빨개졌다. 할아버지의 소원이 하나 있다면 그건 할머니 입에서 '사랑한다' 는 말을 들어보는 거였다. 하늘보다 높게, 바다보다 깊게 사랑한다는 걸 뻔히 알면서도 말로 확인하고 싶은 게 사람 마음 아니던가.

하지만 할머니는 수줍음이 무지무지 많았다. 할아버지가 때로는 조르고 때로는 을러도 좀처럼 말해본 적이 없었다. 연수가 듣기론 할머니가 그 말을 해준 건 벌써 이십 년도 더 전이라고 한다. 72년 동안 조르고 졸라 '사랑한다' 는 말을 들어본 것도 손가락으로 꼽을 정도니 말 다 했다.

연수의 얘기에 스태프들이 박수를 치면서 "사랑해!", "사랑해!" 를 연호하기 시작했다. 할머니는 얼굴이 홍시처럼 익어서 입술을 오물오물거리다가 갑자기 벌떡 일어났다.

"아이고메, 쌀 다 불어부겠네."

할머니가 딴청을 부리며 부엌으로 가려 하자 연수가 할머니를 도로 앉혔다.

"에이, 할머니! 할아버지 소원이라는데 안 들어줄 거예요?"

"다 늙어서 사랑은 무슨…… 남우세스럽구로."

할머니가 손사래를 쳤다. 그러자 할아버지가 할머니의 주름진 손을 잡더니 입으로 가져가 손등에 뽀뽀를 했다. 그러곤 할머니에게 웃으며 말했다.

"순자 씨, 사랑해."

할머니는 얼굴이 홍시에서 빨간 능금이 되었다.

"아따, 왜캐 덥다냐? 여름이 다시 올랑갑다!"

할머니는 손부채질을 하면서 일어나 결국 부엌으로 들어가 버렸다. 그런 할머니가 귀여워 연수를 비롯한 촬영 팀이 유쾌하게 웃었다. 하늘이 유난히도 청명한 어느 늦가을날 일이었다.

밤 11시. 도시에서 이 시각은 화려한 네온사인에 둘러싸여 낮처럼 밝고 시끄럽겠지만 한적한 시골의 밤 11시는 먹물을 먹은 습지처럼 까맣고 고요했다. 할아버지와 할머니는 새벽 농사일을 위해 평소대로 9시에 잠자리에 들었고, 인터넷이나 텔레비전도 없는 방에서 시간 때우기도 고역이었던 촬영 스태프들도 일찍 곯아떨어졌다.

강우는 조용한 밤 정취를 즐기고 싶어 홀로 마당에 나와 있었다. 평상에 앉아 하늘을 올려다보자 별들이 반짝였다. 참 오랜만에 보는 별이었다. 하지만 어렸을 적에 보았던 쏟아질 것처럼 수많은 별들은 아니었다. 아무리 공기가 좋아도 이제는 시골 하늘도 스모그에 오염돼 버린 탓일까.

별들은 어제도 그제도 그 옛날에도 변함없이 떠 있었을 터인데 예전 같지 않았다. 하지만 그래도 여전히 아름다운 밤하늘이었다. 어디선가 귀뚜라미가 울고 풀잎이 스치고 달빛이 은은한…… 가슴 설레는 밤이었다.

문득, 강우는 이 아름다운 광경을 혼자 보기가 아까웠다. 그래서 휴대전화를 꺼내 연수에게 문자를 보냈다.

「자나?」

잠시 후, 답장이 왔다.

「아니오.」

강우는 또다시 문자를 보냈다.

「나올래?」

조금 기다리고 있으려니 연수가 부엌 옆에 있는 쪽방 문을 조심조심 열고 나왔다.

"아직 안 주무셨어요?"

"응."

"피곤할 텐데……."

"안 피곤해."

강우는 제 옆자리를 손으로 탁탁 치며 연수에게 앉으라고 시늉했다. 연수는 슬리퍼를 끌고 와 강우의 옆에 앉았다.

"왜요?"

"밤하늘이 예뻐서. 혼자 보긴 아까워."

연수는 강우의 시선을 따라 하늘을 올려다보았다. 저 멀리 북두칠성이 반짝였다.

"어릴 때 때때로 이렇게 평상에 앉아 할아버지랑 할머니랑 별을 보곤 했어요. 할아버지는 별자리를 잘 알아서 별자리에 얽힌 재미난 얘깃거리를 들려주곤 했어요. 근데 할아버지가 일 때문에 집을 비우신 날, 내가 할머니한테 별자리 얘길 해달라고 조른 거예요. 그러자 할머니는 북두칠성을 가리키며 저건 하늘나라 프라이팬이라면서 하늘나라 사람들은 저기에 구름을 넣어 볶아 먹는다는 얘길 해주셨어요."

연수가 그때를 생각하는지 쿡쿡거렸다.

"구름을 볶아 먹는 맛이라…… 어떤 맛일지 궁금하군."

"나는 먹어봤어요."

"진짜?"

강우가 웃으며 물었다. 연수는 자신 있게 고개를 끄덕였다.

"아주 달고 사르르 녹아요."

"운이 좋군, 그런 걸 먹어보다니."

"맞아요. 운이 좋았어요. 내가 할머니에게 그 얘길 듣고 구름을 볶아달라고 졸랐는데 어떻게 알았는지 할아버지가 집에 오실 때 읍내에서 솜사탕을 사왔거든요."

"좋은 분들이야. 두 분을 보면 절로 기분이 좋아져, 바로 너처럼."

강우가 연수의 손을 살포시 잡으며 말했다. 두근, 따뜻한 그의 체온이 느껴지자 연수는 가슴이 뛰었다.

"그렇게 늙어갔으면 좋겠다."

강우가 나직이 속삭였다.

두근두근.

연수는 심장 고동이 빨라졌다. 세월이 흘러 흘러 50년 후쯤, 강우와 함께 이렇게 나란히 앉아 별을 보는 모습이 머릿속으로 그려졌다.

'정말, 그렇게 늙어갔으면 좋겠다.'

연수는 소원을 빌 듯 속으로 중얼거렸다.

"할아버지가 그랬지, 비결은 항상 같이 있는 거라고……. 밤하늘 보니까 아깝더라고. 이렇게 예쁜 걸 나 혼자 보는 게. 너랑 나누고 싶었어."

강우의 말은 아주 달콤했다. 구름을 프라이팬에 볶아 먹는 맛보다 더.

"그런데 별도 이젠 예전 같지 않네. 어릴 땐 하늘에서 별들이 쏟아질 것처럼 많았는데. 어느 날은 하늘에 촘촘히 박힌 별을 보고 압도되어 눈물을 흘린 적도 있어."

하늘을 올려다보는 강우의 얼굴에는 아쉬움이 묻어나 있었다. 갑자기 연수가 일어났다. 연수는 강우의 손을 잡아 그를 일으켰다.

"가요."

"어딜?"

"글쎄, 가보면 알아요."

연수는 동네 뒷산으로 강우를 데려갔다. 완만하고 얕은 산이긴 했지만 한밤중에 슬리퍼 차림으로 휴대전화 불빛에 의지해 올라가는 거라 만만치 않았다. 글자 그대로 칠흑같이 어두운 밤이었다. 앞에서 귀신이 튀어나와도 알아차리지 못할 정도로 캄캄했다.

"어디 가는데?"

강우가 오르막을 오르며 숨을 헐떡였다.

"다 왔어요."

한 5분쯤 더 올라가자 탁 트인 공간이 나왔다. 마을의 전경이 한눈에 보였다. 마을은 검은 실루엣으로 잠겨 수묵화의 한 장면 같았다. 영화 속에서나 나올 법한 멋진 광경이었다.

"여기가 이 마을의 전망대인 건가?"

강우가 마을을 내려다보며 물었다.

"그런 셈이죠. 하지만 더 멋진 건 아래가 아니라 위쪽이에요."

연수의 말에 강우가 하늘을 올려다보았다.

"아!"

강우가 짧게 탄성을 내질렀다. 어릴 적 보았던, 반짝이는 보석들이 쏟아져 내리는 것 같은 밤하늘이 펼쳐져 있었다. 하늘에 깨 알같이 촘촘히 박힌 별들은 제각기 자신만의 빛으로 아름답게 반짝거렸다.

"아름다워……."

강우는 가슴이 벅차오르는 광경에 목소리가 조금은 젖어 있었다. 강우가 연수의 손을 꼭 잡았다. 둘은 다정히 손을 잡은 채 한참 동안 밤하늘을 올려다보았다. 차가운 밤공기에 연수가 어깨를 가늘게 떨었다.

"추워?"

"조금."

강우는 재킷을 벗어 연수의 어깨에 덮어주고는 뒤에서 연수를 꼭 안았다. 등 뒤에서 그의 따뜻한 체온이 연수에게 전해졌다. 조금 있으니 추위에 으슬으슬 몸이 떨리던 것도 멈추었다.

"언젠가 감독님을 여기에 꼭 데려와 보고 싶었어요. 내가 좋아하는 거, 내가 아끼는 거 이렇게 함께 나누고 싶었어요."

연수가 말했다.

"고마워."

강우가 연수의 귓가에 속삭였다.

"앞으로도 많이 나누자. 네가 좋아하는 거, 내가 좋아하는 거…… 이렇게 함께…… 나누자."

강우는 연수를 놓치지 않을 것처럼 그녀를 안은 손에 더욱 힘을 주었다. 그리고 그녀의 귓불에 살포시 입을 맞추었다. 깃털처럼 부드러운 입술이 연수의 귓불과 목덜미를 쓸었다.

연수는 가슴이 떨렸다. 강우가 그녀를 안은 손을 놓더니 연수와 마주 섰다. 그가 다정하게 미소 지으며 사랑스럽다는 듯이 연수의 두 볼을 양손으로 가볍게 감쌌다. 그러곤 서서히 고개를 내려 길고 긴 입맞춤을 했다. 달달하고 사르르 녹는 부드러운 키스였다. 구름을 프라이팬에 볶아 먹는 맛보다 백 배, 천 배는 더 달콤한……

12. 자고 갈래요?

사랑을 하면 음유 시인이 된다더니 연수가 그랬다. 하늘에 떠 있는 흰 구름만 보아도 시 한 수가 절로 나왔고, 버스가 빵빵거리는 소리에도 콧노래가 흘러나왔다.

오늘은 즐거운 토요일. 강우와 사귄 지 벌써 한 달 남짓. 그리고 처음으로 강우의 집에 초대받은 날.

연수는 솜씨를 발휘해 직접 구운 쿠키, 가 아니라 정성을 들여 산 쿠키를 쇼핑백에 담아 집을 나섰다. 지난 달 할아버지, 할머니 보약을 짓느라 무리를 한데다 데이트를 위한 치장에 꽤 돈을 쓴 터라 가계부는 마이너스였지만 연수는 망설임 없이 택시를 잡았다. 강우에게 예쁘게 보이고자 산 원피스가 지옥철 안에서 망가지게 둘 수 없었기 때문이다.

3년 동안 알고 지냈지만 강우의 집 방문은 처음이었다. 첫 미팅에 나선 여고생처럼 연수는 가슴이 떨렸다.

 차라라라랑.

 '어쩜 차임벨 소리마저 이렇게 우아하지? 꼭 히드라 닮았네.'

 콩깍지가 단단히 씐 탓에 연수는 강우의 집 초인종 소리도 멋지게 들렸다. 잠시 후, 찰칵 소리가 들리고 문이 열렸다.

 "어서 와."

 앞치마를 두른 강우가 연수를 맞았다. 연수는 강우의 예상외 모습에 눈에서 하트가 뿅뿅 나왔다. 만날 멋들어진 슈트를 입은 강우만 보다가 청바지에 하얀 셔츠, 앞치마 차림인 강우는 그 어느 때보다 섹시해 보였다.

 "실례하겠습니다아."

 연수는 안으로 들어가면서 강우에게 쿠키가 든 커다란 쇼핑백을 건넸다.

 "뭐가 이렇게 무거워?"

 강우는 쇼핑백 안을 들여다보았다.

 "쿠키랑 밑반찬 몇 가지 싸왔어요. 할머니가 엊그제 택배로 부쳐 줬거든요. 그리고 이 쿠키 진짜진짜 정성 들여 산 쿠키예요. 직접 만든 것보다 훠얼씬 정성이 들어간 거라고요. 무려 보통 쿠키가 아니라 앨리스과자점 쿠키라니까요!"

 연수가 몇 번이나 강조했다. 앨리스과자점은 프랑스 유학파 셰프가 문을 연 과자점인데, 특히 쿠키가 유명했다. 너무 달지 않고 담백한 맛이 일품이라 이 집 쿠키를 사려면 쿠키가 나오는 시간인

11시에 가서 미리 대기해 있어야 했다. 안 그러면 몇 분 만에 다 팔리고 없는 것이다.

"그래. 무지 고맙군."

강우가 씩 웃으며 대답했다. 하지만 더 반가운 건 할머니의 솜씨가 오롯이 담긴 밑반찬들이었다.

"양이 상당히 많은데? 할머니한테서 받은 거 통째로 들고 온 거 아냐?"

"아니에요. 내가 먹을 건 남겨놨어요."

연수는 뜨끔했다.

귀신 같은 히드라. 그걸 어찌 알았담?

택배 상자를 열어본 연수는 밑반찬들이 강우가 다 좋아하는 거라 개봉도 안 하고 냉장고 안에 고이 모셔두었다가 가져왔다. 중간에 밥 먹을 때마다 군침이 돌아 혼났지만 사랑의 힘으로 버텼다. 손맛 좋은 할머니의 반찬 유혹을 이기는 건 정말 힘들었다. 그렇지만 사랑의 힘은 위대한 법.

"주스 마실래?"

"네."

강우는 바나나와 사과를 우유에 넣고 갈아 연수에게 건넸다. 달콤하고 새콤한 바나나 사과 주스가 입에 착착 감겼다.

"도와드려요?"

"됐어. 아가씬 얌전히 구경이나 하세요."

"뭐 만드는데요?"

"블루베리 소스 스테이크와 크림스파게티."

"우아!"

흔한 김치찌개 끓이는 데도 젬병인 연수는 요리 이름을 듣고는 감탄부터 했다.

"너무 고난이도 아녜요? 그렇게 무리 안 해도 돼요. 난 감독님이 라면을 끓여줘도 감사할 거라고요."

"이래 봐도 초등학생 때부터 프라이팬을 잡았어. 바빠서 잘 안 해 먹어서 그렇지 솜씨는 좋아."

"하긴, 워크샵 때 감독님이 끓여준 된장찌개 정말 끝내줬어요."

연수는 엄지손가락을 치켜세웠다. 부엌에 있어봤자 방해만 될 터였으므로 연수는 강우의 허락을 받고 집 구경에 나섰다. 서재에 가자 영화 관련 도서와 CD, DVD, 옛날 비디오테이프 등이 방 삼 면에 빼곡히 꽂혀 있었다. 회사 자료실을 통째로 옮겨온 것 같았다. 자료들은 모두 라벨링이 되어 A부터 Z까지, ㄱ에서 ㅎ까지 순서대로 분류되어 있었고 책장 옆에는 각 자료들의 분류표까지 있었다.

"누가 정리왕 아니랄까 봐……."

연수는 분류표를 떠들어보며 중얼거렸다. 회사에서도 강우의 책상은 항상 깨끗했다. 깔끔 떠는 강우의 성격대로 집도 호텔처럼 쾌적했다. 너무 깨끗해서 문 뒤에서 호텔 유니폼을 입은 아가씨가 나와 "손님, 스위트룸으로 준비해 드릴까요?" 하고 말해도 이상하지 않을 정도였다.

"어휴, 결혼하면 서로 꽤 피곤하겠어."

가는 자리마다 물건을 하나씩 흘리고 다니는 연수는 강우에게는 천적이나 마찬가지였다.

"문화센터에서 정리의 달인 강좌라도 들어야 하나?"

김칫국을 원 샷하고 벌써부터 결혼 생활을 걱정하는 연수였다.

강우가 호언한 대로 스테이크와 크림스파게티는 너무너무 맛있었다. 고급 레스토랑의 셰프가 만들었어도 이보다는 더 맛있지 않을 것이다.

"와, 정말 맛있어요! 요리사 해도 되겠어요!"

연수는 칭찬을 아끼지 않았다.

"맞아. 감독이 안 됐으면 지금쯤 프랑스의 어느 레스토랑에서 열심히 스테이크를 굽고 있었을 거야."

강우가 웃으며 대꾸했다. 연수는 속으로 생각했다.

'정리의 달인 강좌보다 요리 강좌부터 먼저 끊어야 하나?'

식사가 끝난 후, 둘은 커피를 마시며 오붓하게 소파에 앉았다. 연수는 강우의 어릴 적 모습이 담긴 앨범을 보면서 깔깔거렸다.

"이거 정말 감독님이에요? 말도 안 돼!"

연수가 뿔테 안경을 끼고 민망한 슈퍼맨 타이즈를 입은 뚱뚱한 소년을 보고 소리를 질렀다. 강우는 여유만만이었다가 미처 숨기지 못한 어릴 적 치부를 발견하고는 당황해서 황급히 앨범을 뺏으려 했다. 하지만 태권브이는 힘이 셌다.

연수는 요리조리 앨범을 빼돌리며 초롱초롱한 눈으로 슈퍼맨 소년을 머리끝에서 발끝까지 싹 훑었다. 안경 낀 남자와 뚱뚱한 남자는 안 긁은 복권이라더니 꼭 그 격이었다.

"몇 살 때예요?"

"열아홉."

강우가 체념하며 대답했다. 그리고 변명조로 덧붙였다.

"혼자서 유학 준비하며 스트레스를 많이 받았던 때야."

"아!"

'맞다. 감독님, USC 출신이었지.'

새삼 강우가 대단하게 여겨졌다. 한편으로 왠지 연수는 자신이 작아지는 느낌이었다. 뭐든지 잘하는 강우에 비해 자신은 실수투성이 햇병아리 프로듀서였기 때문이다. 땅굴을 파기 시작하는 연수를 깨우며 가방에서 휴대전화가 울었다.

"여보세요. 진호 오빠?"

연수가 통화 버튼을 누르며 반갑게 말했다. 커피를 한 모금 머금었던 강우는 '진호 오빠'라는 소리에 사레가 들릴 뻔했다.

'뭐야? 아직도 그 교회 오빠 같은 녀석과 연락하는 건가?'

강우의 기억에 의하면 연수는 지난주 수요일에도 진호와 통화를 했다. 통화 시간은 정확히 7분. 쓸데없이 기억력이 좋은 탓이다.

"다음 주 목요일요?"

보아하니 만날 약속을 잡는 눈치다. 강우는 숨겨져 있던 독점욕이 끓어올랐다. 부글부글 질투가 올라오기 시작한다. 강우가 통화를 하는 연수의 뒤로 다가갔다. 그녀를 뒤에서 살포시 껴안자 연수가 뒤를 잠깐 돌아보았다. 강우는 연수에게 싱긋 미소를 지어주고는 고개를 숙여 보들보들한 귓불을 입술로 답삭 물었다. 그러곤 혀끝으로 살금살금 핥았다.

"네, 괜찮아요. 그날은 약속 없…… 앗!"

연수가 통화를 하다가 강우의 애무에 놀라 신음을 터뜨렸다. 강우는 연수의 귓불을 잇새로 잘근잘근거리다가 키스를 하면서 목을 타고 내려왔다. 그 달콤한 유혹에 연수는 통화에 집중할 수 없어 그의 품에서 벗어나려고 버둥거렸다. 그러나 강우는 연수를 완강히 껴안은 채 그녀의 목줄기에 부드럽고 섬세한 키스 비를 퍼부었다. 그 달콤한 유혹에 연수는 신음이 터져 나오는 걸 가까스로 억눌렀다.

"진…… 호 오빠, 제가 다음…… 에 전화할게요."

연수가 황급히 전화를 끊었다. 그러자 강우는 만족스럽게 웃으며 마치 언제 키스를 했느냐는 듯 연수의 목줄기에서 입술을 뗐다.

"뭐예요?"

연수의 그 물음에는 두 가지 의미가 있었다. 통화하는 데 왜 방해했느냐는 뜻과 왜 키스를 멈추었느냐는 뜻. 물론 후자 쪽이 더 비중이 컸다.

"그 진호라는 녀석, 지난주에도 통화하지 않았나?"

"맞아요."

"지난번에 비싼 미라클 공연도 보여주었고, 또 그날 감독님이 오빠 때린 것도 있고…… 고맙고 미안해서 내가 밥 사기로 했어요."

"만나지 마."

강우가 단도직입적으로 말했다.

"네?"

"네가 그 남자 만나는 거 싫어."

"하지만 약속도 잡았고…… 이번 약속도 일 때문에 제가 한 번 미뤘던 거라……."

연수가 난처한 표정을 지었다.

"그래도 만나지 마. 난 내 여자가 단둘이 다른 남자 만나는 거 싫어."

"남자가 아니라 선배예요, 그냥 선배."

"그 남잔 아니잖아. 너한테 흑심 있는 거 빤히 보여."

"감독님이랑 사귀는 거 이제 진호 오빠도 알고 있어요. 근데 도……."

"그 오빠란 소리도 좀 빼."

"예?"

"이놈이나 저놈이나 아무한테나 오빠라고 하는 거 듣기 싫어. 나한텐 한 번도 그렇게 부른 적도 없으면서."

"설마 감독님, 오빠란 소리 듣고 싶었어요?"

연수가 눈을 동그랗게 뜨고 물었다.

"그런 소리가 아니잖아!"

강우는 항변했지만 본심을 들킨 듯 목소리가 흔들렸다. 왠지 얼굴이 화끈거린다.

'그랬었나? 연수가 선배들한테 오빠, 오빠, 할 때마다 짜증이 난 이유가 이거였었나?'

스스로도 몰랐던 마음이었다. 그때 연수가 입을 열었다.

"강우 오…… 빠……."

3년 동안 '감독님'이라는 호칭이 입에 붙었던 연수는 다른 사람한테는 잘만 부르던 '오빠'가 어색한지 볼이 발그레해졌다. 듣는 강우 또한 어색하고 낯간지럽긴 마찬가지였다.

"강우…… 오빠……."

연수가 또 한 번 불렀다.

두근!

강우는 가슴이 설레었다. 흔한 '오빠'라는 한마디가 이토록 설렐 줄이야! 스스로도 알 수 있을 만큼 얼굴이 빨개졌다. 아마도 거울을 보면 불타는 고구마가 되어 있지 않을까.

"제길, 이연수…… 너 때문에 내가 미치겠다!"

강우는 머리를 설레설레 흔들며 한숨 섞어 중얼거리고는 연수의 팔을 홱 잡아챘다. 그러곤 그녀의 입술에 폭풍 같은 키스를 퍼부었다.

은밀하고 달달한 키스를 나눈 후에 둘은 서로를 꼭 부둥켜안고 소파에 앉아 있었다. 연수는 강우의 품에 안겨 그의 목덜미에 내려온 머리카락을 집게손가락으로 말며 손장난을 했다. 강우가 그녀의 어깨를 감싼 채 깍지를 끼었다. 그러곤 그녀의 손을 제 입술로 가져가 손등에 입을 맞추었다. 쪽쪽, 소리가 나도록 몇 번이고 입술을 맞추었다.

연수는 그 부드러운 느낌을 음미하며 강우의 어깨에 머리를 기댔다. 사람의 체온이 이렇게 따뜻하고 포근한 거라는 걸 연수는 새삼 느꼈다. 손등 키스를 끝내고 강우가 그녀의 머리에 제 머리를 기대고는 어깨에 둘렀던 손을 올려 그녀의 귓불을 어루만졌다. 느른하면서도 따사로운 손길이었다.

"목요일, 어쩔 거야?"

강우가 귓가에 낮게 속삭였다.

"그게……."

연수는 나른하고 달콤한 분위기를 깨기 싫어 머뭇거렸다. 그렇다고 거짓말을 할 수는 없었다.

"만날 거야?"

귓불을 어루만지던 강우가 손을 떼고 말했다.

'더 만져 주지.'

연수는 아쉬웠지만 지금은 얘기를 할 때였다.

"벌써 약속도 잡았고…… 진호 오…… 아니, 진호 선배한테 고마운 것도 많고…… 이번 한 번만 만날게요. 이번 약속까지 깨면 선배 볼 면목이 없는걸요."

'차라리 그놈 볼 면목이 없는 게 나아.'

하지만 연수가 밴댕이 소갈딱지라 여길까 봐 차마 그 말은 입 밖에 내지 못했다.

"그래서 만난다는 말이지? 내가 싫다는데도?"

강우가 눈살을 찌푸렸다.

"네. 이번 한 번만요. 응?"

강우는 못마땅한 표정을 지은 채 대꾸하지 않았다. 그러자 연수가 강우의 팔을 잡고 가만히 흔들었다.

"응? 응? 강우 오빠……."

강우가 반응을 보이지 않자 연수는 생긋생긋거리면서 강우에게 눈을 맞추었다. 그러곤 애교를 담뿍 담아 말했다.

"응? 오빠아…… 한 번만…… 오빠, 응?"

연달아 '오빠' 어택(Attack)을 당한 강우는 누가 깃털로 심장을 간질간질 간질이는 것 같았다. 피식, 저도 모르게 입매가 풀리면서 웃음이 터져 나와 버렸다.

대체 그깟 '오빠'가 뭐라고!

"좋아. 대신 이번만이야. 만나고 나면 다시는 단둘이 안 만나는 거야."

"알았어요, 약속."

연수는 새끼손가락을 내밀었다. 강우가 손가락을 마주 걸었다. 손가락을 건 채로 그가 말했다.

"또 한 가지 있어."

"뭔데요?"

"그 진호 말고도 네 주변의 XY 염색체는 싹 정리해."

"네?"

"선배고 후배고 동기고…… 네 주변에 늑대들이 너무 많아. 하루에도 네다섯 통씩 늑대들한테 전화 오는 거 맘에 안 들어."

"그냥 안부 전화인데……."

"네 안부는 내가 챙겨. 알았어?"

"그치만 내 사회생활인데……."

연수는 소심하게 반항했지만 강우가 눈썹을 꿈틀거리자 꼬랑지를 내렸다. 강우의 마음을 크게 거스르고 싶지 않았다. 연수의 마음속 깊은 곳에는 '섣불리 시작한 것일지도 모르겠다'는 강우의 말이 트라우마처럼 새겨져 있었다. 그와 연락이 안 된 건 단 하루뿐이었지만 그 하루 동안 연수는 지옥을 맛봤다. 다시는 그때의 그 괴로움을 느끼고 싶지 않았다.

"알…… 았어요."

'질투쟁이…….'

연수는 감히 소리 내지는 못하고 불만스럽게 속으로 뇌까렸다.

"몰랐어? 나 독점욕 많아."

히드라는 귀신같이 연수의 속을 훤히 들여다보았다. 연수가 뜨끔해서 눈을 동그랗게 떴다.

'어떻게 알았어요?'

"네 얼굴에 다 쓰여 있어."

'헉!'

연수는 눈앞에서 독심술을 펼치는 강우에게 놀라고 말았다. 그러곤 제 얼굴 어디에 쓰여 있나 싶어 자신도 모르게 손을 가져가 볼을 어루만졌다. 그러자 강우가 피식 웃고는 손가락을 걸고 있던 손으로 제 엄지와 연수의 엄지를 맞대 사인을 했다.

"쓰잘데없는 그 남자들 대신 내가 일당백이 되어줄게. 오케이?"

사르르 녹는 생크림처럼 달콤하게 눈을 맞추며 그가 말했다.

"오케이."

연수는 절로 마음이 풀어져 대답했다.

"좋아. 그럼 도장."

강우가 나직이 말하면서 서서히 그녀 쪽으로 고개를 기울였다. 가슴 설레게 눈웃음을 치면서 의도적으로 아주 천천히 다가왔다.

'맙소사! 완전 선수야!'

방금 전 진한 키스를 나누어놓고도 연수는 기대로 가슴이 두근두근댔다. 심장이 떨려 연수가 눈을 감았다. 잠시 후, 강우의 입술이 연수의 입술을 머금었다. 강우는 혀끝으로 그녀의 입술을 따라 핥고는 곧 거침없이 들어왔다. 보드라운 비단 천처럼 그의 혀가 연수의 혀를 감싸 올렸다.

"아……."

강우가 입술로 연수의 입술을 살짝 깨물자 연수가 짜릿한 감각에 나른하게 신음을 터뜨렸다. 그 매혹적인 신음 소리는 강우를 한껏 자극했다. 강우는 더 격렬하게 그녀의 여린 혀를 빨아들이고 핥고 비벼댔다.

뜨거운 열정과 감미로운 환희가 두 사람을 감싸 안았다. 서로 입술을 깊이 탐하는 가운데 사랑이 뜨겁게 익어갔다.

"쓸데없는 그 남자들 대신 내가 일당백이 되어줄게."

연수는 고개를 수그린 채 강우의 잔소리를 들으며 얼마 전 강우가 했던 말을 되새겼다.

'일당백은, 쳇!'

연수의 입은 닷 발은 나와 있었다.

아니, 일당백이긴 하다. 그게 남자친구가 아니라 상사로서기에 문제지. 부하 직원 갈구는 데 도가 튼 상사 백 명은 모시고 있는 기분이었다. 사람이 바쁘면 실수도 좀 할 수 있지, 강우는 벌써 30분째 연수를 향해 잔소리 향연을 펼치고 있었다. 대단한 실수도 아니기에 그저 한두 마디면 충분할 것 같은데 말이다. 나름 항변하고 싶지만 구구절절 옳은 말이라 연수는 묵묵히 듣기만 했다.

"죄송합니다…… 앞으로 조심하겠습니다."

연수가 기가 잔뜩 죽어 말했다.

"알았으면 나가봐. 오후에 강민경, 이석현 커플 첫 미팅 있는 거 잊지 말고."

"예."

연수가 꾸벅 인사하고 나갔다.

'내가 너무했나?'

강우는 실컷 야단치고 나서도 찜찜했다. 시무룩한 연수 얼굴이 맘에 걸렸다. 그러나 곧 강우는 머리를 저었다.

요 근래 공적인 일에 사적인 감정을 끌어들이는 건 오히려 자신이었다. 요즘 강우는 일 처리에서 스스로 흔들리는 걸 자주 느끼고 있었다. 똑같은 실수를 해도 연수가 하면 자꾸 감싸게 되고 연수가 과중한 업무에 힘들어하면 그 짐을 나서서 짊어지고 싶어졌다.

이것은 연수에게도 좋지 않다. 프로듀서로 성장하려면 연수도 이런저런 일에 좌충우돌하며 스스로 겪어야 하는 것이다. 강우가 모든 일에 그녀의 우산이 되어줄 수는 없다. 그건 오히려 연수에게 독이고 강우에게도 독이다.

한 번도 이런 적이 없기에 강우는 불안했다. 스스로를 제어하지 못하는 자신이.

'후. 최강우, 정신 차려!'

강우는 두 손으로 제 뺨을 찰싹 때렸다.

강우와 연수는 백야의 사무실을 나와 강민경, 이석현 커플을 만나러 약속한 카페로 나갔다. 차분하게 얘기를 나누기 위해 낮에는 손님이 뜸한 작은 카페를 골랐다. 카페 문을 열자 크리스마스 캐럴이 흘러나왔다. 아직은 12월 초인데 벌써부터 거리마다, 가게마다 경쟁하듯 캐럴송이 흘러나왔다.

둘은 강민경, 이석현 커플이 찾기 쉽도록 창가의 눈에 띄는 자리에 앉았다. 약속 시각이 되려면 아직 10분쯤 여유가 있었다. 오전에 한소리 들었기에 연수는 어쩐지 분위기가 어색하게 느껴졌다.

"우리, 크리스마스이브 날 뭐 할까요?"

가라앉은 분위기를 바꾸고자 연수가 활달하게 화제를 꺼냈다. 24일은 오피스 건물의 방재 시설 설치 공사 때문에 백야에서는 임시 휴무를 하기로 했다. 연수는 뜻밖의 연휴이기에 1박 2일 여행을 가면 어떨까 기대했다.

"크리스마스이브? 아, 그날은 해야 할 일이 있어. 〈씨네 코리아〉에 연재했던 칼럼들을 정리해야 해. 26일까지 출판사에 넘기기로 했거든. 얼굴은 25일 날 보자."

강우가 대수롭지 않게 말했다.

"아, 영화 평론 책요? 원고 많이 밀렸어요?"

연인들의 날인 크리스마스이브를 잔뜩 기대했던 연수가 실망스런 기색을 감추며 물었다.

"잡지에 연재했던 글들이라 손볼 게 꽤 돼. 그동안 틈틈이 손을 봐놓긴 했지만 출판사에 넘기기 전에 적어도 하루는 꼬박 봐야 하지 않겠어?"

"그럼, 우리 만나는 건 이브 날로 하고 원고는 25일에 보는 건 어때요? 어차피 하루 정도 시간이 걸리는 거면 25일 날 해도 되잖아요."

아무래도 1박 2일 여행은 물 건너간 것 같기에 연수는 데이트 날이라도 조정하려고 했다.

"그건 좀 어려울 것 같은데……."

강우가 난색을 지었다.

"왜요?"

연수가 되물었다.

강우는 어떻게 설명해야 할지 난감했다. 그는 '계획'에 대한 강박이 있는 편이었다. 연초에 항상 계획을 세웠고 연말에는 그 계획들을 마무리 지어야 직성이 풀렸다. 세운 목표가 노력과는 별개로 외적인 요인에 의해 어그러지면 어쩔 수 없었지만 자신이 게을리해 어그러지는 건 못 견뎌했다. 그렇게 되면 초조하고 불안하고 짜증이 났다.

그런데 연수와 사귀고 나서부터는 데이트하랴 회사 일하랴 바빠 개인적인 일들을 꽤 미루어왔다. 그것들이 연말이 되니 하나하나 무거운 짐으로 강우에게 얹어졌다. 그러니 칼럼 정리도 어떻게든 24일까지는 마무리 지어야 마음이 편하다. 그렇지 않으면 25일 내내 신경이 곤두서 있을 것이다.

"그냥 그러고 싶어."

강우는 결국 강박에 대한 얘기는 쏙 빼고 얼버무렸다. 연수에게 자신의 신경질적인 면을 보이고 싶지 않았기 때문이다.

"그렇지만……."

연수가 말을 하려는데 때마침 휴대전화가 울렸다. 액정 화면을 보니 강민경이었다. 연수가 전화를 받으며 막 카페 문을 열고 들어오는 남녀에게 손을 흔들었다.

강민경, 이석현은 동갑내기 커플이었다. 두 사람은 스무 살 때부터 서른 살인 현재까지 10년을 친구로서 연인으로서 지내왔다. 둘은 한창 타오를 때는 열대의 사막보다 뜨거웠고, 그 뜨거움은 세월이 흐르면서 조금 옅어지기는 했지만 지금도 우정보다 깊은 사랑으로 이어오고 있었다. 그럼에도 둘은 지금 헤어지려 하고 있었다. '사랑하기에 헤어진다'는 어느 배우의 말처럼 그들은 사랑하기에 이별을 준비하며 강우와 연수 앞에 섰다.

"아직도 서로 사랑한다면서 왜 헤어지려고 하는 거죠?"

그들의 사연을 접한 강우가 단도직입적으로 물었다.

"내가 기차라면 민경이는 정거장이에요. 우리는 성향이 너무도 달라요. 나는 어디론가 떠나야만 살아 있는 걸 느끼고 민경이는 한곳에 머물러 있어야 안정을 느껴요. 내가 떠나면 민경은 기다리고…… 그게 짧게는 며칠, 길게는 몇 달이 걸리기도 해요. 사랑하니까 함께 있고 싶어서 몇 번은 같이 떠나기도 했어요. 하지만 민경이 지쳐 버렸죠. 내가 머물러 있을 때 지쳐 버린 것처럼……."

이석현이 씁쓸히 웃으며 말했다.

"우린 각자 인생의 시간표가 달라요. 이십대 때는 젊으니까 사랑한다는 이유로 억지로 맞춰보려고 했죠. 하지만 그럴수록 서로가 상대에 맞추어 가면을 쓰고 있다는 걸 깨달았어요. 피에로가 슬픈데도 웃는 분장을 하듯이, 그렇게 사랑을 핑계로 이 사람에게 맞춘다고 억지 미소를 지었어요. 그걸 몇 년이나 반복했어요. 그러다 결국 지쳐 이이를 괴롭히기 시작했어요. 이 사랑에 피해자인척, 나만 희생하고 있는 척 원망하고 미워했죠. 왜 너는 내게 맞추지 못하느냐고 소리쳤어요. 그러다 알게 됐죠. 내가 힘든 만큼 이이도 힘들었다는 걸, 이이도 내게 맞추느라 피에로 분장을 하고 있었다는 걸. 성향이 달라도 사랑은 할 수 있어요. 하지만 그 사랑이 족쇄가 되어 서로가 서로를 구속할 때, 상대가 나 때문에 자신의 본모습이 아닌 가면을 쓰게 될 때…… 그때는 멈춰주는 게 서로를 진정 사랑하는 거란 걸…… 10년이 지나서야 겨우 알았어요."

맑은 눈이 조금 촉촉이 젖어든 채 강민경이 말했다.

청춘의 한 자락을 어깨를 나란히 하며 걸어왔던 두 사람은 이제 갈림길 앞에 섰다. 그리고 그 한 길을 걸어오는 동안 스무 살 철부지 여자와 철부지 남자는 각자의 길에 축복을 해줄 만큼 어른이 되었다.

둘은 사랑했던 만큼 이별도 서로에게 좋은 추억으로 남기를 원했다. 그래서 이별의 아픔마저 아련한 그리움이 될 때쯤, 이별을 되새길 때 그래도 참 좋았다고 기억하고 싶어 했다.

"특별히 계획하고 있는 이별식이 있습니까?"

강우가 담담히 물었다.

석현은 잠시 민경을 쳐다보았다. 민경은 슬픈 얼굴로 고개를 수그린 채 테이블을 내려다보고 있었다.

"아뇨. 하지만 우리가 처음 만났던 동아리방에서 우리의 마지막을 맞이하고 싶어요."

석현이 대답했다. 강우는 후회 없는 이별식이 되도록, 두 사람에게 여러 가지 구체적인 질문을 던져 그들이 그리고 있는 이별식을 구체화시켰다. 마침내 이별식의 대략적인 초안이 결정되고 촬영 날짜도 정해졌다.

"그래도 사랑하는데 헤어지지 말지……."

미팅을 마치고 돌아오는 길에 연수가 중얼거렸다.

"감독님은 이해 가요? 사랑하는데 헤어진다는 게? 서로 조금씩 양보하고 맞춰가며 함께 있으면 되잖아요."

연수는 강민경, 이석현 커플의 결정이 머리로는 이해가 가도 가슴으로는 이해되지 않았다.

"아무리 사랑해도 자기 자신을 바꿀 수는 없는 거야. 상대를 위해 내가 변하려는 것도 한계가 있는 법이지. 어떤 면에서는 두 사람이 현명해. 아니, 좀 더 빨리 결정했으면 이렇게까지 서로 상처를 입지 않았을지도……."

강우의 말에 연수는 서운했다.

아니다, 라고 말해주기를 바라는 건 너무 큰 욕심일까?

강민경, 이석현 커플이 많이 지치고 힘들어 보이기는 했지만 '사랑은 어떤 일에도 함께 있는 것'이라고 생각하는 연수에게는 그들의 결정이 안타깝기만 했다.

'그럼 감독님은 나를 위해 바뀔 수는 없는 건가요? 그게 아무리 사소한 거라도?'

연수는 아까 일을 되새겨 보곤 씁쓸한 미소를 지었다. 사귀기 시작하고 나서 맞이하는 첫 크리스마스인데 이브 날 데이트보다 일을 선택한 강우가 연수는 많이 야속했다.

"크리스마스이브에…… 눈이 내렸으면 좋겠다."

연수가 혼잣말처럼 중얼거렸다. 사실은 이렇게 말하고 싶었다.

'크리스마스이브 날, 우리 정말 얼굴 안 봐요? 난 보고 싶은데……. 우리, 연인이잖아요. 그날은 연인들의 날이고…….'

그러나 연수는 말하지 못했다. 어린아이처럼 조르면 강우가 싫어할 테니까.

한 번 결정한 건 반드시 지키는 강우였다. 강민경, 이석현 커플 때문에 아까 협상해 볼 적절한 타이밍을 놓쳐 버렸기에 다시 얘기를 꺼낸다면 강우는 연수가 어른스럽지 못하다고 생각할 것이다.

휴, 연수가 강우 모르게 낮게 한숨을 지었다.

석현과 민경은 학생 때 아지트 삼았었고, 사회인이 되고 나서도 자주 들렀던 경향식당에서 두 사람만의 마지막 식사를 하고 있었다. 촬영 팀은 두 사람의 이별식을 곁에서 말없이 지켜보았다.

둘은 마치 내일도 다시 만나는 연인들인 양 일상적인 대화를 나누며 간간이 농담도 하면서 즐겁게 식사를 했다. 식사를 마치고 둘은 자연스레 학교로 향했다.

겨울방학에 접어든 학교는 생기를 잃고 쓸쓸했다. 바람도 차고 날씨도 좀 을씨년스러워서 연수는 제가 이별하는 게 아닌데도 괜히 울적해졌다. 학생회관 식당을 지나 동아리방들이 몰려 있는 지하 계단을 내려갔다. 낙서 같은 그라피티들이 청춘의 넘쳐 나는 열정을 표현하듯 벽 가득 그려져 있었다. 그리고 커다란 기타 그림과 함께 복도 중간에 'A 마이너'라 쓰인 문이 있었다.

학생들의 손때가 묻은 낡은 문손잡이를 잡아 돌리면서 민경은 10년 전 처음 이 문을 열었던 때를 떠올렸다.

새내기 회원을 모집하는 대자보에 쓰인 '인연'이라는 글귀에 홀린 듯 동아리방을 방문했던 민경은 'A 마이너'가 뜻밖에 기타 동아리이자 문밖에서 들어갈까 말까 망설이고 있었다.

"안 들어갈 거예요?"

그때 뒤에서 석현이 물었다.

"네?"

민경은 머뭇거리다가 석현이 들어가도록 한쪽으로 물러났다. 석현은 문을 열고 들어가다 말고 민경을 보더니 씩 웃어 보였다.

"그쪽도 처음이죠? 혼자 들어가기 어색한데 우리 같이 들어갈래요?"

그게 '인연'이 되어 둘은 동기에서 친구로, 친구에서 연인이 되었다. 그리고 지금 다시 연인에서 친구로 돌아가려는 중이었다. 문을 열자 기타들이 걸려 있는 벽이 보였다. 책장에는 가요집과 팝송집 등이 빼곡했다.

방 안을 둘러보는 둘의 눈길에는 추억이 방울방울 서려 있었다. 벽에 걸린 통기타를 석현이 꺼내 들었다. 그러곤 민경이 좋아했던 노래를 연주하기 시작했다. 부드러운 기타 선율이 은은히 흐르고 석현의 감미로운 목소리가 애틋하게 스며들었다. 어느덧 석현의 눈가도 민경의 눈가도 조금씩 젖어들기 시작했다. 드디어 연주가 끝나고 방 안은 무거운 침묵이 흘렀다. 잠시 후, 석현이 가방에서 주섬주섬 쇼핑백 하나를 꺼냈다.

"열어봐."

민경이 머뭇거리며 열자, 안에는 털이 보송보송 몽실몽실해서 무척 따스해 보이는 목도리가 들어 있었다.

"너 추위 많이 타잖아. 내가 없어도 항상 따뜻하게 지냈으면 좋겠어서……. 없는 솜씨지만 직접 떴어. 그래서 좀 코가 빠진 못난이 머플러야."

석현이 머리를 긁적이며 멋쩍은 웃음을 지었다.

"매줄래?"

민경이 목도리를 꺼내 석현에게 건넸다. 석현은 목도리를 민경의 목에 걸고 한 번 감아 늘어뜨렸다.

"따뜻하다."

민경이 제 목에 감긴 목도리를 손으로 어루만지며 속삭이듯 말했다.

"나도 선물 가져왔어."

민경이 꺼낸 것은 비틀즈의 명곡이 들어 있는 LP 앨범으로, 시중에서는 구하기 어려운 한정판이었다. 아날로그 감성인 석현은 틀 때마다 바늘이 긋는 선에 의해 미세하게 음색이 달라지는 LP를 좋아했다.

"고마워."

석현은 아주 소중하게 앨범을 가슴에 안았다. 또다시 침묵이 흘렀다. 이별을 꺼내기가 무척 어려운 듯 두 사람은 그대로 서로의 얼굴만 쳐다보고 있었다.

"민경아, 너를 만난 건 내게 행운이었어. 넌 내 이십대를 같이해준 내 소중한 친구이자 가장 사랑하는 사람이야. 앞으로의 인생에서도 내 청춘과 함께 너는 아주 소중하게 기억될 거야. 그동안 고마웠어. 그리고…… 미안해."

"나도 고마웠어. 네 덕에 붙박이인 내가 많은 곳을 보고 많은 것을 경험했어. 너로 인해 세상이 참 크고 넓다는 걸, 사람은 정말 아름답다는 걸 알게 됐어. 어디서든 널 응원할 거야. 여행 작가의 꿈, 꼭 이루길 바라."

두 사람은 악수를 나누었다. 눈가는 흠뻑 젖어 있었지만 입가에는 맑은 미소가 어려 있었다. 서로의 앞날을 축복하고 또다시 좋은 사랑을 하기를 기원해 주며 그렇게 한 쌍의 연인은 각각 혼자가 되었다.

"우리도 가자."

촬영을 마치고 현장을 정리하고 나서 강우가 연수에게 말했다.

"집에 데려다 줄게. 차에 가서 기다려. 난 동아리방 열쇠를 돌려주고 올 테니."

히터를 틀었는데도 연수는 추위를 느꼈다. 달달 몸이 떨릴 정도로 으슬으슬했다. 날씨가 쌀쌀하긴 했지만 이렇게 몸을 떨 정도까진 아니었다. 그런데도 이리 춥게 느껴지는 건 아마도 이별식을 지켜본 후유증인지도 모른다. 강민경, 이석현…… 그들의 사랑이 연수의 마음 한 켠을 아리게 만드는 까닭이다.

서로의 행복한 미래를 기원하며 헤어지는 연인들은 담담하고 아름다웠지만, 연수는 여전히 이해가 가지 않았다. 아니, 솔직히 얘기한다면 이해는 하지만 인정하고 싶지 않았다. 이런 사랑도 있다는 걸.

"오늘은 조용하네? 다른 커플들 촬영 때는 재잘재잘 말이 많더니……"

"그냥…… 요."

연수가 힘없이 대꾸했다. 강우는 힐끔 연수를 보고는 위로했다.

"인연이 닿지 않은 것일 뿐이야."

"그 말, 별로 위로 안 돼요. 모든 게 '인연'에 의해 정해진다면 사랑하는 만큼 그 사랑을 유지하기 위해 들이는 연인들의 노력은 무의미한 것 같아서. ……사랑하는 마음에 관계없이 애초에 맺어질 인연이 따로 있다는 거…… 너무 아프잖아요."

"그렇군. 내가 잘못 말했어."

강우는 순순히 인정했다.

차가 연수의 집 앞에 멈추었다. 강우가 운전석에서 나와 조수석 문을 열어주었다. 차에서 나오니 흰 눈이 나풀나풀 내렸다.

"눈이네?"

연수가 하늘을 올려다보며 손을 내밀어 눈송이를 손바닥에 받았다. 강우도 밤하늘을 올려다보았다. 가로등 불빛에 눈이 내리는 모습이 선명하게 보였다. 강우가 연수를 보고 미소 지었다.

"화이트 크리스마스이브를 바라더니 그렇게 됐군. 산타 할아버지가 연수 널 잊지 않았나 보네. 눈 선물을 주신 걸 보니. 어서 들어가, 춥다."

빌라 현관문 앞에서 강우가 말했다. 연수는 머뭇거렸다. 그녀가 현관 유리문을 열다 말고 강우를 돌아보았다.

"자고…… 갈래요?"

부끄러움에 연수의 얼굴이 발갛게 달아올랐다. 그나마 현관 지붕이 가로등 빛을 가려 그녀의 붉은 얼굴을 가려주었다. 강우는 잠시 말이 없었다. 길어야 5, 6초의 망설임이었지만 연수에게는 영원처럼 길었다.

"아니, 오늘은 그냥 가는 게 좋겠어."

"……."

연수는 타임머신이 있다면 1분 전으로 돌아가고 싶었다. 강우가 어서 들어가, 라고 말했을 때 "운전 조심해서 가세요" 하고 인사하고는 후다닥 올라가 버렸으면 얼마나 좋았을까.

거절당했다는 부끄러움과 표현할 길 없는 실망, 아니, 불안이 연수의 얼굴 안에 고스란히 드러났다.

사랑한다면 안고 싶지 않을까? 밤새 서로를 안고 사랑을 속삭이고 싶지 않을까?

하지만 강우는 한 번도 그런 내색을 보인 적이 없었다.

오늘은 같이 있고 싶었다. 이별식을 끝내고 돌아오는 동안, 연수는 오늘만은 강우와 헤어지기 싫다고 느꼈다.

사랑하는데도 이별을 선택한 그들을 보면서 막연한 불안이 연수를 감싸 안았다. 어쩌면 얼마 전 강우가 했던 말이 불안의 씨앗을 남겼는지도 모른다. 그리고 그 씨앗이 오늘 꽃을 피운 건지도…….

"아무리 사랑해도 자기 자신을 바꿀 수는 없는 거야. 상대를 위해 내가 변하려는 것도 한계가 있는 법이지. 어떤 면에서는 두 사람이 현명해. 아니, 좀 더 빨리 결정했으면 이렇게까지 서로 상처를 입지 않았을지도……."

내일 하나 모레 하나 26일까지만 끝내면 되는 원고를 강우는 왜 굳이 크리스마스이브 날 하려는 것인지, 연수는 이해가 되지 않았다.

크리스마스이브 밤에 거리마다 넘치는 다정한 커플들을 보며 솔로일 때 얼마나 부러워했던가. 혼자 방바닥을 뒹굴며 만화책을 보면서 연인이 생기면 나도 솔로들 염장을 제대로 질러주리라 맹세한 적도 있다.

아니, 이건 핑계에 지나지 않는다. 연수는 그저 보고 싶었다. 아주 사소한 일이어도 그녀를 위해 그가 바뀌는 모습을. 강우가 일보다는 크리스마스이브 날에 자신과 함께 있어주기를. 그래서 말해 버렸다.

"자고 갈래요?"

하고.

"나는……"

"늦었네요. 눈 때문에 길 미끄럽겠다. 조심히 가세요."

강우의 말을 가로채며 연수가 후닥닥 말했다. 그러곤 현관 유리문을 열고 계단을 달려 올라가 버렸다. 3층으로 올라와 서둘러 열쇠로 현관문을 따고 안으로 들어갔다. 연수는 집 안에 들어서자마자 문에 기대어 주르륵 내려앉았다.

탁탁.

잠시 후 현관문 두드리는 소리가 났다.

"이연수, 잠깐 문 열어봐."

강우가 밖에서 말했다. 연수는 일어나 짧게 심호흡을 하고는 태평한 얼굴을 가장하고 문을 열었다.

"왜요?"

"바보. 말을 끝까지 들어야지."

그는 연수의 코끝을 가볍게 꼬집었다.

"나도 널 원해. 하지만 난 우리가 첫날밤을 좀 더 소중하게 맞았으면 좋겠어. 충동적이 아니라 너도 나도 준비가 되었을 때."

"……."

"이해하지?"

강우가 다정한 눈으로 연수에게 시선을 맞추었다. 연수는 굳었던 얼굴이 조금은 펴졌다.

"씻고 얼른 자. 피곤하겠다."

그가 연수의 이마에 깃털처럼 입을 맞추었다. 그러곤 계단을 내려갔다. 연수는 난간 사이로 강우가 내려가는 모습을 지켜보았다. 이마에 보드라운 입술 감촉이 아직 남아 있었다. 연수는 그가 남긴 온기를 조금이라도 더 유지하려는 듯 손바닥으로 이마를 조심스레 감쌌다.

13. 사랑, 그 섬세한 엇갈림

크리스마스이브 내내 함박눈이 내려 거리는 온통 흰옷으로 갈아입었다. 연수는 24일엔 경주와 은옥과 뮤지컬을 보고 나서 케이크와 샴페인을 사가지고 돌아와 파자마 파티를 했다. 오랜만에 뭉친 셋은 밤새 잔을 기울이며 각자의 사랑과 꿈을 이야기했고, 술이 좀 들어가자 고민거리를 하나둘 풀어놓았다. 나중엔 술에 취하고 우정에 취해 별거 아닌 얘기에 눈물을 글썽이고 서로 어깨를 토닥이기도 하고 또 시시껄렁한 농담에 깔깔깔 웃어대기도 하면서 사춘기 소녀들처럼 그렇게 밤을 불태웠다.

크리스마스 날 아침, 연수가 일어났을 땐 경주와 은옥은 벌써 돌아가고 없었다. 식탁 위에 메모 한 장이 달랑 놓여 있었다.

—우리, 간다. 오늘 데이트 잘하고! 솔로들 염장질 제대로 하고 와!

연수는 메모를 보고는 빙긋이 웃음 지었다. 이 친구들이 없었다면 세상이 얼마나 외롭고 쓸쓸했을까. 얼마나 심심하고 지루할까.

'아 참, 이러고 있을 때가 아니지.'

연수는 시계를 보고 서두르기 시작했다. 까딱 잘못했다간 약속 시각에 늦을지 몰랐다. 연수는 서둘러 욕실로 들어가 씻기 시작했다.

'왜 안 오지?'

63빌딩 로비에서 강우를 기다리며 연수가 중얼거렸다. 이곳에서 만나 전망대 레스토랑에서 느긋하게 점심을 먹고 아쿠아리움을 구경하기로 했던 것이다. 어제 전화 통화에서 강우는 이렇게 물었다.

[크리스마스이브에 못 만나는 대신 네가 원하는 거 뭐든 해줄게. 크리스마스에 뭘 하고 싶어?]

"그럼 그날은 감독님이 제 산타클로스가 되는 거예요?"

[그러지. 근데 원하는 게 겨우 아쿠아리움이야? 초딩스럽긴…….]

강우는 연수를 타박하면서도 귀엽다는 듯이 큭큭 소리 내어 웃었다.

히드라 산타클로스…… 연수는 그 약속에 이브 날 못 만나는 서운함도 사르륵 녹았다. 그런데 산타클로스는 대체 어디서 무엇을 하고 있는 걸까?

연수가 강우의 휴대폰에 전화를 걸었다. 신호음이 길게 가더니 결국 소리샘으로 넘어간다는 안내 멘트가 나왔다. 약속 시각은 벌써 30분이 지나 있었다.

'차가 많이 막히나? 아니, 그럼 전화를 못 받을 일이 없을 텐데……. 어디 아픈가? 사고가 났나?'

슬금슬금 불길한 생각이 머릿속을 점령했다. 완벽주의로 약속은 칼같이 지키는 강우였기에 연수는 짜증이나 화보다 걱정부터 들었다.

「감독님, 어디쯤이에요? 전 로비에 있어요.」

연수는 강우에게 문자를 보내두었다. 하지만 강우는 문자에도 감감무소식이었다. 그렇게 한 시간이 흘렀다. 그동안 몇 번 더 전화 통화를 시도했지만 연결이 되지 않았다.

'차가 많이 막히는데다 휴대폰을 집에 두고 온 걸지도 몰라.'

교통사고 같은 무서운 생각이 스멀스멀 이는 걸 털어버리며 연수는 생각했다. 맘 같아서는 강우네 집에 가보고 싶었지만 혹시 길이 엇갈릴까 싶어 이러지도 저러지도 못했다.

"집 전화번호, 알아두었으면 좋았을걸."

연수는 혼잣말을 하고는 초조하게 로비를 서성거렸다. 그렇게 약속 시각에서 두 시간이 훌쩍 지났다.

「감독님, 무슨 일 있어요? 저, 지금 감독님 집으로 가고 있어요. 길이 엇갈릴까 봐 문자 남겨요.」

연수는 강우 걱정에 도저히 안 되겠어서 택시를 잡아 그의 집으로 향했다. 현관에서 초인종을 눌렀다.

차라라라랑, 차라라라랑······.

십여 번이나 눌렀지만 안에서는 인기척이 없었다.

'없나? 그럼 어떻게 된 거지?'

연수는 코트 주머니에서 휴대전화를 확인했다. 강우에게서는 여전히 문자 한 통도, 전화 한 통도 없었다.

'어떻게 해야 하나? 경비 아저씨에게라도 물어볼까?'

연수가 돌아서 엘리베이터 쪽으로 향하는데 뒤에서 철컥거리는 소리가 났다. 돌아보니 강우가 머리에 까치집을 지은 채 갓 태어난 강아지처럼 눈도 못 뜨고 있었다. 걱정이 태산 같았던 연수는 강우를 보자 마음이 놓이면서도 화가 터져 나왔다.

"감독님! 어떻게 된 거예요?"

연수는 목소리가 조금 뾰족하게 나왔다. 강우는 끔벅끔벅 눈꺼풀을 깜박이며 겨우 눈을 뜨더니 "지금 몇 신데?" 하고 물었다. 잠에 취해 목소리도 낮게 잠겨 있었다.

"3시요."

"아! 맙소사······. 일단 들어와."

강우는 믿기지 않은 표정을 짓고는 문을 더 열어 연수가 들어오도록 비켜섰다. 그가 문을 닫고 거실의 시계를 보았다. 3시 5분.

정말로 어처구니없게도 3시가 넘어 있었다.

"미안…… 많이 기다렸겠군. 조금만 기다려. 얼른 옷 갈아입고 나올게."

강우는 콜록 잔기침을 하며 안방으로 들어갔다. 연수는 강우를 따라갔다.

"감기 걸린 거예요?"

화가 풀리진 않았지만 얼굴도 꺼칠하고 목소리도 걸걸한 걸 보니 연수는 마냥 화를 낼 수가 없었다.

"응. 그런 것 같아. 생각보다 원고 정리가 더뎌서 밤새 원고를 보고 났더니 아침에 감기 기운이 좀 있더라고. 전에 먹다 남은 약이 있기에 그거 먹고 잠깐 눈 좀 붙였는데 그게 수면제가 됐나 봐."

강우가 옷장에서 셔츠를 고르며 말했다.

"걱정 많이 했지? 미안해. 얼른 나가서 지금부터 네가 원하는 거 다 하자."

"그냥 둬요."

강우가 셔츠를 골라 꺼내자 연수는 강우의 손길을 막았다.

"밖에 추워요. 감기 걸려놓고는 어딜 가려고요?"

"괜찮아."

"됐네요! 감독님 아프면 짜증지수 엄청 높아지거든요? 저 그거 감당 못해요."

연수는 농담처럼 내뱉으며 강우를 침대 쪽에 앉혔다.

"식사는요?"

"생각 없어."

"생각 없어도 드세요. 나도 아직 식전이에요."

연수는 부엌으로 가서 냉장고를 뒤져 간단하게 밥을 차렸다. 다행히 밥솥에 밥이 좀 남아 있었다. 밥 한 그릇을 강우용으로 푸고 남은 밥을 박박 긁어 밥그릇에 담아 내왔다.

"태권브이, 그거 먹고 되겠어? 좀 더 먹어."

강우가 식탁에 앉아 연수의 그릇을 보고는 제 그릇에서 밥을 푹 떠 연수 그릇에 얹었다.

"아니에요. 감독님이 더 드세요. 먹고 감기 싹 나아야죠."

연수는 밥을 도로 강우 그릇에 올려놓았다. 두 사람은 밥을 주거니 받거니 실랑이를 하다가 사이좋게 딱 절반씩 나누어 먹기로 합의 보았다. 강우는 밥을 먹고 나서는 몹시 졸려 하며 연신 하품을 했다. 보다 못한 연수는 강우를 침대로 떠밀었다. 강우는 곧 아기처럼 쌔근쌔근 잠들어 버렸다.

"어휴, 자란다고 정말 자냐?"

연수는 이불 속에 폭 감겨 잠든 강우를 보고는 얄미워 중얼거렸다. 잔뜩 기대했던 첫 크리스마스가 이렇듯 허무하게 지고 있었다.

"에휴, 내가 누굴 탓하겠어? 착한 여자 콤플렉스에 걸린 내가 죽일 년이지……."

연수는 투덜투덜거리고는 강우 얼굴을 빤히 구경했다.

"헤헷, 잘생겼다."

그새 연수의 입술이 헤벌쭉 벌어졌다. 하얀 도자기 같은 얼굴하며 짙은 눈썹, 경주가 준 바비 눈썹처럼 풍성한 속눈썹, 오똑한 코, 도톰하고 강인한 입술……. 연수는 강우의 입술에 도둑 키스를 하고는 괜히 혼자서 부끄러워 열심히 손 부채질을 했다.

2013년이 가고 새해가 밝았다. 송년회니 뭐니 연말 모임이 잦던 12월보다 왠지 1월이 더 빨리 가는 것 같았다. 바쁘기도 바빴지만 백 일을 기다리는 연수의 마음 때문일까?

2월 23일은 강우와 연수가 비밀 연애를 시작한 지 드디어 백 일째가 되는 날이다. 연수는 책상 달력에 핑크 하트를 그려놓고 어서 23일이 오기만을 기다렸다.

드디어 100일째 아침이 밝았다. 연수는 하루 종일 싱숭생숭 일이 손에 잡히지 않았다. 백 일 선물로 커플링을 준비했다. 강우 성격에 낯간지럽게 커플 반지 같은 걸 챙길 리 없으니 그녀가 알아서 준비한 것이다.

'감독님은 뭘 준비했을까? 후훗, 커플 티라도 맞추자고 할까?'

연수는 강우가 주는 거라면 아무짝에도 쓸모없는 돌멩이도 좋았다.

"이런 건 내가 준비했어야 하는데……. 사랑해, 연수!"

반지를 받고 조금은 쑥스러워하며 사랑한다고 말해주는 강우를 상상하자 연수는 꺄악 소리가 날 정도로 가슴이 두근거렸다. 소풍을 기다리는 초등학생처럼 그녀는 퇴근 후의 데이트를 손꼽아 기다렸다. 어느덧 오후 6시가 지나고 직원들도 하나둘 퇴근을 하기 시작했다.

'감독님은 언제 오시려나?'

4시에 배우를 만나러 나간 강우는 아직까지 소식이 없었다. 전화를 걸어볼까 하는데 마음이 통했는지 강우에게서 전화가 왔다. 연수는 반가움에 냉큼 전화를 받았다.

"여보세요?"

[응, 나야. 어디야?]

"사무실요. 감독님 언제 오세요?"

[아, 난 이미화 씨랑 저녁 먹을 거야. 얼른 퇴근해. 잘 들어가고 나중에 전화할게.]

"네? 여보세요?"

연수는 끊긴 전화기를 보며 믿기지 않는 표정을 지었다.

'설마…… 오늘 백 일인 거 모르나?'

백 일이라고 미리 특별히 데이트 약속을 하지는 않았다. 서로 스케줄을 잘 알기에 약속이 없는 날은 함께 퇴근하면서 자연스럽게 데이트로 이어졌기 때문이다. 그래서 오늘도 당연히 끝나면 데이트를 할 거라고 생각했다.

연수는 다시 강우에게 전화를 걸었지만 그는 받지 않았다. 그리고 나중에 전화한다던 강우는 그날 전화를 걸어오지 않았다.

울리지 않는 전화를 바라보며 뜬눈으로 밤을 지새우다시피 한 연수는 퉁퉁 부은 눈으로 출근했다. 아침에 다른 직원들이 있는 자리에서 잠깐 시선이 마주쳤을 때 아무 일 없는 천연덕스러운 강우의 얼굴을 보니 연수는 '천하의 최강우에게 뭘 기대했나' 싶으면서도 왠지 서러움이 북받쳤다.

"무슨 기분 나쁜 일 있어?"

연수가 올린 보고서를 보며 강우가 흘끔 그녀를 보았다.

"아닙니다."

연수는 뚱한 표정을 지은 채 대답했다. 하지만 얼굴에는 '나, 화났어요'라고 크게 쓰여 있었다.

"어제 전화 안 해서 그래? 뭘 그런 걸로 삐치고 그래?"

강우가 장난스럽게 말하자 연수는 꾹꾹 눌러놓았던 화가 치밀어 올랐다. 마음 같아선 강우에게 섭섭한 점을 조목조목 따지고 싶었다. 그러나 어린애 같은 투정이라고 여길까 봐 목구멍까지 올라왔던 말을 꿀꺽 삼켰다. 감정적으로 질척이는 걸 질색하는 강우이기에 연수는 두려웠다. 그가 보일 반응이…….

"삐친 거 아니에요."

연수는 그저 새침하게 쏘곤 나가 버렸다.

"삐친 거 맞구만."

찬바람을 쌩쌩 불며 연수가 나가자 강우가 중얼거렸다. 하여튼 여자들은 피곤한 종족이다. 그깟 굿나잇 전화 한 번 안 했다고 삐치다니……. 사실 '용건만 간단히'가 모토인 강우는 전화기에 대고 10분 이상 통화하는 건 고문이었다. 게다가 매일 얼굴 보는 처

지에 서로의 하루하루에 대해 빠삭하게 알고 있어서 '밥 먹었
냐?', '잘 자라' 외에는 딱히 할 말도 없었다.

'어휴, 이따 풀어줘야겠군.'

어제 이미화에게 잡혀 몇몇 영화 관계자들과 밤늦게까지 술을
마신 강우는 오후쯤 되자 심한 피로를 느꼈다. 잠깐 찬바람 좀 쐴
까 싶어 강우는 옥상으로 올라갔다. 이 건물 옥상에는 조그마한
카페가 마련돼 있었다. 건물주가 운영하는 카페인데 커피 향도 좋
고 창밖으로 보는 전망도 좋아서 강우는 물론 백야 직원들이 자주
애용하고 있었다.

강우가 카페 안으로 들어가자 한쪽 구석에 낯익은 모습이 눈에
띄었다. 연수가 카운터와 등을 지고 창가 자리에 앉아 통화 삼매
경에 빠져 있었다. 강우는 주위를 둘러보고 백야의 직원들이 없는
걸 확인하고는 연수에게 다가갔다. 운 좋게 단둘이 있게 되었으니
달래줄 심산이었다.

"경주야…… 연애 왜 이렇게 힘드니? ……너무 피곤해. 마치 나
만 그 사람을 좋아하고 있는 것 같은 기분이야. 그래서 화가 나도
화를 낼 수 없어. 힘들어도 힘든 내색을 할 수 없어."

강우는 연수의 어깨를 짚으려다 멈칫 멈추어 섰다.

"……마치 피에로 가면을 쓰고 있는 느낌이야."

연수는 그 말을 하면서 잠시 동안 말이 없었다. 그녀의 어깨가
가느다랗게 떨리고 있었다. 강우의 안색이 딱딱하게 굳어졌다. 그
저 잠깐 삐친 줄로만 알았었는데 연수는 잔뜩 상처 입고 있었다.
그리고 멍청하게도 강우는 그녀가 상처 입은 줄도 몰랐다. 강우

는 흐느끼는 연수를 내려다보다가 조심스럽게 카페를 나왔다.

"젠장!"

카페 밖 파란 하늘이 유난히도 시렸다.

"미안……."

연수는 눈물을 훔치며 전화기에 대고 말했다.

[바보. 뭐가 미안해? 친구는 이럴 때 쓰라고 있는 거야.]

수화기 너머로 경주가 호쾌하게 말했다.

[남자들 기념일 챙기는 거 젬병인 사람 많아. 히드라가 그런 유형이면 네가 가르치면서 연애하면 돼. 히드라, 그렇게 꽉 막힌 남잔 아니잖아. 근데 연수 너, 왜 자꾸 참기만 하는 거야? 일 열심히 하는 거 좋다 이거야. 하지만 일에 빠져서 약속 번번이 어기는 거 서운하다고 말해. 당신이 백 일 전혀 기억하지 못해서 화나고 속상하다 말해. 서운할 때는 서운하다, 화날 때는 화난다 말해야지 그거 가슴에 담아둬서 혼자 삼키면 히드라 절대 몰라. 연인 사이에 눈빛만 봐도 통하는 거? 그거 영화 속에서나 보는 환상이야. 입으로 말해줘도 못 알아듣는 남자 천진데 말도 안 하고 상대가 알아주길 바라면 그거 욕심인 거야.]

경주는 위로를 하면서도 따끔하게 연수의 잘못을 야단쳤다.

"네 말이 맞아. 근데도 그 사람 앞에 서면 자꾸 내가 작아져. 그래서 입이 안 떨어져. 서운하다, 나 좀 봐달라 하면 귀찮아할 것 같아서…… 그 사람이 싫어할 것 같아서……. 아니, 이건 변명일지도 몰라. 사실은 히드라 맘을 모르겠어서 자신이 없어. 날 좋아하는 것 같다가도 진짤까 아닐까 헷갈릴 때가 너무 많아. 연인 사이면 회사 동료보다는 더 많이 알아야 할 텐데 사귀고 나서도 내가 아는 건 3년 동안 알았던 그 모습이 전부니까. 그 사람은 절대 속엣 얘길 하지 않아. 때로는 우리 사이에 벽이 있는 것 같아. 그럴 땐 문득 무서워져."

[네가 히드라를 좋아하는 마음이 너무 큰 게 문제야. 그렇게 따지면 너도 진짜 속마음은 얘기하지 않고 있는 셈이야. 네가 느끼는 감정, 불안…… 전혀 말하지 않고 있으니까 말이야. 솔직해져, 너 자신에게도…… 히드라에게도…….]

"응, 알았어. 고마워."

연수는 경주의 조언을 맘속에 새겼다. 하지만 언제나 실천은 어려운 법이다. 그게 쉬웠다면 애초에 고민 따위 하지 않았을 테니까.

강우는 충격이 컸다. 꿈에도 몰랐었다. 연수가 그런 생각을 하고 있을 줄은. 스타트부터 달랐기에 지난 연애들과는 달리 나름 신경도 많이 썼다. 매일 꼬박꼬박 통화하는 거, 시시때때로 무얼 하고 있는지 챙기고 연락하는 거…… 그에게는 버거운 짐이었지만 기꺼이 그 짐을 졌다. 하지만 관계 맺기에 서툰 본성이 결국 화를 부른 걸까?

강우는 자신이 연수를 상처 주었다는 사실이, 게다가 그 사실조차 인지하지 못하고 있었다는 사실에 가슴이 무거웠다.

순간, 자신이 없어졌다.

'외골수인 내가 널 행복하게 해줄 수 있을까? 한 번 뭔가에 골몰하면 세상 모든 것을 잊어버리는 이 빌어먹을 성격을 가진 내가? 이렇게 속으로 울고 있는 것도 몰랐는데?'

"내게 하고 싶은 말 없어? 다 들어줄 테니까 말해봐."

저녁을 먹으며 강우가 넌지시 연수에게 물었다.

'보여줘요. 당신을……. 진짜 당신 마음을…….'

연수는 잠시 머뭇거리다가 곧 쾌활하게 "있어요. 우리 커플링 해요"라고 말했다. 강우는 낮게 한숨을 쉬었다.

'친구에게 털어놓았던 것처럼 왜 내게는 털어놓지 않는 거니? 내가 그렇게 신뢰를 주지 못했니?'

강우는 가슴에 서늘한 바람이 드는 것 같았다. 자신이 연수를 이렇게 만들어놓은 것 같아 자책감에 괴로웠다.

"커플링?"

"네."

연수는 가방에서 반지가 든 상자를 꺼냈다. 케이스를 여니 심플한 디자인의 커플 반지가 나란히 들어 있었다.

"디자인이 맘에 안 들면 바꾸러 오랬어요. 어때요, 괜찮아요?"

강우는 주저하며 반지를 보았다. 연수를 혼자서 울게 만든 자신이 과연 이 반지를 낄 자격이 있는지 의심스러웠다. 연수는 강우가 반지를 보며 곤혹스러운 표정을 짓자 낯빛을 흐렸다.

"아차, 우리 비밀 연애 중이지! 바보, 깜박했네! 커플링 같은 거할 수 없는데……. 신경 쓰지 마요. 이건 내일 반품할게요."

연수는 실망한 기색을 애써 숨기며 케이스 뚜껑을 닫고 도로 가방에 넣으려고 했다. 그러자 강우가 낚아채듯 반지 케이스를 빼앗았다.

"회사에선 할 수 없지만 둘이 있을 땐 낄 수 있잖아. 이렇게 예쁜 걸 아깝게 왜 반품해? 자, 손 내봐. 끼워줄게."

강우가 여자용 반지를 꺼냈다. 그가 손을 가져가 반지를 끼우는 걸 지켜보며 연수는 지옥에서 천국으로 가까스로 건져 올려진 것 같았다. 강우는 연수에게 반지를 끼워주고 제 손에도 반지를 끼웠다. 그러곤 그녀의 손과 나란히 그의 손을 펼쳐 보였다. 각자의 약지에 끼워진 반지가 한 짝으로 잘 어울렸다.

"예뻐요."

연수는 감정의 롤러코스터를 탄 탓에 목소리가 떨려 나왔다.

"그렇군. 잘 어울려. ……근데 정말 나한테 할 말 없어?"

강우는 연수의 얼굴을 넌지시 살피며 다시 한 번 물었다. 연수는 잠시 생각하는 척 시간을 두었다.

"음…… 그럼 우리, 오늘부터 회사 밖에서는 이 반지 꼭 하고 다니는 거예요!"

연수가 활기차게 말했다.

"……그래, 태권브이."

강우가 쓸쓸하게 대답했다.

"와, 영화제 못지않게 화려한데요?"

연수는 호텔 연회장에 들어서며 감탄했다. 두 사람은 SB엔터테인먼트에서 주관하는 행사에 참석하고 있는 중이었다. 주최사가 국내 최대 영화 투자사이다 보니 스크린에서나 보던 유명 영화배우들, 모델들, 신문 잡지에 자주 오르내리는 감독들 등 초대객들이 아주 호화로웠다.

"이쪽으로 오세요. 자리로 안내해 드리겠습니다."

연두색 유니폼을 입은 도우미 아가씨가 강우가 내민 초대장을 확인하고는 두 사람을 연회장 한가운데 있는 테이블로 안내했다. 연수는 기분 좋게 따라나섰다가 테이블에 앉아 있는 한 여자를 보고 멈칫했다.

이화정이었다. 재작년에 강우와 사귀었던……. 강우는 아마 연수가 둘 사이를 알고 있는 걸 모를 것이다. 지난 3년 동안 지켜본 강우의 연애는 대부분 3개월을 넘기지 못했다. 일에 빠지면 연락은 함흥차사, 그렇다고 살갑게 여자를 어르고 달래는 성격도 아닌 탓에 사귀는가 싶으면 금세 여자들은 떨어져 나갔다. 그러나 이화정은 달랐다. 연수가 보기에도 그때는 강우도 나름 공을 꽤 들였고 사귄 기간도 연수의 기억에 의하면 6개월 정도로 길었다.

"어머, 강우 씨!"

이화정은 예쁜 얼굴에 놀란 표정을 가득 드러냈다.

"아, 오랜만이야."

강우는 화정의 옆에 앉아 있는 남자를 보고는 연수의 어깨 위에 올려져 있던 손을 거두며 대답했다. 연수는 강우가 멈칫거리며 손을 거둔 게 신경 쓰여 그를 슬쩍 올려다보았다. 하지만 포커페이스에 능한 강우는 그 속내를 가늠할 수 없는 표정이었다.

"여, 최강우. 잘 지냈어? 요즘은 얼굴 보기 힘들어? 〈오아시스〉가 망한 후에 꽤나 야심작을 준비하고 있나 보지?"

의자 쪽에 등을 깊숙이 묻고 오만하게 앉은 남자가 건들건들한 어조로 말했다. 강우가 힐끗 그 남자를 차갑게 보았다.

"재성, 너야말로 이런 곳에 얼굴 비치기에는 너무 한가한 거 아냐? 요새 성진유통 주가, 아주 확실히 말아드시고 있는 것 같은데……"

강우의 말에 재성의 얼굴이 종이 구겨지듯 일그러졌다. 두 남자의 이글거리는 눈싸움에 연수는 옆에서 보기가 조마조마했다. 연수가 강우의 팔을 살짝 잡아당겼다.

"감독님……"

그제야 강우는 시선을 거두고 마지못해서 자리에 앉았다. 연수도 강우의 옆에 따라 앉았다.

"이분은?"

화정이 묻자 재성도 호기심을 보이며 연수에게 시선을 던졌다.

"회사 직원이야."

강우가 딱딱하게 대답했다.

'회사 직원?'

주스 통을 집어 컵에 따르던 연수는 마음이 좋지 않았다. 공적인 자리긴 하지만 회사도 아닌데 굳이 애인 사이라는 걸 숨길 필요가 있나 싶었다.

'왜 얘기하지 않는 거지? 설마 옛 여자친구 앞이라서?'

연수는 손이 바들바들 떨리는 걸 감추려고 허둥거리다가 그만 컵을 쓰러뜨리고 말았다.

"이런!"

컵이 쓰러지며 주스가 강우의 바지 자락에 쏟아졌다.

"어머, 죄송해요!"

연수가 어쩔 줄 몰라 하며 냅킨을 집어 닦으려고 했다.

"괜찮아. 많이 젖지 않았어. 잠깐 화장실에 다녀오지."

강우는 자리에서 일어나 연회장을 빠져나갔다.

"제길!"

거울 앞에서 강우는 참았던 욕설을 지껄였다. 하필이면 이런 곳에서 재성을 만나다니……. 사람을 좀처럼 싫어하지 않는 강우가 미운 인간을 한 명 꼽는다면 그건 재성이었다. 재성과 강우는 한때 가족으로 엮였었다.

재성의 아버지와 강우의 어머니가 재혼을 한 까닭에 재성과 5년 동안 한집에 산 적이 있었다. 그때가 재성과 강우가 한창 사춘기이던 시절이었기에 그다지 좋은 인연은 되지 못했다. 재성은 부모의 이혼을 새어머니에게서 찾았고, 그런 까닭에 아버지에게 한창 반항을 했다. 그럴 때마다 재성의 아버지는 뭐든지 잘하는 강우를 빗대 아들을 야단쳤다. 그 때문에 재성은 안 그래도 미운 강우를 지독히도 미워했었다.

그 미움이 얼마만큼 깊었는지 재성은 강우가 가지는 건 반드시 빼앗아야 직성이 풀렸다. 한집에서 가족으로 살았을 땐 아버지가 강우에게 주는 모든 물건을 빼앗았고, 부모가 이혼한 후에도 때때로 강우 앞에 나타나 그의 일을 훼방 놓았다. 가장 최근엔 이화정을 전리품으로 손에 넣었다.

재성이 정말 이화정을 맘에 들어서 꼬셨는지는 모르겠지만 강우는 그 녀석이 자신에게서 그 여자를 낚아채는 데에 꽤 큰 희열을 느꼈을 거라는 건 확신했다.

강우는 비누를 묻혀 주스 자국을 지웠다. 빨리 자리로 돌아가야 한다는 조바심에 그의 손길이 바빴다. 재성이 연수에게 호기심의 눈길을 던지던 게 강우의 심기를 불편하게 했다. 주스 얼룩이 다 빠지자 강우는 물로 비눗기를 닦아냈다. 문득 약지에 낀 커플링이 그의 눈에 들어왔다.

잠시 물끄러미 보던 강우는 손에서 반지를 빼내 주머니에 넣었다. 손에 넣은 전리품과 지금껏 잘 사귀고 있는 걸 보면 재성이 이제는 철이 좀 든 것 같지만, 그래도 녀석의 비뚤어진 질투심을 자극하고 싶지 않았다.

연수와 사귄다는 걸 알면 또 그 이상한 소유욕이 발동할지도 모른다. 꼬신다고 해서 그놈에게 넘어갈 연수가 아니지만 재성이 연수 옆에 깔짝대는 꼴을 보고 싶지 않았다.

강우가 화장실을 나가자 이화정이 그를 기다리고 있었다. 강우는 그녀를 무시하고 스쳐 지나갔다.

"강우 씨!"

화정이 강우를 불렀다. 강우는 뒤돌아 시큰둥한 시선을 보냈다.

"왜 그러지?"

"저기, 잠깐 얘기 좀 해요."

"나는 할 말 없는데? 재성이 우리가 한때 사귄 사이였다는 걸 알까 봐 걱정이라면 쓸데없는 걱정이라고 말해줄게. 그 녀석은 이미 알고 있을 테니까."

"아니, 나는 그냥 당신을 이렇게라도 다시 본 게 반가워서…….
우리…… 헤어질 때 제대로 얘기도 못했고…….."

화정은 자신도 무슨 말을 해야 할지 모르겠는 듯 어쩔 줄 몰라했다.

"이미 끝난 일이야. 나는 할 얘기 없어."

강우는 싸늘하게 얘기하고는 화정을 남겨두고 연회장 쪽으로 가버렸다. 화정은 야속한 눈길을 강우에게 던졌다. 그는 여전히 차가웠다, 그때나 지금이나.

"최 감독이 이런 자리에 데려올 정도면 꽤 아끼는 직원인가 보네요?"

재성이 넌지시 강우와의 관계를 캐물었다.

"이분은?"

"회사 직원이야."

연수는 강우의 말이 머릿속에 줄곧 맴돌았다. 비밀 연애를 약속했고 또 지금은 데이트가 아니라 회사 차원의 공적인 일이었기에 강우가 직원이라고 소개한 게 틀린 말은 아니었지만 하필이면 전 여자친구인 이화정 앞에서 그리 말한 것이 마음에 걸렸다.

"그런 건 아니에요. 히드라, 아니, 감독님께 만날 야단만 맞는 걸요."

연수는 연회장 입구 쪽을 힐끔거리며 대답했다. 강우가 나간 뒤 이화정이 화장을 고치겠다며 따라 나갔다. 그게 아무래도 신경이 쓰였다.

"히드라?"

"아! 직원들이 부르는 감독님 별명이에요. 그리스 신화에 나오는……."

"머리 아홉 달린 괴물? 하하, 강우 그 자식에게 썩 어울리는군."

재성은 '히드라'라는 별명이 꽤 마음에 드는지 호탕하게 웃었다.

"그런데 감독님과는 어떤……."

연수가 조심스럽게 물었다.

"궁금해할 것 없어. 그다지 좋은 인연이 아니니까."

어느새 다가왔는지 연수의 뒤에서 강우가 말했다.

"이거 섭섭한데? 그래도 한때는 한집에 살았는데, 그렇게 말하다니……."

재성이 능글맞게 웃으며 대꾸했다. 강우는 말할 가치도 없다는 듯 무시하고는 자리에 앉았다.

"괜찮아요? 얼룩은……."

"신경 쓰지 마, 지웠으니까."

연수가 느끼기에 왠지 강우의 어조는 퉁명스러웠다. 잠시 후,

화정이 테이블로 다가왔다. 이화정은 자리에 앉으려다가 하이힐이 카펫에 걸려 넘어질 뻔했다. 강우가 재빠르게 손을 뻗어 그녀의 팔을 붙들어주었다.

"고마워요."

화정이 강우에게 어색하게 미소 지었다. 강우는 무표정하게 고개를 끄덕이고는 손을 뗐다. 그러나 그 순간, 연수는 보았다. 화정을 붙잡아주던 강우의 손에 반지가 없는 것을. 연수는 제 몸에서 피가 싹 사라지는 것 같았다. 가슴이 서늘했다.

강우는 회사에서는 끼지 않지만 퇴근하고는 꼭 반지를 꼈다. 오늘도 나오면서 재킷 주머니에서 반지를 꺼내 약지에 끼었던 것이다. 그런데 지금은 끼고 있지 않다.

'둘이서 무슨 얘길 하고 온 걸까? 왜 반지를 뺀 거지?'

연단에서 코미디언이 사회를 보며 재치 있는 농담을 했지만 연수는 하나도 귀에 들어오지 않았다.

사회자의 말에 이화정이 가지런한 이를 드러내며 매력적인 웃음을 지었다. 강우도 입매를 살짝 올리며 연단 쪽을 주시하고 있었다.

'이렇게 예쁜 사람과 히드라는 왜 헤어진 걸까?'

강우와 사귀면서 마음속 깊은 곳에 차곡차곡 쌓아두었던 일들이 새삼 가슴을 콕콕 찔렀다. 연인이 되어 처음으로 맞는 크리스마스이브에 연수가 아니라 일을 선택했던 그. "자고 갈래요?"라는 제안에 부드럽게 돌려 거절했던 것. 사귄 지 백 일이 되었는지도 모르고 배우와 저녁을 먹은 일. 그리고 그 사이사이…… 말하기엔 치사하지만 마음으론 서운한, 손에 꼽지 못할 만큼 수많은 일들.

"아무리 사랑해도 자기 자신을 바꿀 수는 없는 거야. 상대를 위해 내가 변하려는 것도 한계가 있는 법이지. 어떤 면에서는 두 사람이 현명해. 아니, 좀 더 빨리 결정했으면 이렇게까지 서로 상처를 입지 않았을지도……."

'히드라는 과연 날 사랑하긴 하는 걸까?'

사귀면서부터 때때로 들었던 의문.

여자는 사랑하면서부터 남자의 사랑을 확인하려 하고, 남자는 여자가 사랑을 확인하려는 순간 사랑이 식는다고들 말하지만, 과연 강우는 식을 사랑조차 있는 것일까.

연수는 테이블 아래에 놓인 강우 손에 시선을 내려뜨렸다. 아무것도 끼어 있지 않는 텅 빈 약지. 그리고 여자인 자신이 보아도 눈부시게 아름다운 그의 옛 여자친구.

저릿저릿, 심장에 구멍이 뚫린 듯 가슴이 아팠다.

연수는 제 약지에 홀로 끼워져 있는 반지를 쓸쓸하게 내려다보았다. 그러고 보니 사귀는 동안 강우는 한 번도 "사랑한다"고 말한 적이 없었다.

'훗! 나도 3개월의 저주에 걸린 건가?'

강우를 짝사랑하고 있을 때만 해도 연수는 그의 여자친구들을 이해할 수 없었다. 그와 사귈 수만 있다면…… 그의 마음 한쪽을 차지할 수만 있다면…… 그가 아무리 일에 빠져도 얼마든지 옆에

서 기다릴 수 있다고 자신했었다. 그러나 그게 주제 모르는 오만
이었다는 걸 비로소 깨달았다. 강우가 앞만 보고 있어서 자신은
그의 뒷모습밖에 볼 수 없다는 사실이, 얼마나 마음 시린 일인지
이제야 알았다.

연수는 약지에 낀 반지를 슬그머니 빼 가방에 넣었다. 눈물이
나올 것 같아 고개를 수그리고 입술을 꾹 깨물었다.

SB엔터테인먼트 사장이 해외 투자 시장과 한국 영화의 미래에
대한 간략한 발표를 하는 것을 끝으로 본 행사가 마무리되었다.

사회자는 SB의 사장에게서 마이크를 이어받아 "잠시 휴식 후
뒤풀이 형식으로 간단한 파티가 있을 예정이니 모두 즐겁게 즐겨
주세요"라고 당부했다. 연수는 도저히 뒤풀이 때까지 있을 자신이
없었다.

내로라하는 영화 관계자들 및 투자자들이 모두 모인 자리이기
에 인맥을 쌓으라는 강우의 배려도 지금은 원망스럽기만 했다. 이
곳에 오지 않았다면 어렴풋하게 느꼈던 강우의 진심을 계속 모른
척할 수 있었을 테니까.

"괜찮아? 안색이 안 좋군."

강우가 걱정스럽게 물었다.

"저, 이만 가보겠습니다."

연수는 강우의 얼굴은 쳐다보지도 않고 중얼거리고는 입구 쪽

으로 서둘러 종종걸음을 쳤다.

"무슨 일이야?"

강우가 뒤따라 나왔다. 그러나 연수는 대꾸를 하지 않았다. 그저 연회장을 가로질러 서둘러 행사장을 빠져나왔다. 로비로 나오자 강우가 연수의 손목을 붙잡았다.

"갑자기 왜 그래?"

"놔요!"

연수는 잡힌 손을 빼려고 격렬하게 팔을 흔들었다.

"이연수! 왜 그러냐니까?"

강우가 소리쳤다.

"왜 그러냐고? 몰라서 물어요!"

강우가 미웠다. 사람 마음 후벼 파놓고 아무것도 모른 척하는 그가 연수는 너무 미웠다.

"놔요! 놔!"

연수는 몸부림치며 강우의 손을 떼어내려고 애썼다.

"아니, 못 놔!"

"사람들이 쳐다보잖아요!"

"쳐다보라고 그래!"

연수는 화가 났다. 제 마음을 뒤집을 대로 뒤집어놓고 이렇게 가지도 못하게 하는 게 야속했다.

붙잡지도 않을 거면서.

3개월 만에 끝나 버렸던 그전의 연애들처럼 사실은 붙잡지……
않을 거면서.

아니, 당신…… 붙잡아줄 건가요? 사랑하지는 않아도 당신 곁에 계속 둘 만큼 날 좋아하고는 있는가요? 그럼 나, 당신 옆에 있을 수 있는데…… 그만큼만이라도 날 좋아해 준다면……. 나, 꼭 붙잡아줄 건가요?

"우리…… 헤어져요."

연수가 충동적으로 툭 말했다. 말해놓고 스스로도 놀라 눈을 동그랗게 떴다.

"무슨…… 소리야?"

강우가 험악한 표정을 지으며 되물었다.

"못…… 들었어요? 우리, 헤어져요."

'아니에요, 히드라! 나…… 붙잡아줘요.'

"정말…… 이야?"

"그…… 래요."

'아니요!'

강우는 얼굴을 일그러뜨리면서 잠시 동안 말이 없었다. 연수의 손을 꽉 잡은 그의 손이 부들부들 떨렸다.

"경주야…… 연애 왜 이렇게 힘드니? ……너무 피곤해. 마치 나만 그 사람을 좋아하고 있는 것 같은 기분이야. 그래서 화가 나도 화를 낼 수 없어. 힘들어도 힘든 내색을 할 수 없어. ……마치 피에로 가면을 쓰고 있는 느낌이야."

강우는 얼마 전 울면서 친구에게 전화하던 연수의 뒷모습을 떠올렸다. 그의 가슴에 무거운 돌멩이로 가라앉았던, 흐느끼는 그녀의 어깨…….

"……성향이 달라도 사랑은 할 수 있어요. 하지만 그 사랑이 족쇄가 되어 서로가 서로를 구속할 때, 상대가 나 때문에 자신의 본모습이 아닌 가면을 쓰게 될 때…… 그때는 멈춰주는 게 서로를 진정 사랑하는 거란 걸…… 10년이 지나서야 겨우 알았어요."

바람결처럼 강민경이 했던 얘기도 들려왔다.

"정말…… 이야? 후회, 안 할 자신 있어?"

강우는 딱딱한 얼굴로 물었다. 연수는 하얗게 질렸다. 심장이 얼음덩어리가 되어 산산조각이 나는 것 같았다.

'당신…… 나…… 안 붙잡아요?'

"네가…… 원한다면…… 그러지."

강우는 이를 악물고 낮은 소리로 말했다. 그러곤 연수를 잡았던 손을 놓았다.

"혼자 갈 수 있지? 이 기분에 널 바래다줄 수는 없을 것 같군."

강우는 나직이 웅얼거리고는 가버렸다. 연수는 저벅저벅 걸어가는 강우의 무정한 뒷모습을 보며 다리를 후들후들 떨었다. 그가 정문 너머로 사라지자 그녀는 그동안 꾹 눌러 참았던 울음을 터뜨렸다.

'맙소사, 나…… 무슨 짓을 한 거지!'

14. 니는 사랑한다는 말 많이 하고 살그라

사귀는 건 그렇게 어렵더니 이별은 참 쉽다. 연수는 강우와 사귀었던 지난 3개월이 거짓말 같았다.

"바보! 연애의 불문율이 뭔지 알아? 정말 헤어지고 싶은 게 아니라면 절대 헤어지자는 말을 하지 않는 거야. 가서 실수였다고 그래. 화가 나서, 나는 당신 너무 좋아하는데 당신은 나만큼은 아닌 것 같아서…… 그래서 그랬다고 말해. 왜 반지는 뺐는지…… 그 여자랑 무슨 애기 했는지 따지란 말이야!"

경주가 답답해하며 조언했지만 연수는 씁쓸히 미소를 지을 뿐이었다.

너무 서툴렀다. 첫 연애여서, 그를 좋아하는 마음이 너무 커서 충동적으로 '이별'을 언급하고 말았다. 하지만 강우의 반응은 실수였노라고 되돌리기엔 너무도 차가웠다. 단칼에 알았다고 가버리는 그의 뒷모습이 연수의 가슴에 서늘하게 남아 있었다.

연수는 무서웠다.

'그건 실수였어요. 미안해요. 앞으론 다시는 그런 말 안 할게요.'

이렇게 말한다면 히드라는 그녀를 받아들여 줄까? 아니, 그렇게 가버렸는데 그럴 리 없지.

표면적으로는 지난주와 다름없는 날들이 흘렀다.

삐— 삐—

연수의 내선 전화에 빨간불이 들어왔다. 사장실을 가리키는 버튼에 빨간 불이 깜박깜박거렸다.

두근.

강우가 전화를 걸었다는 것만으로도 연수는 심장이 덜컹 내려앉으며 아팠다.

"안 받아요?"

연수가 물끄러미 전화기를 바라보기만 하자 옆에 앉은 태주가 물었다.

"으응…… 받아야지."

연수는 수화기를 들고서 "네, 감독님" 하고 말했다. 목소리가 떨리지 않아서 다행이었다.

[김성준 씨, 중국에서 돌아왔나?]

"네, 어제 돌아와서 통화했어요. 미팅은 다음 주 수요일로 잡아 놨어요."

[음, 알았어. 수고해요.]

강우의 목소리는 예전과 다름이 없었다. 사귀기 전의 히드라. 지극히 공적이고 사무적인 말투. 마치 연수에게 헤어지기로 한 이상 사적인 감정을 회사로 끌고 오지 말라고 경고하는 것 같았다.

'젠장!'

강우는 수화기를 내려놓고 제 머리칼을 짜증스럽게 흩트렸다.

얘기할 게 겨우 이거밖에 없는 거냐, 최강우?

그 일이 있고부터 며칠이 지났다. 두 사람은 마치 그 일이 없었다는 듯이, 아니, 그간의 연애는 없었다는 듯이 서로 행동하고 있었다.

사무실에서 얼굴을 마주치면 보통 때처럼 인사를 하고 일 얘기를 한다. 하지만 가면 속에 숨겨진 진심은 지독한 아픔…….

'이연수, 고작 이거였나? 네 사랑은? 이렇게 도망갈 거면 왜 내게 손을 내민 거지?'

강우는 연수를 붙잡고 흔들며 소리치고 싶었다. 하지만 그럴 수 없었다. 그는 연수의 입으로 직접 듣는 게 무서웠다.

'나, 당신 사랑하는 거 이제 힘들어……. 너무 아파서 그만둘래…….'

붙잡고 싶지만 강우는 그게 제 욕심만 채우는 것이 될까 봐 두려웠다. 그녀를 억지로 붙잡아두었다가 자신은 까맣게 모른 채 연수 혼자 또 아프게 될까 봐 그것이 두려웠다.

'이연수, 나 어떻게 해야 되는 거니?'

강우가 수화기를 내려다보고 중얼거렸다. 손만 뻗으면 닿는 거리에 있는데도 연수는 그에게서 너무 멀리 있었다.

그렇게 한 주가 또 흘렀다. 강우와 연수는 그 어느 때보다 일에 열심이었다. 둘 다 겉으로는 이별의 후유증도 없이 잘 지냈다.

그러던 어느 날, 순자 할머니에게서 전화가 왔다. 이삼 일에 한 번씩은 꼭 할머니에게 전화하던 연수가 지난 두 주 동안은 바쁘다는 핑계를 대고 연락을 게을리했었다. 다정한 할머니 목소리를 들으면 울음이 터질 것 같아서…….

"응, 할머니."

연수가 통화 버튼을 누르며 말했다.

"미안…… 전화 많이 기다렸죠? 일이 정신없이 몰아쳐서…….."

연수는 할머니가 나무란 것도 아닌데 꾸역꾸역 변명을 했다.

[연수야…….]

할머니의 목소리는 젖어 있었다. 수화기 너머로 할머니가 울음을 억지로 삼키는 소리가 들렸다.

"할머니…… 울어? 무슨 일이에요, 응?"

연수는 겁이 덜컥 났다. 아버지 장례식 때 이후로는 할머니의 눈물을 한 번도 본 적이 없었다.

[연수야…… 니그…… 할배가…….]

할머니는 또 끄윽, 끅, 울음을 삼켰다.

[……가부렀다. 내를 두고…… 어젯밤에 가부러쌌다!]

할아버지!

연수는 웃을 때 광대가 두드러지면서 보조개가 쏙 들어가는 할아버지의 얼굴을 떠올렸다. 연수의 눈가에 눈물이 그렁그렁 맺혔다.

평생을 남에게 싫은 소리 안 하고 선하게 살아오신 할아버지. 콩 한쪽도 이웃과 나누시면서 언제나 푸근한 미소를 지으셨다.

일제 강점기에 태어나 8 · 15 광복, 6 · 25 전쟁, 그리고 폐허 속에서 일어난 한강의 기적, IMF 등등 현대사를 고스란히 몸으로 살아내신 할아버지는 91세에 풍진 세상 소풍을 마치고 하늘로 돌아갔다.

"할머니……."

연수는 장례식장에 들어서서 할머니를 보자마자 참았던 울음보를 터뜨렸다.

"아이고, 내 새끼. 오니라 고생 많았다, 많았어!"

순자 할머니는 연수를 가슴에 꼭 끌어안고 눈물을 글썽였다. 연수는 할머니의 품 안에서 서럽게 울었다. 곁에서 이를 지켜보는 강우도 목구멍이 뜨겁도록 슬픔이 치밀어 올랐다. 하지만 강우는 그 뜨거움을 애써 삼키며 연수를 위로하듯 어깨를 토닥이고는 할머니의 손을 꼭 붙들었다.

"할아버지, 좋은 곳에 가셨을 겁니다. 그러니 너무 상심 마세요."

"그라재. 좋은 곳에 갔겄재. 우리 영감도 감독님이 이리 와줘서 아주 고마워할 꺼시여."

할머니는 강우의 두 손을 마주 잡고 웃음 지어 보였다. 그러곤 연수의 눈가에 그렁그렁한 눈물을 닦아주었다.

"울지 말아야. 울면 할아비가 니, 눈에 밟혀서 못 간당께."

연수는 할아버지 영정에 인사를 드리고 상복으로 갈아입었다. 할머니와 연수는 나란히 서서 하나둘 찾아오는 손님들을 맞았다. 친척들이 많지 않아 손님들은 조촐했다. 다행히 마을 어르신들이 차례차례 문상을 와 자리를 채워주었다. 마을 이장을 비롯한 어르신들은 수십 년 동안 쌓아온 할아버지와의 이런저런 추억을 나누며 고인을 회고했다.

그날 저녁, 종일 한술도 뜨지 않은 연수가 걱정되어 강우는 조문객이 뜸하자 연수를 상 앞에 앉혔다. 그러곤 밥과 국과 반찬들을 챙겨 왔다.

"먹어."

"생각 없어요."

연수는 빨간 토끼 눈으로 고개를 저었다.

"3일 동안 장례 잘 치르려면 몸이 건강해야지. 입맛 없어도 먹어."

강우는 연수의 손에 숟가락을 쥐여주었다. 그러나 연수는 고개를 저으며 숟가락을 내려놓았다. 그때 할머니가 다가와 숟가락을 들고는 연수 손에 도로 쥐여주었다.

"먹어. 니그 할아비가 너 이러는 거 알면 맴 아퍼서 안 돼야."

"할머니도 어서 드세요."

강우가 순자 할머니의 앞에 밥그릇을 놓아주며 말했다.

"그랴, 먹어야재. 먹고 기운 차려서 우리 영감 잘 보내 드려야재."

할머니는 밥을 퍽퍽 퍼서 꿀떡꿀떡 삼켰다. 연수도 할머니를 따라서 밥을 뜨기 시작했다.

한밤중, 조문객들도 거의 돌아가고 몇몇 사람들만이 도란도란 얘기를 나누며 객실 안을 지키고 있었다. 강우는 할머니의 어깨를 주물러 주었다. 종일 손님 맞으랴 음식 챙기랴 할머니의 어깨는 딱딱하게 굳어 있었다.

"아고, 아고, 시원타! 감독님, 황송해서 어쩐다요."

할머니는 매우 송구스러워하면서 연수의 손을 꼭 잡았다.

"호상인께 너무 슬퍼 말어. 동네 사람들도 죄다 호상이라고 느그 할아비처럼 자다가 편안히 가고 싶다고 말들 했잖어."

"알아요, 할머니."

"그래, 그래. 어젯밤에 말이다, 느그 할아비가 당신 가실 걸 미리 아셨는갑다. 갑자기 손톱깎이를 찾으시더니 당신 손톱, 발톱

정성스레 깎으시고 내 손톱, 발톱도 깎아줬당께……."

할머니는 어제 일을 회상하며 눈가가 촉촉이 젖었다. 미우나 고우나 72년을 함께 살아온 인생의 동반자를 잃은 할머니의 심정을 생각하니 연수는 가슴이 미어졌다. 몸의 반쪽이 송두리째 날아간 기분이리라.

'할머니, 오래오래 사세요. 제가 이제는 할아버지 대신 할머니의 반쪽이 되어드릴게요.'

연수는 제 손을 덮은 할머니의 손을 꼭 쥐고는 속으로 중얼거렸다.

3일장이 지나고 할아버지는 동네 뒷산 양지바른 곳에 모셔졌다. 아들과 며느리의 묘지가 있는 옆이었다.

"당분간 옆에서 보살펴 드리면서 서울로 올라오는 거 할머니랑 잘 상의해 봐. 회사 일은 걱정 말고. 할머니, 혼자 계시면 할아버지 빈자리 크게 느끼실 거야. 그러니까 되도록 옆에 꼭 붙어 있어."

강우는 이런저런 일들을 연수에게 당부했다.

"고마워요, 감독님."

"무슨 일 있으면 바로 연락해. 혼자서 끙끙 앓지 말고. 알았지?"

연수는 대답 대신 고개를 끄덕였다.

강우는 연수를 두고 차마 발이 떨어지지 않았지만 회사를 비운 지 벌써 며칠째였기에 안타까움을 뒤로하고 차에 올라탔다.

그리고 며칠 후, 회의 중이던 강우에게 전화가 왔다. 연수였다.

강우는 잠시 회의를 중단하고 회의실을 나와 전화를 받았다.

"응, 태권브이. 할머니는 어떠셔?"

[감독…… 님…….]

수화기 너머로 연수가 울먹였다. 강우는 가슴이 덜컥했다.

"왜 그래, 이연수?"

[할머니…… 할머니가…….]

"할머니가 왜?"

[식사를 안 하세요. ……할아버지 따라가신다고…… 할아버지, 장지에 모신 다음부터 물 한 모금 일체 안 드셔요. 이러다 큰일 나면 어떡해요, 감독님? 나…… 어떡해요?]

연수는 서럽게 울었다. 할머니에 대한 걱정과 슬픔이 울음 마디마다 절절이 배어 애간장을 녹였다. 그녀의 애절한 울음소리가 강우의 가슴을 후벼 팠다.

"울지 마, 이연수. 내가 갈게. 지금 바로 내려갈 테니까 울지 말고 할머니 지켜 드리고 있어."

며칠 못 본 사이 할머니는 뼈만 앙상해져 있었다. 할아버지의 손때가 묻은 곰방대를 베개 옆에 놓고서 할머니는 죽음을 기다리며 누워 계셨다.

"할머니……."

강우는 주름이 자글자글한 할머니의 손을 힘주어 잡았다. 주무시듯 눈을 감고 있던 할머니가 파르르 눈을 떴다.

"감독님, 오셨어라?"

할머니가 기운 없이 속삭였다.

"할머니…… 연수 봐서라도 기운 차리셔야죠."

목이 젖은 채로 강우가 말했다.

"그래, 할머니. 나…… 할머니 없으면 못 살아요……."

연수는 두 눈이 흠뻑 젖어 있었다. 이불 위로 맑은 눈물이 뚝뚝 떨어졌다.

"우리 강아지…… 울지 말어. 할미 맴 아퍼."

"그러니까 할머니…… 한술만 떠요, 응?"

전복죽 그릇에서 죽을 한 숟가락 퍼서 연수가 할머니의 입가로 가져갔다. 그러나 할머니는 입을 조개처럼 꼭 다물었다.

"할머니, 고집 부리지 말고……!"

연수가 속상해 울먹이며 소리를 질렀다. 그래도 할머니는 고개를 저으며 한사코 입을 열지 않았다. 연수는 숟가락을 죽 그릇 위에 내려놓고 할머니의 옆구리에 얼굴을 묻고는 엉엉 울어버렸다. 할머니가 손을 뻗어 흐느끼는 연수의 어깨를 쓰다듬어 주었다.

"연수야, 할미 이대로…… 보내주라. 니그 할아비 없인 할민 빈 껍다기여야. 우리 영감도 거기서 나 기다릴 거고만. 암것두 안 하고 심심혀하면서 나 언제 오나, 기다릴 거고만……."

"할머니……."

"그려그려, 니 맴 안다……."

할머니는 말없이 울먹이는 손녀의 어깨를 토닥여 주었다.

"연수야, 니는 사랑한단 말 많이 하고 살그라. 니그 할아비가 간 게 나가 그거시 젤 한이여. 소원이다 했는디 뭐가 부끄러버싸서 고로케롱 암말도 안 했다냐……."

"아니야, 할머니. 그 말 안 해도 할아버지 다 아셔. 할머니가 할아버지 얼마나 사랑하는지 제일 잘 알고 계셔."

"그랴…… 알고말고……."

할머니는 피곤한지 그대로 잠이 들었다. 그리고 며칠 후 할머니는 할아버지 곁으로 떠났다. 연수는 할머니의 영혼이 떠나 버린 앙상한 몸을 붙들고 통곡했다. 연수의 서러운 울음이 집 안에 애잔하게 울렸다. 할아버지의 장례를 치른 지 딱 보름이 지난 아침이었다.

마을 사람들은 안타까워하면서도 할머니의 심정을 십분 이해했다. 강우는 슬픔에 젖은 연수를 대신해 장례의 크고 작은 일들을 도맡아 했다.

할머니를 할아버지 묘 옆에 모시고 내려오면서 연수는 하늘을 올려다보았다. 흰 구름이 떠 있는 파란 하늘 너머로 할머니와 할아버지가 얼싸 안고 있는 것 같았다.

'영감, 나 왔어라.'
'그려, 임자, 왔는가.'
'사랑혀요, 영감.'
'허허, 나도 사랑혀, 순자 씨!'

❖

집에 돌아오자마자 연수는 맥이 탁 풀려 버렸다. 강우는 쓰러질 것 같은 연수를 붙들어 툇마루에 앉혔다. 연수는 멍한 눈으로 텅 빈 마당을 바라보았다. 강우 역시 그녀의 옆에 나란히 앉았다.

지난가을 처음 할아버지, 할머니를 뵈었던 때가 생각났다. 촬영 팀과 함께 이 마당을 가득 채우고 다 같이 둘러앉아 김이 모락모락 나는 삼계탕을 먹었을 때는 집 안 가득 활기가 넘쳤었다. 그러나 지금은 주인 없는 빈자리를 아는 듯 서늘한 겨울 삭풍이 마당을 메우고 있었다.

"그만 올라가 봐야죠. 오후에 중요한 미팅 있잖아요."

연수가 힘없이 말했다.

"응, 올라가야지."

그러면서도 강우는 움직일 생각을 안 했다. 연수를 혼자 두고 올라가는 게 마음에 걸렸다.

"집 정리는 나중에 하고 같이 올라가자."

연수는 고개를 저었다.

"올라가면 한동안 못 올 텐데 지금 해둬야죠."

"혼자…… 있을 수 있겠어?"

"괜찮아요. 내일은 경주와 은옥이도 와주기로 했고……."

할머니의 장례식은 따로 알리지 않고 친인척들과 조촐하게 치렀다. 할아버지의 장례를 막 치른 터였기 때문이다. 그래서 연수의 친구들을 비롯해 선후배들은 할아버지의 장례 때만 다녀갔다. 할머니 소식을 들은 경주와 은옥은 주말에 시간을 내 시골집 정리를 도와주기로 했다.

"미팅…… 취소할까?"

툇마루 바닥에 놓인 연수의 손 위로 강우가 자신의 손을 살며시 겹치며 말했다. 그러나 연수는 살그머니 손을 뺐다.

지금까지만으로도 강우에게 너무 많은 걸 받았다. 강우가 쭉 옆에 있어주었기에 할아버지와 할머니를 한꺼번에 잃었어도 견딜 수 있었다. 그러나 더 이상은 안 된다. 이 이상 기대면 연수는 욕심이 날 것 같았다. 또다시 그를 갖고 싶어질 것 같았다. 하지만 그렇게 되면 연수는 강우가 할 수 없는 것들을 요구하며 그에게 무거운 짐을 씌우게 될 터이다.

"아니에요. 백야의 미래가 걸린 미팅이잖아요. 저 월급 올려주시려면 가서 투자자들의 마음을 훔쳐야죠."

연수가 농담을 섞어 말했다.

"그래……."

강우는 연수가 손을 빼자 가슴이 쓰렸다. 연수는 이제 완전히 마음을 정리한 것인가? 묻고 싶었지만 슬픔에 젖어 있는 그녀에게 그것을 확인하기엔 너무 이기적인 것 같았다.

"이제 가야겠다."

강우가 일어나 마당을 가로질렀다. 집 앞에 주차해 둔 차에 올라 시동을 걸었다. 그러곤 차창을 내려 연수에게 말했다.

"들어가. 춥다."

"네."

그러나 강우도 연수도 머뭇거리기만 했다.

"고마워요."

연수가 말했다.

"밥 굶지 말고 꼬박꼬박 챙겨 먹고. 그럼 간다."

말을 마치자마자 강우는 차를 몰며 골목길을 빠져나갔다. 연수는 강우가 사라진 뒤에도 마치 누군가를 기다리는 것처럼 골목길을 바라보며 한참 동안 서 있었다.

호남고속도로를 빠져나와 경부고속도로에 접어들자 차들의 행렬이 좀 더 많아졌다. 다들 서울에 금송아지를 묻어두었는지 쌩쌩 달리기 바빴다. 강우는 내비게이션의 시계를 흘끗 보았다. 지금 속도라면 4시쯤에는 충분히 사무실에 도착해 미팅을 준비할 수 있을 것 같았다. 그러나 강우는 마음이 무거웠다.

"내게 하고 싶은 말 없어? 다 들어줄 테니까 말해봐."

"있어요. 우리 커플링 해요."

"미팅…… 취소할까?"

"아니에요. 백야의 미래가 걸린 미팅이잖아요. 저 월급 올려주시려면 가서 투자자들의 마음을 훔쳐야죠."

'태권브이, 넌 왜 내게 기대지 않는 거니?'

백미러에 비쳤던 연수의 쓸쓸한 모습이 아직도 눈에 선했다. 강우는 블루투스 이어폰을 귀에 끼고 회사로 전화를 걸었다. 몇 번 신호음이 가고 소정이 전화를 받았다.

[안녕하세요. 백야입니다.]

"이 과장, 나야."

[아, 감독님!]

"미안하지만 SB에 전화해서 오늘 미팅 취소 부탁해."

[네? 지금요?]

"그래."

[하지만 이 미팅…… 감독님이 공들여 잡은 거잖아요. 지금 취소하면…….]

"알아. 이유는 적당히 대고 다른 날짜로 다시 잡아봐. 이 과장만 믿을게."

[감독…….]

강우는 통화 정지 버튼을 꾹 눌렀다. 그러곤 경부고속도로를 빠져나와 다시 호남고속도로를 타기 시작했다.

강우가 시골집에 도착한 때는 어스름이 어둑어둑 내려앉을 무렵이었다. 연수의 집으로 가는 골목길에 접어들자 강우는 무거웠던 마음이 한결 가벼워져 있었다. 연수와 이별한 후 줄곧 골머리를 썩였던 문제에 드디어 해답을 얻은 기분이었다.

그가 연수의 집 앞 골목에 주차를 했다. 연수를 빨리 보고 싶은 마음에 강우가 서둘러 차에서 내렸다. 그러나 낯익은 차 한 대가 그의 눈길을 끌었다. 빨간 고급 스포츠카였다.

'설마…….'

강우는 화선지에 스머드는 먹물처럼 불안한 기운을 느끼며 집 안으로 들어섰다. 멈칫. 채 몇 걸음 떼기도 전에 강우는 망부석이 되어버렸다. 마당에는 예상대로 진호가 있었다. 그러나 강우는 미처 예상하지 못했다. 연수가 진호의 품에 안겨 있는 모습은…….

진호는 흐느껴 우는 연수를 꼭 안고 그녀에게 입을 맞추고 있었다. 세상 모든 바람으로부터 연수를 보호하듯 단단한 바위처럼 그녀를 꼭 안았다. 그리고 연수는…… 진호의 품에서 슬픔에 녹아들었다. 처연히 어깨를 떨며 진호에게 기댔다.

"미팅…… 취소할까?"

툇마루 바닥에 놓인 연수의 손을 잡았을 때 그녀는 "아니에요" 하면서 살그머니 손을 뺐었다. 그런데 지금 연수는 진호에게 기대어 울고 있다. 슬픔에 젖은 마음을 기댈 이로 강우가 아니라 진호를 선택한 것이다. 그 사실이 강우는 가슴 시리게 아팠다. 그의 마음에 스산한 바람이 일었다. 차가운 바람이 강우의 심장을 얼리고 싸늘하게 언 심장이 땅에 떨어지면서 산산조각이 났다.

"연수야, 나는 사랑한단 말 많이 하고 살그라. 니그 할아비가 간께 나가 그거시 젤 한이여……."

한 번도 사랑한다 말하지 못했다. 아니, 안 했다. 말할 기회가 몇 번 있었지만, 여러 가지 이유로 망설였었다. 입에 담으면 사랑이 스러질까 두려웠고, 사랑이라 하고서도 변하는 게 마음이라 그 말 자체에 큰 의미를 두지 않기도 했다.

그리고 무엇보다 연수가 제 가슴을 지나치게 차지하는 걸 인정하는 게 두려웠다. 마음을 송두리째 빼앗긴 후에 혹시라도 다시 혼자가 된다면 '사랑'의 상처가 너무 클 테니까…….

그런데 때가 있구나. 그 말을 할 수 있는 때가 있구나.

'사랑'을 '사랑'이라 말할 수 있는 때가 있구나.

그리고 나는…… 그 소중한 말을 할 때를 망설이기만 하다 바보같이 놓쳐 버렸구나!

강우는 제 심장이 가루가 되어 바람에 흩날릴 때까지 서 있었다. 서늘한 한풍(寒風)에 그의 얼굴은 얼었고 눈은 통한의 슬픔에 젖어 있었다. 깜깜한 하늘에서 나풀나풀 눈이 내리기 시작했다. 함박눈이었다. 금세 골목길에 하얀 카펫이 깔렸다. 강우는 뽀득거리는 흰 눈을 밟으며 뒤돌아 나왔다. 그의 어깨 위로 북두칠성이 흐릿하게 반짝였다.

15. 사랑의 기적은…….

"이게 뭐지?"

강우는 연수가 내민 봉투를 못마땅하게 내려다보았다. 사직서라고 쓰여 있는 걸 뻔히 알면서도 되물었다.

"이제 〈당신을 사랑하는 천 가지 이유〉 편집도 끝났고 남은 건 정희주 씨가 이현성 씨에게 영화를 보여주는 일밖에 없잖아요. 다음 주에 시사회가 끝나는 대로 저도 후임에게 인수인계를 하고 그만두겠습니다."

"이연수, 책임 프로듀서는 말이야, 그 영화의 시작부터 끝까지 전 과정을 책임지는 거야. 〈당신을 사랑하는 천 가지 이유〉, 아직 개봉관도 못 잡았고 홍보 전략도 많이 미흡해. 그런데 여기서 그만두겠다고? 이 영화, 정희주 씨 때문에 시작했지만 그 사람만을

위해 영화를 만든 게 아냐. 사랑에 흔들리는 수많은 사람들에게
보여주기 위해 만들었다고."

"알아요. 하지만 여기까지가 제 한계예요. 할아버지, 할머니 돌
아가시고 지난 3개월 동안 잠시도 쉬지 않고 이 영화만을 위해 달
려왔어요. 그런데 이제는 쉬고 싶어요. 그동안 너무 많은 일들이
제 주변에 일어났어요. 그런데도 미처 감정을 추스를 새도 없이
뛰어다녔어요. 하지만 이젠 더 이상 안 되겠어요."

"그럼 유급휴가를 줄 테니까 원하는 대로 쉬었다가 복귀해."

연수는 고개를 저었다.

"아니요. 저도 알 수 없는걸요. 얼마나 쉬어야 다시 일어날 수
있을지……. 사표, 받아주세요. 부탁이에요."

연수는 간절한 눈으로 강우를 보았다. 강우는 그 눈빛에 마음이
약해졌다. 생각 같아서는 사직서를 찢어버리고 절대 안 된다고 소
리치고 싶었지만 지친 연수의 눈빛에 더 이상 고집을 부리는 건
제 이기심만 충족시키는 거라는 걸 깨달았다.

"알았어."

강우가 낮게 한숨을 쉬며 대답했다.

"고맙습니다."

연수는 옅은 미소를 짓고는 방을 나갔다.

'제길!'

강우는 손으로 가슴을 지그시 눌렀다. 언젠가부터 연수를 보면
심장을 짓누르는 듯한 무지근한 통증을 느꼈다. 그건 벌이었다.
사랑을 믿지 않은 벌.

희주는 거울 앞에서 정성스레 화장을 했다. 눈썹을 그리고 아이섀도를 칠하고 창백한 뺨을 감추려고 볼터치도 했다. 립스틱을 바르고 나서 거울을 보자 가지런하게 뻗은 생머리가 맘에 들지 않았다.

오늘은 현성에게 이별을 고하는 날. 때문에 그 어느 때보다도 화사하고 발랄하게 보이고 싶었다. 희주는 머리의 핀을 뽑아 가발을 벗었다. 긴 생머리 가발을 벗자 민머리에 듬성듬성 머리카락이 나 있었다. 방사선 치료를 하면서 머리카락이 한차례 빠졌다가 다시 나고 있는 중이었다. 고된 치료 과정이었지만 의사가 전하는 말은 희망적이었다. 희주는 드레스룸의 가발걸이에서 곱슬곱슬한 갈색 가발을 골라 머리에 썼다. 화사한 화장과 잘 어울렸다. 일어서서 마지막으로 옷매무새를 점검하고 희주는 방을 나섰다.

사랑하는 이에게 이별을 고하러.

"그런데 사랑을 믿지 않는 남자가 사랑을 믿게 된다 해도 그걸 어떻게 알죠? 우리가 〈트루먼쇼〉처럼 현성 씨를 따라다니며 그 사람의 인생을 훔쳐볼 수도 없는데."

10개월 전, 백야와 정희주가 영화의 계약 조건을 놓고 서로 조율할 때 연수가 의문을 제기했다. 그러자 희주가 말했다.

"맞아요. 알 수 없죠. 설령 현성 오빠가 우리의 영화로 사랑을 믿고 갈구하는 마음을 갖게 된다 하더라도 오빠가 사랑하는 사람을 만나기 전까지 우리는 결코 오빠의 마음이 달라졌음을 알 수 없을 거예요."

"그렇다면 백야의 전용 상영관에 대한 조건도 달라져야 할 것 같군요."

"그래요."

희주는 대답하고는 한동안 깊은 생각에 잠겼다.

"이 영화가 완성되면 난 오빠에게 제일 먼저 보여줄 거예요. 그리고 그날, 그 사람에게 이별을 고할 거예요. 그런데 오빠가…… 만약 나를 붙잡아준다면…… 그때는 이 영화…… 성공한 것으로 보도록 하죠. 그럼 강남에 있는 아트갤러리 5층은 백야의 전용 상영관이 되는 거예요."

결국 정희주는 현성을 붙잡고 싶었던 거였다. 생명은 꺼져 가는 등불이지만 살아 있는 동안 사랑이 하고 싶었던 것이다. 사랑을 주고 사랑을 받는…… 그런 보통의 사랑을 애타게 바랐던 것이다.

연수는 시사회장으로 가면서 그날의 대화를 떠올리곤 가슴이 아렸다. 마음을 열지 않는 남자의 곁에 있다는 것이, 다른 곳을 보고 있는 남자의 뒷모습을 바라본다는 것이 얼마나 아픈 것임을 잘 알기에, 오늘 희주가 어떤 각오로 시사회장에 올지 그 누구보다 잘 이해할 수 있었다.

연수는 하늘을 올려다보았다. 더없이 푸른 하늘에 해가 눈부시게 떠 있었다. 연애하기에 참 좋은 날씨다. 그리고 이별하기엔 참 잔인한 날이다.

'부디 희주 씨의 사랑이 이루어지길…….'

연수는 두 손을 모아 간절히 기도했다.

[오빠에게 보여줄 것이 있어.]

여행을 떠난다며 몇 달 동안 연락조차 뜸하던 희주가 엊그제 전화를 걸어왔을 때 현성은 그게 무언지 그다지 궁금하지 않았다. 그래서 그냥 일상적으로 잘 지내고 있는지 안부만 물었을 뿐이다.

[오빠에게 주려고 지난 몇 달 동안 내가 특별히 만든 거야.]

"뭔데?"

[있어. 그러니까 모레 강남에 있는 아트갤러리로 와. 3시까지. 꼭이야.]

희주는 그렇게 얘기하며 전화를 끊었다. 현성은 약속 시간에 딱 맞추어 아트갤러리로 갔다. 희주는 로비에 이미 도착해 있었다.

"오랜만이야."

희주가 현성을 보고 옅게 웃으며 다가왔다. 오랜만에 본 희주는 살이 많이 빠진 것 같았다. 여전히 예쁘고 화려했지만 야위어서 연약해 보였다.

"어디 아팠어?"

"응, 조금."

"어디가?"

"그냥. 배탈이 나서 며칠 식사를 제대로 못했어."

희주는 현성에게 암이라는 얘기를 하지 않았다. 앞으로도 할 생각은 없었다. 병으로 그를 붙잡고 싶지는 않았다. 그들은 갤러리에 있는 작은 카페로 갔다. 커피를 마시며 못 본 사이 있었던 일들을 가볍게 나누었다.

"보여주고 싶다는 게 뭐야?"

현성은 호기심을 띠고 물었다.

"그전에 할 말이 있어."

희주는 잠시 숨을 골랐다. 오래전부터 맘먹었던 일이지만 막상 입 밖에 꺼내려니 용기가 필요했다.

"우리…… 파혼해."

표정은 담담했지만 '파혼'을 말하는 희주의 목소리는 미세하게 떨렸다.

"……"

현성은 놀라지도, 그렇다고 기뻐하지도 않았다. 그저 의아한 눈빛을 희주에게 던졌을 뿐이다.

"할머니도 돌아가신 지 오래되었고 이제 오빠가 나와 결혼할 이유는 없어. 그러니 우리 파혼해. ……오빠가 날 사랑하지 않는 거 알아. 그저 친오빠가 여동생을 아끼는 심정이겠지. 하지만 난 싫어, 그런 거. 오빠한테 난 여동생이 아니라 여자이고 싶어."

"희주야……."

현성이 말하려고 하자 희주가 끼어들었다.

"아니, 내 얘기 끝까지 들어줘. 지금까지 오빠 맘이 내게로 향하기를 애타게 기다려 왔어. 하지만 이젠 나…… 못 기다려. 기다릴 수 없어. 그러니까 오빠가 결정해 줘. 진지하게 생각해 줘. 나를 사랑할 수 있는지, 없는지……."

그러고 나서 희주는 영화에 대해서 이야기했다. 현성을 위해 만들었다고, 그가 사랑을 믿는 사람이 되어주면 좋겠다고……. 그리고 사랑하는 여자가 자신이기를 바라지만 꼭 그렇지는 않더라도 한 여자를 아끼고 사랑하는 한 남자가 되었으면 좋겠다고 말했다.

"대답은 오래 기다리지 않을 거야. 2년간의 약혼 기간 동안 오빠는 오빠 마음을 충분히 들여다보았을 테니……. 그러니까 영화가 끝나면 얘기해 줘. 내 걱정 따위는 말고 오빠 진심을 들여다보고 내게 말해줘. 우리가 파혼할지 말지."

현성은 내내 말없이 듣고만 있었다. 심각한 얼굴로 희주의 이야기에 집중했다.

"자, 일어나자. 영화, 시작할 시간이야."

희주는 현성의 소매를 잡아끌며 엘리베이터 쪽으로 향했다. 두 사람은 5층 상영관으로 갔다. 강우와 연수가 상영관 입구에서 그들을 맞았다. 희주는 현성에게 두 사람을 간단히 소개하고는 안으로 들어갔다.

상영관은 200석 규모의 소극장이었다. 희주와 현성은 스크린이 잘 보이는 중간석에 나란히 앉았고 연수와 강우는 그 뒤쪽 줄에 앉았다. 잠시 후, 불이 꺼지고 스크린에 타이틀이 떴다. 곧이어 '감독 최강우', '제작 지원 정희주', '책임 프로듀서 이연수'가 차례로 화면에 나타났다가 사라졌다. 연수는 스크린에서 제 이름을 보자 이 영화를 준비하면서 보낸 시간들이 주마등처럼 스쳐 지나가며 가슴이 뭉클했다.

"축하해. 수고했어."

강우가 힐긋 연수를 보고 한마디 했다.

"고맙습니다."

연수는 코끝이 찡해 웅얼거렸다. 곧 네 사람은 각각의 상념 속에서 영화에 빠져들어 갔다. 연수는 영화 중간에 할아버지와 할머니가 나오자 눈물이 흘러나오는 걸 멈출 수 없었다. 소리 내어 엉엉 울 것 같아서 연수는 조심스럽게 극장을 빠져나왔다.

강우는 연수를 말리지 않았다. 그 역시 두 분 얼굴을 보자 눈가가 젖어들었기 때문이다. 연수를 따라 나가고 싶었지만 혼자 마음을 추스를 시간이 필요할 것이기에 강우는 마음으로만 연수 뒤를 좇았다.

오늘로서 연수는 백야를 떠난다. 내일부터 그녀는 영영 강우의 인생에서 사라지고 만다. 그 생각을 하면 강우는 가슴이 꽉 막혀 숨을 쉴 수가 없었다.

영화나 드라마 속의 연인들이 헤어질 땐 참 이유도 사연도 구구절절하던데 현실에서의 이별은 너무도 소소해 그 이유를 알아차리는 순간 이미 이별이 눈앞에 당도해 있다. 몸부림쳐 피하려 해도 심장을 도려내는 아픔을 남기고 사랑은 어느새 떠나 버리고 없다.

　이별을 맞았어도, 연수가 더 이상 그의 연인이 아니어도…… 가슴은 아팠지만 그래도 견딜 만은 했다. 공적인 관계로나마 매일 그녀의 얼굴을 보며 안부를 챙길 수 있었으니. 그러나 연수에게서 사직서를 받아 든 순간, 공적인 관계는 가을날 바람에 날리는 낙엽처럼 바스락거리며 깨어져 버렸다.

　앞으로는 연수를 볼 수 없다는 것이 이토록 고통스러울 줄은…….

　연수를 붙잡고 싶다. 그녀에게 가지 말라고 소리치고 싶다. 그러나 그래도 될까?

　연수 곁에는 지금 진호가 있다. 둘은 조심스럽게 관계를 시작하고 있었다.

　강우는 알고 있었다. 자신이 지금 연수를 강하게 잡아당기면 연수가 제게 올 거란 걸. 하지만 그래도 될까? 한결같이 사랑을 주는, 커다란 나무 그늘 같은 남자에게서 안정을 찾아가는 연수에게 또다시 감정의 롤러코스터를 타라고 해도 될까? 잃고 싶지 않은 욕심에 또 곁에 두었다가 그녀를 울릴지도 모르는데?

　하지만 만약 기적이 일어난다면…… 연수를 붙잡아도 되지 않을까? 사랑을 믿지 않는 이현성이 정희주를 받아들인다면…… 내게도 기회가 생기지 않을까?

　강우는 나란히 앉은 정희주와 이현성의 뒷모습을 보면서 생각했다. 그리고 간절히 바랐다. 이 영화가 끝나면 이현성이 정희주에게 사랑한다고 말해주기를.

팟.

극장에 불이 들어오고 스크린에서는 엔딩 크레디트가 올라가고 있었다. 극장 안에 있는 이들은 세 사람뿐이었지만 누구 하나 자리를 뜰 생각을 못하고 있었다. 한참 후에 희주가 자리에서 일어났다. 그러자 현성도 따라 일어났다.

"이제 대답…… 해줘."

정희주가 목소리를 떨면서 말했다. 현성은 말없이 희주를 바라볼 뿐이었다. 긴 침묵 후에 이윽고 현성이 입을 열었다.

"희주야…… 고맙다. ……그리고 미안…… 해."

현성의 말이 떨어지자마자 희주의 눈에서 눈물이 차올랐다. 각오는 했지만…… 그래도 마음이 아픈 건 어쩔 수 없었다.

"희주…… 야."

현성이 미안해서 어쩔 줄 모르며 안쓰러운 표정으로 희주를 보았다. 그리고 손을 뻗어 희주의 어깨를 짚으려 했다. 희주는 한 발짝 물러나며 현성의 손길을 피했다.

"괜찮아. 그러니까…… 위로하려 하지 마."

희주는 울음을 삼키고는 흘러내린 눈물을 손으로 훔쳤다. 그러고는 애써 환하게 웃음 지어 보였다.

"그동안 사랑했어, 오빠. 오빠는 나에게 자신보다 다른 사람을 더 사랑하는 기쁨이 무언지 알게 해주었어. 고마워, 오빠."

희주는 손을 내밀어 현성에게 악수를 청했다. 현성은 희주의 손을 맞잡았다. 그들은 잠시 동안 그렇게 서로의 마지막 온기를 느졌다.

"먼저 갈게. 안녕."

희주는 현성을 남겨두고 입구 쪽으로 걸어갔다. 극장 입구에서 연수는 둘의 이별을 지켜보다가 결국 눈물을 짓고 말았다. 희주가 다가오자 연수는 눈물 자국을 보이지 않으려고 얼른 옷소매로 얼굴을 훔쳤다.

"고마웠어요."

희주는 담담하게 연수에게 인사하고는 마지막으로 뒤를 돌아 현성을 아련하게 바라보았다. 그러곤 고개를 까닥여 보인 후 극장을 떠났다. 현성은 아주 오랫동안 멍하니 서 있다가 문득 꿈에서 깬 것처럼 어리둥절한 표정을 짓더니 극장을 나갔다.

강우는 쓸쓸히 극장 문을 나가는 현성을 안타까운 눈으로 좇았다. 그토록 바랐건만 기적은…… 일어나지 않았다.

"그동안 수고 많으셨습니다, 감독님. 저도 이만 가볼게요."

연수가 꾸벅 강우에게 인사하며 말했다.

"연……."

강우는 뒤돌아가는 연수를 부르려다 결국 부르지 못했다. 떠나가는 연수의 뒷모습을 보며 차마 뻗지 못한 제 손이 서러워 강우가 낮게 한숨을 지었다. 눈물이 그의 눈가를 적셨다. 사랑하는 이를 잃는다는 건…… 지옥이다.

16. 너에게로 가는 길

"오늘 저녁때 연수 만나기로 했어요."

반년 만에 듣는 그 이름에 강우는 가슴이 지끈, 했다. 이제는 무
뎌질 법한데도 그의 심장은 여전히 민감했다. 소정은 결재 서류에
사인하던 강우의 손이 잠깐 멈칫거리는 걸 눈여겨보았다.

"그래? 법인카드 가져가서 먹고 싶다는 거, 원하는 대로 사줘."

강우는 사인을 하면서 무심하게 말했다.

"하실 말씀 없으세요? 꽤 오랜만인데……."

그러나 강우는 말없이 결재 서류를 소정에게 건넬 뿐이었다. 소
정은 서류를 받고 나오다가 돌아서서 참았던 한마디를 떼었다.

"연수…… 진호 씨랑 헤어졌어요. 뭐, 시작도 제대로 한 적 없지
만서두…… 암튼 알고 계시라고요."

소정은 그렇게 말하고 사장실 문을 닫았다.

❖

"언니!"

연수는 카페 입구에 들어서는 소정을 반갑게 부르며 손을 흔들었다. 소정은 고개를 두리번거리다가 연수를 발견하곤 환하게 웃으며 걸어왔다.

"사무실로 오라니까 굳이 뺄 건 뭐니? 다들 네가 어찌 지내는지 궁금해하는데……."

소정이 자리에 앉으며 나무랐다. 연수는 멋쩍게 웃음을 머금었다.

"그러게. 나도 백 부장님, 오 차장님, 태주…… 다들 잘 지내나 궁금한데 이상하게 사무실로는 발이 안 떨어지네."

'핑계는…… 감독님 때문이면서…….'

소정은 연수 속이 훤히 들여다보였다. 그러나 소정은 모른 체하고는 쾌활하게 말했다.

"아무튼 가자! 오늘 네가 먹고 싶은 거 다 사줄게."

"정말? 웬일? 월급날 되려면 한참 멀었는데?"

"짜잔, 나한테 마법의 카드가 있지!"

소정은 지갑 안에서 법인카드를 꺼내 흔들어 보이며 싱긋거렸다.

"너 만난다고 하니까 감독님이 쓰라더라! 역시 우리 감독님, 태권브이 사랑, 지극하다니까."

강우 얘기에 연수의 얼굴에 살짝 그늘이 졌다. 이름만 들어도 그는 여전히 아리고 그리운 사람이었다.

두 사람은 카페를 나와 '돼지 왕자 춤추네'로 향했다. 금요일 저녁이라 가게 안은 '불타는 금요일'을 즐기는 회사원들로 가득 차 있었다. 다행히 구석 자리에 테이블 하나가 비어 있어서 둘은 기다릴 필요 없이 바로 자리에 앉았다.

돼지갈비 2인분을 불에 올려놓고 먼저 맥주로 목을 축였다. 시원한 맥주가 목구멍을 적시자 소정은 캬 소리를 내며 잔을 내려놓았다. 연수도 아껴 마시듯 한 모금 마시고는 만족스러운 표정으로 잔을 놓았다.

"어휴, 겨우 먹고 싶은 게 돼지갈비니? 마법의 카드가 있으면 뭐 해? 입이 소시민인데."

소정이 타박을 했다.

"말 마요, 언니. 회사 그만두고 여기 돼지갈비가 얼마나 생각났는데……. 나한텐 이게 랍스타고 스테이크예요."

연수는 지글지글 잘 익은 고기를 상추에 싸서 쌈장과 마늘을 얹어 한입에 쏙 넣고는 오물거렸다.

"근데 빨랑 얘기해 봐요. 홍반장이랑 제주도 여행 어땠어요?"

"뭐, 어떻긴…… 그냥 똑같지. 한라산 원앙폭포, 참 시원하고 좋더라. 물색이 정말 에메랄드빛이야."

"누가 그런 게 알고 싶댔나? 진도 어디까지 나갔어요? 둘이서 첫 여행인데 설마 손만 잡고 잔 건 아니겠죠?"

연수가 호기심에 눈을 반짝거리며 연신 물어대자 소정은 부끄러운 기색을 띠었다.

"얘는……."

"주관식이 어려우면 객관식으로 내줄까? A, B, C 중 뭐예요?"

"음, A까지는 나갔다고 해둘게."

"에계, 겨우? 거짓말!"

연수는 입을 뾰로통하게 내밀었지만, 볼에 복숭앗빛을 띠며 살짝 눈을 내리까는 소정을 보고는 속으로 기뻐했다. 흔히 시간이 약이고 옛사랑의 상처는 새로운 사랑으로 지운다고 하는데, 그 말이 소정에게 그대로 적용되는 듯해 반가웠다.

7년 사랑이 통장과 함께 헌신짝처럼 버려진 날, 소정이 울부짖으며 아파했던 게 벌써 1년 남짓이라니…… 세월 참 빠르다.

"연수 넌…… 괜찮아?"

"응? 뭐가요?"

시치미를 뚝 떼는 연수가 소정은 안타까웠다. 아직도 많이 그리워하면서 그 마음을 감추는 연수에게, 소정은 실연의 상처에 가슴 저려 했던 자신이 오버랩되어 속이 쓰렸다.

강우와 연수 사이를 소정이 알게 된 건 연수 할아버지, 할머니 장례식을 통해서였다. 특별히 아끼는 직원이라고 치기엔 강우가 회사 일까지 제쳐 두고 장례 일을 도맡아 했던 것이다. 게다가 중요한 투자사인 SB와 잡힌 미팅까지 미루지 않았던가.

소정은 연수가 강우를 짝사랑하고 있다는 사실을 진즉부터 알고 있었다. 그래서 잘되었다고 넌지시 강우 얘기를 꺼냈을 때 연수가 고백했다. 사실은 잠깐 사귀었노라고, 그리고 헤어진 지 좀 되었다고……. 강우가 사적인 일을 회사 일에 끌어들이는 걸 싫어했기에 연수는 둘 사이를 말하지 못했다고 덧붙였다.

두 사람이 꽤나 잘 어울린다고 여겼기에 그 말을 들었을 때 소정은 '도대체 왜?'라는 의문이 먼저 들었다. 하지만 한꺼번에 조부모를 잃은 연수에게, 또 강우의 이름에도 쓸쓸한 표정을 짓는 그녀에게 아무것도 물을 수 없었다.

그리고 얼마 후 연수는 그녀 곁을 맴돌던 진호에게 조금씩 마음을 열었다. 사귀는 것도 아닌, 그렇다고 단순한 선후배 관계도 아닌…… 그 미묘한 경계선에서 둘은 만나기 시작했다. 소정은 어쩌면 잘되었다고 생각했다. 진호는 진중하고 배려심이 깊은 사람이라 강우와는 달리 연수에게 안정적인 사랑을 줄 수 있을 테니까.

그러나 사랑과 우정 사이의 어중간한 연애도 얼마 가지 못했다. 연수가 그만둬 버린 것이다. 제 슬픔을 메우는 데 진호를 이용하는 것 같다고, 그건 그 사람에게 아주 못할 짓이라면서. 하지만 소정은 알았다. 그 이면에는 아직도 강우를 사랑하는 마음이 있음을……. 그렇기에 연수는 그 어떤 남자도 제 마음 밭에 들일 수 없는 것이다. 그 밭은 이미 강우가 차지하고 있으니까…….

"안 물어봐? 감독님 어떻게 지내는지?"

"에이, 감독님이야 잘 지내시겠죠. 신문 통해서도 간간이 보고…… 그리고 뭔 일 있으면 언니가 벌써 얘기해 주었을 텐데요, 뭘."

'하여튼 누가 사랑하는 사이 아니랄까 봐 둘이 똑같아. 고집 세

긴…….'

소정은 속으로 혀를 쯧쯧 찼다.

"난 이해가 안 돼. 그날, 감독님이 연수 널 왜 붙잡지 않았는지……. 백야가 자신보다 중요하고 일이 제일 먼저인 사람이 SB와 미팅까지 취소했으면 뭔가 액션을 취했어야 하잖아?"

소정이 고개를 절레절레 저었다.

"네? SB와 미팅을 취소하다니, 그게 무슨…… 소리예요?"

"몰랐어? 네 할머니 장례 마치고 그날 오후에 미팅 있었잖아? 갑자기 감독님이 전화해서는 다짜고짜 미팅을 연기하라는데 내가 얼마나 곤란했는데……. 핑계 만들어내느라고 머리에 정말 쥐가 났다니까."

"아……."

연수는 낮게 탄성을 질렀다.

"미팅…… 취소할까?"

툇마루에 앉아 슬며시 손을 겹치며 물었던 강우의 얼굴이 떠올랐다. 연수는 저도 모르게 입술을 잘근 깨물었다.

저녁을 먹고 소화시킬 겸 가볍게 커피를 마시며 수다를 떠는 내내 연수의 머릿속에는 소정의 말이 맴돌았다. 10시쯤 되자 홍반장이 소정을 데리러 왔다. 둘은 연수를 지하철역까지 바래다주고는 다정하게 팔짱을 끼고 사람들 사이에 섞여 사라졌다. 연수는 역사 밖을 나와 걷기 시작했다.

"……이해가 안 돼. 그날, 감독님이 널 왜 붙잡지 않았는지……. 백야가 자신보다 중요하고 일이 제일 먼저인 사람이 SB와 미팅까지 취소했으면 뭔가 액션을 취했어야 하잖아?"

'감독님…… 왔었구나…….'

소정 언니의 말대로라면 강우는 되돌아왔다. 시골집에 홀로 남겨진 연수에게. 그리고 보았다. 분명 보았을 것이다. 공교롭게도 진호와 함께 있는 연수를…….

"아!"

연수는 두 손으로 제 입술을 막았다. 뜨거운 서러움이 목구멍을 타고 올라왔다.

강우는 되돌아왔지만, 결국 오지 않았다. 진호와 입을 맞추고 있는 연수를 보고 발길을 돌려서 가버린 것이다.

떠날 때 그가 어떤 마음이었을지…… 연수는 미루어 짐작하는 게 두려웠다.

강우가 떠나고 홀로 남겨졌을 때, 그녀는 밀려오는 슬픔을 감당하지 못해 결국 울음을 터뜨리고 말았다. 그리고 그때 연락도 없이 진호가 왔다.

"괜찮아…… 슬플 땐 마음껏 울어……."

따스한 목소리로 건네는 진호의 한마디에 연수는 파도치는 슬픔을 기댔다. 진호가 입을 맞추었을 때 연수는 애상에 녹아들어 그저 그 온기에서 위로를 얻었다. 그 키스는 남녀 간의 애정 어린 키스가 아니었다. 한 사람이 비통에 젖은 다른 한 사람에게 전하는 위로였다. 그때는 그랬다. 하지만 보는 이에 따라서는 다른 의미로 받아들여질 터였다.

왜 하필 그때 온 것인지…… 조금만 일찍 오지, 아니, 조금만 늦게 오지……. 왜 하필 그때…….

"미팅…… 취소할까?"

애잔하게 자신을 보던 강우의 눈빛. 연수는 두 손으로 입을 막은 채 그대로 주저앉아 오열했다.

강우는 정처 없이 걸었다. 일도 손에 잡히지 않고 마음이 허전해 사무실을 나와 무작정 걷기 시작했다. 거리엔 주말의 시작을 만끽하는 사람들로 넘쳐 났다. 다들 삼삼오오 짝을 지어 어딘가로 몰려갔다.

혼자가 아닌, 게다가 목적지가 있는 그들이 강우는 부러웠다. 한 시간쯤 걸었을까, 다리가 아파왔다.

'영화라도 볼까?'

마음이 허할 땐 영화가 제격이다. 스크린에 펼쳐지는 화면들을 보고 있으면 어느새 그를 괴롭히던 문제들은 사라지고 만들고 싶은 이미지들이 넘실거리며 심장이 불끈거린다.

강우는 가까운 극장으로 향했다.

"상영 시작할 영화 중 가장 가까운 시간 걸로 한 장 부탁해요."

"〈당신을 사랑하는 천 가지 이유〉가 가장 빠른 건데 괜찮으시겠
어요?"

매표소 아가씨가 말했다.

"아……."

강우는 멈칫했다.

"좋아요. 그걸로 주세요."

"네, 알겠습니다. 〈당신을 사랑하는 천 가지 이유〉, 8시 10분 시
작이구요. 관은 8관입니다. 좌석은 D열 가장자리 한 자리 남았는
데 그걸로 해드릴게요."

아가씨는 친절한 웃음을 짓고는 표를 건네주었다. 강우는 곧장
8관으로 향했다. 〈당신을 사랑하는 천 가지 이유〉는 블록버스터
영화들에 밀려 초반에는 영화관을 잡는 데 꽤나 고전했다. 두 달
전에 남 셋방에 얹혀 살 듯, 멀티플렉스 관에 겨우 하루 두 번, 그
것도 낮 타임에만 상영을 시작했다. 그런데 영화를 본 관객들의
입소문을 타고 관을 하나하나 늘려가기 시작했고, 지금은 이렇게
주말의 골든타임에도 당당히 관객들을 맞이하고 있었다.

강우가 8관 안으로 들어서자 좌석은 꽉 차 있었다. 몇 개의 광
고와 예고가 지나고 드디어 영화가 시작되었다. 첫 장면으로 피아
노 앞에서 아름다운 선율을 연주하는 김성준 씨의 모습이 나왔다.
재즈 연주가인 김성준은 자신의 연주회에서 직접 작곡한 청혼가
를 연주하고는 여자친구에게 청혼을 했다.

까맣게 모르고 있던 여자친구는 기쁨의 눈물을 흘리며 청혼을 받아들였고, 연주회의 관객들은 깜짝 이벤트에 아름다운 연인들을 축복하며 환호의 박수를 쳐주었다.

　　"사랑은 고백에서 시작하는 거잖아요. 청혼도 일종의 고백이죠. '내가 이만큼 당신을 사랑합니다. 당신은 어떻습니까?' 하는……. 고백은 나와 너를 '우리'로 묶는 소중한 단추예요. 또 거절당할지도 모른다는 두려움을 안고 자신의 모든 걸 내거는 용기이기도 하죠."

　　화면에 펼쳐지는 연인들의 청혼식 위로 연수가 했던 말이 오버랩되었다. 영화는 계속되었다. 힘겹게 아이를 낳는 인주와 밖에서 걱정스런 얼굴로 순산을 기원하고 있는 정훈, 그리고 인주의 어머니……. 그들의 모습들이 영상으로 흐르며 정훈이 장인과 장모에게 썼던 편지들이 내레이션으로 흘렀다.

　　"왜 두렵지 않겠어요? ……세 번째 결혼은 우리에게도 크나큰 용기가 필요했어요. 또 상처 주면 어쩌나, 또 상처받으면 어쩌나……. 가족들은 뭐라고 할까…… 이런저런 이유들이 사랑을 가로막더군요. 하지만 그런 생각들에 막혀 주저앉으면 알 수 없는 거잖아요. 우리가 얼마나 행복할지, 혹은 얼마나 불행할지……. 아마 살다가 감정이 식으면 또 헤어질지도 모르죠. 하지만 그러더라도 후회는 않을 거예요. 두 번의 이별을 통해 우린 좀 더 사랑하지 못한 걸 후회했으니 이번만큼은 미련이 남지 않도록 원 없이 서로를 사랑할 테니까요."

"사랑은 원래 불안한 거예요, 감독님."

세 번째 결혼을 앞두고 신부대기실에서 전쟁을 치르던 세연과 기찬 커플의 모습에 관객들은 웃음을 터뜨렸다.

화면에 스쳐 지나가는 여러 커플들을 보면서 강우는 촬영을 하던 그날들로 돌아갔다. 그리고 연수와 〈당신을 사랑하는 천 가지 이유〉를 준비하면서 나누었던 수많은 얘기들, 웃음과 눈물…… 그 하나하나가 되살아나며 아련한 그리움이 미칠 것 같은 그리움으로 바뀌었다.

영화는 차츰 종반으로 치닫고 있었다. 익숙한 시골집이 화면에 비치었다. 곧이어 순자 할머니와 정식 할아버지가 해맑게 웃는 모습이 나타났다.

"72년 동안 한결같이 알콩달콩 사랑해 온 비결이 뭡니까?"

"뭐, 별거 있나? 맛있는 거 같이 먹고 기쁠 때 같이 웃고 슬플 때 안아주고…… 그냥 같이 있는 거여, 항상."

"그럼 마지막으로 묻겠습니다. 혹시 소원 있으세요? 서로에게 바라는 거?"

"읍서."

"에이, 할아버지, 왜 없어요. 그거 있잖아요, 그거!"

"되야써. 괜찮어!"

"뭐시다요?"

"할머니, 있잖아요, 그거! 할아버지한테 '정식 씨, 사랑해요!' 라고 한마디 해주세요."

장난꾸러기처럼 웃으며 순자 할머니에게 '사랑해요'라는 말을 채근하는 연수의 얼굴이 화면에 비치자, 강우는 아릿한 아픔에 가슴이 덜컥 내려앉았다. 스태프들이 박수를 치면서 "사랑해!", "사랑해!"를 연호하자 관객들은 슬며시 웃음을 머금었지만 강우는 그만 눈가를 적시고 말았다.

"연수야, 할미 이대로…… 보내주라. 니그 할아비 없인 할민 빈 껍다기여야. 우리 영감도 거기서 나 기다릴 거고만. 암것두 안 하고 심심혀 하면서 나 언제 오나, 기다릴 거고만……."
"할머니……."
"그려, 그려, 니 맴 안다……."

이제는 이 세상에 안 계신 두 분의 '부재(不在)'가 강우의 가슴을 아프게 끊어놓았다.

"연수야, 니는 사랑한단 말 많이 하고 살그라. 니그 할아비가 간께 나가 그거시 젤 한이여. 소원이다 했는디 뭐가 부끄러버싸서 고로케롱 암말도 안 했다냐……."
"아니야, 할머니. 그 말 안 해도 할아버지 다 아셔. 할머니가 할아버지 얼마나 사랑하는지 제일 잘 알고 계셔."
"그랴…… 알고말고……."

강우는 벌떡 일어났다. 갑자기 일어난 강우를 관객들이 의아하게 쳐다보았다. 강우는 그들의 시선을 뒤로하며 미친 듯이 바깥으로 달려 나갔다. 극장을 나오자마자 연수에게 전화를 걸었다. 신호음만 갈 뿐 전화는 연결되지 않았다. 소정도 마찬가지였다.

강우는 급히 택시를 잡았다. 택시 기사에게 회사 주소를 알려주고 계속해서 전화를 걸었다. 그러나 둘은 주변의 시끄러운 소리에 휴대전화 소리를 듣지 못하고 있는 듯했다.

회사 근처에서 내린 강우는 먹자골목으로 달려갔다. '돼지 왕자' 네도 가보고 '전주집'에도 가보고…… 연수가 좋아하는 식당은 다 뒤져봤다. 그러나 어디에도 연수는 없었다.

[여보세요?]

마침내 연결된 수화기 너머로 소정의 목소리가 들렸다.

"이 과장, 대체 왜 이렇게 전화를 안 받은 거야?"

소정을 나무랄 일도 아니었건만 강우는 애타는 마음에 다짜고짜 소리를 치고 말았다.

"연수…… 지금 함께 있나? 연수 좀 바꿔줘!"

[방금 헤어졌는데…… 지하철역 앞에서요.]

"알았어. 고마워!"

강우는 전화를 끊자마자 바로 달렸다.

어쩌면 너무 늦었는지도 모른다. 연수의 마음을 되돌리기엔 시간이 너무 많이 흘렀다. 하지만 강우는 부딪쳐 보고 싶었다. 연수에게, 그녀의 마음에 진심으로 다가가고 싶었다.

'태권브이…… 가지 마라. 내가 갈 때까지 절대 가지 마…….'

역사를 향해 뛰면서 강우는 간절한 마음을 담아 중얼거렸다. 숨이 턱까지 차고 심장이 터질 것 같았지만 멈출 수 없었다. 잠시라도 숨을 고르는 사이, 연수가 떠나 버릴지도 몰랐다. 골목길 모퉁이를 돌아 지하철역 출구가 있는 큰길로 접어들었다. 멀리 2번 출구의 표지판이 보였다. 강우는 그걸 보고 더욱 속도를 높였다.

점점 출구가 가까워지자 낯익은 여자의 뒷모습이 보였다. 연수였다. 연수는 거리 한가운데에 쪼그리고 앉아 어깨를 옹송그리며 울고 있었다. 지나가는 사람들이 힐긋힐긋 쳐다보는데도 연수는 두 손으로 얼굴을 감싼 채 여린 어깨를 떨고 있었다. 강우는 우뚝 멈추어 섰다.

'바보…… 또 혼자 울고 있구나.'

"태권브이!"

강우가 연수를 불렀다. 낯익은 목소리에 연수는 깜짝 놀라 재빨리 눈물을 훔치고는 뒤돌아보았다.

"감독님……."

"이 바보야, 왜 여기서 혼자 울고 있어!"

강우는 속이 상해 연수에게 성큼성큼 다가가 그녀의 양어깨를 잡고 가볍게 흔들었다.

"……."

연수는 강우가 제 앞에 있는 게 믿겨지지 않는 듯 그저 눈물이 그렁그렁한 눈을 끔벅끔벅했다. 강우는 연수를 제 품에 당겨 덥석 끌어안았다.

"바보…… 이제부턴 혼자 울지 마. 내가 항상 곁에 있을 테니까 내 옆에서 울어."

너무 세게 안겨졌기에 연수는 강우의 품 안에서 바르작거렸다. 강우는 연수를 끌어안은 팔에 살짝 힘을 풀고서 그녀가 움직일 틈을 주었다. 그러곤 연수에게 시선을 맞추었다.

"사랑해, 이연수. 사랑해, 태권브이!"

연수는 갑작스러운 그 고백이 거짓말 같았다. 믿기지 않은 눈으로 물끄러미 그를 올려다볼 뿐이었다.

"나도 알아. 어쩌면 너무 늦었다는걸. 거절하고 싶으면 거절해. 날 밀어내고 싶으면 밀어내. 하지만 나, 너 절대 포기 안 해. 네가 싫다 해도 절대 너 못 봐. 네가 3년 동안 날 사랑해 주었듯이 네 맘이 내게로 다시 향할 때까지 너만 볼 거야. 태권브이, 너만 보면서 기다릴 거야. 3년이든 30년이든 오로지 너만……."

강우는 절절한 눈으로 연수를 바라보았다. 거절할 테면 거절하라고 호언했지만 연수의 대답을 기다리는 그의 속은 까맣게 타들어갔다. 어떤 대답을 듣던 연수 곁에서 그녀만을 바라볼 준비는 되어 있었다. 그러나 지금 이 순간, 연수가 묵묵히 지키고 있는 침묵이 영원처럼 길게 느껴졌다.

"감독…… 님……."

마침내 연수가 입을 열었다. 연수는 너무 기뻐 말을 잇지 못했다. 꼭 꿈 같았다. 너무도 간절해 마음이 속임수를 부린 신기루 같았다.

연수의 굳었던 얼굴이 풀어지며 기쁨을 드러내자 내심 잔뜩 긴장했던 강우도 평소의 여유를 되찾았다. 그가 장난스럽게 눈을 반짝였다.

"못 믿겠어? 꼬집어볼래? 꿈인지 아닌지?"

강우는 연수에게 제 볼을 내밀었다. 연수는 손으로 있는 힘껏 그를 꼬집었다. 강우는 눈앞에 별이 왔다 갔다 할 만큼 호된 통증에 눈물이 찔끔 났다.

"아얏!"

연수는 눈물이 그렁그렁한 채 웃었다.

"킥킥, 정말 꿈 아니네."

"태권브이, 울다가 웃으면 엉덩이에 뿔난다!"

강우가 웃음을 머금은 채 제 뺨을 어루만졌다. 연수는 그의 손 위에 제 손을 겹쳤다. 그러곤 강우의 손을 떼어내고 발갛게 자국이 난 뺨을 부드럽게 쓰다듬었다.

쪽.

연수가 발뒤꿈치를 들어 손자국이 남아 있는 뺨에 가볍게 뽀뽀를 했다.

쪽. 쪽. 쪽.

몇 번이고 연달아 뽀뽀를 했다. 그런 후 강우에게 시선을 맞추며 환하게 웃었다.

"히드라, 정말 운 좋은 줄 알아요. 3년이고 30년이고 기다릴 필요 없어요. 나도 당신…… 사랑해요."

연수가 수줍게 고백했다.

17. 언제나 함께, 늘 그렇게

연수는 평소에도 결혼식 구경하는 게 좋았다. 영원한 사랑을 맹세하는 신랑 신부의 행복한 얼굴을 보면 마치 제가 결혼하는 양마음이 설레고 기뻤다. 더구나 오늘의 결혼식은 그 어느 결혼식보다 뜻깊었다.

연수는 싱긋 미소를 머금은 채 신랑 신부를 쳐다보다가 고개를 돌려 제 옆에 앉은 강우를 보았다. 연수의 시선을 느끼고 강우가 마주 웃음을 지어 보이고는 연수의 손에 깍지를 끼고서 꼭 쥐었다. 그러곤 주례사에 집중했다. 연수도 다시 시선을 앞으로 돌렸다.

"신랑, 이현성 군은 검은 머리가 파뿌리 되도록 신부 정희주 양을 아끼고 사랑할 것을 맹세합니까?"

주례자가 코끝에 걸친 안경을 치켜올리며 신랑에게 물었다.

"예, 맹세합니다!"

이현성이 군기가 바짝 든 훈련병처럼 차렷 자세를 취하더니 크게 소리를 질렀다. 그러자 하객들의 자리 여기저기에서 쿡쿡 웃음소리가 터졌다.

"신랑이 시원시원하군요. 아주 좋아요. 그럼 신부에게 묻겠습니다. 신부, 정희주 양은 신랑 이현성 군을 남편으로 맞아 기쁠 때도 슬플 때도 항상 남편 곁을 지키며 사랑할 것을 맹세합니까?"

"네, 맹세합니다."

"좋습니다. 이로써 신랑 이현성 군과 신부 정희주 양이 부부가 되었음을 선언합니다."

주례자의 선언에 한 쌍의 연인에서 한 쌍의 부부가 탄생되었다. 하객들은 웃음을 가득 머금은 채, 퇴장하는 신랑 신부에게 너도나도 축복의 박수를 쳐주었다.

"자, 그럼 이제 신랑 신부 친구분들 나와주세요."

가족과 친지들이 한차례 사진을 찍고 물러나자 사회자가 말했다. 한쪽에서 기다리고 있던 연수와 강우는 신랑 신부에게 다가가 축하 인사를 건넸다.

"축하합니다, 두 분."

"축하해요! 희주 씨, 오늘 너무 예뻐요!"

강우에 이어 연수가 말했다.

"고마워요, 최 감독님, 연수 씨. 다 두 분 덕분이에요."

희주는 기쁨에 볼이 발갛게 물들어 있었다. 희주의 곁에서 현성이 반갑게 둘을 맞았다.

"와주셔서 고맙습니다. 희주 말대로 두 분이 없었다면 지금의 우리도 없었을 겁니다. 정말 감사합니다."

진심이 담긴 인사에 강우도, 연수도 마음이 뿌듯했다. 희주와 현성의 결혼으로 〈당신을 사랑하는 천 가지 이유〉가 더더욱 뜻깊어졌다.

등잔 밑이 가장 어둡듯이 사랑이 너무 가까이 있으면 깨닫지 못하는 법이다. 현성은 희주를 잃고 나서야 사랑했음을 깨달았다. 곁에서 묵묵히 있어주었던 희주의 자리가 자신에게 얼마나 큰 힘이 되었는지 현성은 희주의 빈자리를 통해 비로소 알았다.

하지만 희주는 돌아온 현성을 받아들이지 않았다. 아니, 받아들일 수 없었다. 힘든 방사선 치료와 두 번의 수술로 지칠 대로 지친 희주는 현성을 사랑할 자신이 없었다. 희주는 현성을 밀어내고 또 밀어냈다.

〈당신을 사랑하는 천 가지 이유〉가 우여곡절 끝에 극장을 잡았을 때, 현성이 강우에게 연락을 해왔다. 현성은 희주가 자신을 위해 영화를 만들었듯이 그도 희주를 위해 영화를 만들고 싶다고 했다. 그러곤 〈당신을 사랑하는 천 가지 이유〉의 출발점이 자신이었기에 영화도 올바르게 끝을 맺어야 하지 않겠느냐고 말했다.

개봉 첫날, 강우는 희주에게 티켓을 보냈다. 그녀가 올지 안 올지는 강우도 현성도 알 수 없었다. 조마조마한 시간이 흐르고 영화가 시작될 무렵 희주가 나타났다. 희주는 극장 안에 아무도 없는 걸 보고는 의아해했다. 그러나 곧 무대 위로 현성이 올라오자 저도 모르게 눈물을 흘리고 말았다.

"희주야, 넌 내가 사랑을 하는 사람이 되기를 원했지. 그래서 이 영화까지 만들었고. 난 이제 준비가 되었어. 사랑이 있는 삶을 살아갈 준비가……. 하지만 그 삶에는 네가 없으면 안 돼. 네가 날 위해 이 영화를 만들어주었듯이 나도 널 위해 영화를 만들고 싶어. 너와 내가 함께하는 우리들의 영화……. 그러니 내게 기회를 줘. 네 곁에 있으면서 너와 함께 늙어갈 수 있는 기회를 줘."

현성은 뚜벅뚜벅 무대에서 내려와 희주 앞에 무릎을 꿇었다. 그리고 직접 고른 반지를 꺼내 보였다. 반지를 보며 희주는 말없이 울기만 했다. 그렇게 〈당신을 사랑하는 천 가지 이유〉가 완성이 되었다. 희주와 현성의 프러포즈는 영화의 에필로그로, 엔딩 크레디트에 뒤이어 덧붙여졌다.

"자, 부케 받으실 분, 신부님 옆으로 나오세요!"

웨딩 사진사가 카메라에 얼굴을 묻고는 소리쳤다. 연수는 수줍게 웃으며 희주 옆에 섰다. 희주가 뒤를 힐끗 돌아보고 거리를 잰 다음 부케를 연수에게 던졌다. 부케는 정확하게 연수의 품으로 날아갔다.

"그렇게 좋아?"

강우는 차를 운전하면서, 연신 부케를 만지작거리는 연수를 힐끔거리며 물었다. 연수는 함박웃음을 머금고는 강우를 보았다.

"네, 좋아요. 후훗, 부케 받아보는 거 처음이야. 잘 말려뒀다가 가보로 물려줘야지."

연수가 부케를 소중하게 품에 안고는 말했다.

"근데 부케 받고 6개월 안에 결혼 못하면 평생 처녀귀신 된다는데…… 어쩌려고 그걸 덜컥 받았어?"

"괜찮아요. 나만 처녀귀신 되나, 뭐? 감독님도 총각귀신 되긴 마찬가진데. 안 그래요?"

연수는 강우의 장난을 능숙하게 받아쳤다.

"어이쿠! 물귀신 작전 좀 보소!"

강우는 연수를 놀려먹으려 했는데 되레 당하고 말았다. 둘은 깔깔거리며 웃어댔다. 웃음이 잠잠해지자 강우가 입을 열었다.

"특별한 일 없지? 집에 들렀다 가. 괜찮은 영화가 있어. 보여줄게."

"안 돼요. 제3세계 영화 연구 리포트 아직 다 못 썼어요. 자료 찾는 데만 하루는 족히 걸릴걸요?"

연수가 도리질을 했다. 연수는 영상미디어 대학원에 진학하여 공부를 하고 있었다. 전문적인 영화 프로듀서가 되기 위해서는 더 깊은 공부가 필요하다고 느꼈기 때문이다.

"그래도 들렀다 가. 저녁때 김치찌개 끓여줄게. 된장박이 삼겹살도 해줄게."

강우가 먹을거리에 약한 연수를 살살 꼬였다. 연수는 갈등을 느꼈다.

'감독님이 끓여주는 김치찌개…… 엄청 맛있는데……. 게다가 된장박이 삼겹살!

생각만으로도 연수는 침이 고였다. 된장과 와인과 매실액을 넣고 잘 저어 삼겹살에 발라 한 시간 정도 숙성시켜 구워 먹으면 천국의 맛을 느낄 수 있다. 하지만 연수는 도리질을 쳤다. 강우네 집에 가면 강우랑 놀고 싶어서 한 시간이 두 시간이 되고, 두 시간이 네 시간이 될 게 뻔했다. 그러다 보면 리포트는 날아가는 것이다.

"안 돼요."

연수가 확고히 말했다.

"정말? 정말 안 돼?"

강우가 몹시 섭섭한 투로 물었다.

"이번 리포트, 점수 크단 말이에요. 꼭 A 받아야 해요."

"흠, 그럼 내가 자료 찾는 거 도와줄게. 그럼 됐지?"

강우는 큰 인심 쓰듯 말했다.

"진짜? 진짜 도와줄 거예요?"

연수는 귀가 번쩍 뜨였다. 강우는 여태껏 한 번도 도움을 준 적이 없었다. 연수가 도움을 요청하면 맨 땅에 헤딩하는 것도 다 공부라며 딱 잘라 거절하곤 했다. 그래서 연수는 걸어다니는 영화사전을 옆에 두고도 만날 헛발치기를 하고 있었다. 그러던 강우가 먼저 도와주겠다니…….

"무슨 꿍꿍이예요?"

연수는 의심의 눈초리를 던졌다.

"뭘?"

"맨 땅에 헤딩도 공부라는 사람이 먼저 도와준다니까 그러죠.

게다가 삼겹살에 김치찌개까지……."

"싫어? 싫음 말고!"

강우가 밀당도 없이 단박에 정색하자 연수는 바로 꼬랑지를 내
리곤 살랑살랑 흔들었다.

"에이, 누가 싫댔나? 진짜로 도와주는 거예요? 약속했다!"

"그래."

"야호!"

연수는 좁은 차 안에서 만세를 불렀다. 강우가 도와주면 골치
아픈 리포트도 한결 수월해질 테고 덤으로 맛있는 걸 먹을 수 있
으니 '천국이 바로 여기로세'였다. 강우는 피식 웃으며 집 쪽으로
향했다.

아파트 현관문을 카드 키로 열면서 강우는 힐끗 연수를 보았다.
연수는 부케를 들고서 마냥 신나 있었다. 강우가 문을 열어주자
연수는 쪼르르 안으로 들어가 소파에 털썩 앉았다.

"뭐 마실래?"

"아뇨, 괜찮아요. 근데 보여준다는 영화, 제목이 뭐예요?"

"보면 알아."

"리포트에 도움되는 거면 좋겠다."

연수는 강우가 벽에서 스크린보드를 내리는 걸 보며 중얼거렸
다. 강우가 프로젝터에 준비한 USB를 연결하고는 소파로 와 연수
의 곁에 앉았다.

"리포트와는 상관없지만, 연수 네가 아주 좋아할 거야."

"뭔데요?"

"쉿! 시작한다."

강우가 스크린으로 시선을 보내자 연수도 화면에 집중했다. 화면이 암전되었다가 서서히 밝아지면서 강우가 나왔다. 강우는 의자에 앉아 기타를 들고 있었다.

"어?"

연수는 작게 탄성을 지르고는 강우를 보았다. 강우는 미소를 짓고 있었지만 조금 긴장한 눈치였다.

화면 속의 강우가 연수를 보며 말을 시작했다.

[나의 사랑 태권브이 이연수에게 이 노래를 바칩니다.]

강우는 이적의 〈다행이다〉를 연주했다. 부드러운 기타 선율이 화면에서 흘러나와 거실에 가득 흐르고 강우의 나직한 목소리가 달콤하게 울려 퍼졌다.

강우의 노래가 흐르는 가운데 앨범을 넘겨보는 것처럼 두 사람의 추억이 담긴 사진들이 한 장 한 장 흘렀다. 둘이 연인용 자전거를 타고 숲길을 달리는 모습, 바닷가 모래사장에 하트와 함께 새긴 서로의 이름, 서해안에 조개 잡으러 갔다가 뻘에 빠져 넘어져버린 일 등등.

노래가 끝나면서 화면 속의 강우는 기타를 내려놓고 앞쪽으로 걸어왔다. 그리고 연수 옆에 앉아 있던 강우는 어느새 스크린 속의 강우와 겹쳐졌다가 마치 스크린을 뚫고 나오는 것처럼 연수 앞에 섰다. 강우가 그녀 앞에 무릎을 꿇고는 재킷 주머니에서 반지를 꺼냈다.

"연수야, 사랑해. 나와 결혼해 줄래?"

연수는 몹시 감동해서 기쁨으로 눈물을 글썽였다. 가슴이 벅차 올라 무슨 말을 해야 할지 몰랐다. 그래서 그녀는 강우의 어깨에 두 팔을 두르고 그를 덥석 안았다. 강우가 연수를 힘차게 마주 끌어안았다.

"사랑해요, 히드라!"

연수의 눈에는 맑은 눈물이 쉼 없이 흘러내렸다. 강우는 웃으며 엄지로 맺힌 눈물을 닦아주었다. 그러곤 옆에 놓인 부케를 보곤 농담을 했다.

"다행히 이연수, 처녀귀신은 면하겠군."

피식.

연수는 눈물을 닦으면서 키득 웃음을 터뜨렸다.

"감독님이 총각귀신 면하는 거라니까!"

연수가 우겼다.

"뭐, 상관없어. 중요한 건 우리가 영원히 함께하는 것이니까. 자, 이제 그럼 된장박이 삼겹살과 김치찌개를 위해 우리 시장에 갈까?"

강우가 일어나며 말했다.

"치, 무드 없게. 청혼해 놓고선 삼겹살이랑 김치찌개가 뭐예요?"

이 달달한 분위기를 음미할 새도 없이 강우가 일어나려 하자 연수는 괜히 삼겹살 타령을 했다. 그러자 강우가 심각한 표정으로 눈썹을 치켜올렸다.

"음, 그럼 좀 있다가 근사한 레스토랑에 갈까? 난 특별한 날이니까 네가 좋아하는 거 직접 만들어주고 싶었는데…… 또 눈치가 없었군. 태권브이, 너도 알다시피 내가 이런 거에 둔해. 닭살 돋는 이벤트…… 그런 거 잘 못해. 게다가 일에 빠지면 약속은 까먹기 일쑤고. 노력은 많이 하겠지만 아마 결혼해서도 가끔은 이런 일로 널 속상하게 만들지도 몰라. 하지만 그럴 때마다 속으로 삭이지 말고 꼭 얘기해 주었으면 해. 결혼 생활은 너와 내가 모여 우리가 되어가는 과정이니까. 알았지?"

"응. 그럴게요."

"나, 노력할게. 할아버지가 그러셨지. 72년 동안 한결같이 알콩달콩 사랑해 온 비결은 맛있는 거 같이 먹고 기쁠 때 같이 웃고 슬플 때 안아주고…… 그냥 같이 있는 거라고……. 나, 언제나 네 곁에 있을게. 기쁠 때나 슬플 때나, 언제나 너랑 함께할게. 그러니 우리, 할아버지처럼 할머니처럼 그렇게 늙어가자."

강우가 연수의 손을 꼭 잡고 그녀의 눈을 보며 진지하게 말했다.

"응, 응……."

연수는 또다시 코끝이 찡해왔다. 강우가 싱긋 웃었다.

"그럼 이따 저녁 어떻게 할까? 밖에 나갈까? 먹고 싶은 거 있어? 뭐든 말해, 먹고 싶은 거 다 사줄게."

연수는 고개를 도리질했다.

"바보…… 감독님은 정말 둔치야. 감독님이 끓여주는 김치찌개랑 삼겹살…… 내가 얼마나 좋아하는데 그걸 포기해요? 바깥 음식, 언제든 사 먹을 수 있지만 히드라가 직접 해주는 건 정말 특별한 날에만 있는 건데…… 무드 없단 건 청혼해 놓고 키스도 없으니까 그런 거지, 뭘."

연수는 강우의 뺨을 양손으로 가볍게 감쌌다.

"어휴, 눈치 있는 내가 눈치 없는 남자한테 좀 가르쳐 줘야겠다. 잘 보고 배워요, 둔치 씨!"

그렇게 말하곤 연수는 강우의 입술에 제 입술을 가져다 대었다. 구름같이 보드라운 입술이 강우의 입술을 감싸고 매끄러운 혀가 그의 입안에서 달콤하게 유영했다. 강우는 낮은 웃음을 터뜨리고는 연수의 가르침을 적극적으로 받아들였다.

달달한 키스가 영원처럼 이어졌다. 그날, 둘은 결국 된장박이 삼겹살을 배불리 먹지도, 근사한 레스토랑에서 코스 요리를 먹지도 못했다. 서로에게 푹 빠져 사랑을 속삭이느라 늦은 밤 라면 하나로 주린 배를 채웠을 뿐이다. 그런데도 둘은 행복해서 까르르 웃어댔다. 마지막 남은 라면 가닥 하나를 서로 먹겠다고 가위바위보를 하던 강우와 연수는 무승부가 나자 한 가닥 남은 라면을 서로 입에 물고 시합하듯 끊어 먹다가 쪽 입을 맞추었다.

연수는 창가로 다가가 발아래 펼쳐진 도심의 야경을 바라보았
다. 까만 하늘에 별을 뿌려놓은 듯, 가로등의 불빛들과 자동차 헤
드라이트가 도시를 아름답게 빛내고 있었다. 가슴이 벅찰 만큼 행
복한 밤이었다.

"무슨 생각해?"

강우가 살며시 다가와 뒤에서 연수를 안으며 물었다. 그의 품에
폭 안겨 연수가 생긋 미소 지었다.

"행복하다는 생각……. 오늘은 내 인생 최고의 날이에요. 아마
도 앞으로도 오늘만큼 행복한 날은 없을 거예요."

3년의 기나긴 짝사랑과 2년의 연애 끝에, 연수는 드디어 최강
우를 공식적으로 쟁취했다. 강우와 연수는 오늘, 두 사람을 축하

해 주는 수많은 하객들 앞에서 공식적으로 부부가 되었다. 그리고 둘은 내일 신혼여행지로 떠나기 위해 호텔에서 편안히 첫날밤을 맞이하고 있었다.

"그래? 나는 기쁘기는 하지만 그만큼은 아닌데."

강우가 장난스럽게 대꾸했다.

"뭐예요, 김새게!"

연수가 뒤돌아 강우에게 눈을 흘겼다. 강우는 그런 연수를 싱긋거리며 바라보더니 두 팔로 그녀의 뺨을 감싸 조금 힘을 주었다. 그러자 연수의 입이 금붕어처럼 귀엽게 튀어나왔다. 강우가 그 입술에 사랑스럽게 쪽, 입을 맞추었다.

"물론 기쁘기야 하지. 사랑하는 여자가 오늘로서 내 아내가 되었으니……. 아마도 오늘은 내가 한 일 중에서 가장 잘한 일일 거야. 지금까지의 내 인생에서 최고로 기쁜 날이지. 하지만 내 인생을 통틀어 최고의 날은 아니야. 이제부터 너와 함께하는 내일이, 모레가…… 그리고 그다음 하루하루가 오늘보다 훨씬 더 행복한 날일 테니까. 안 그래?"

연수는 달콤한 그 말에 강우를 흘겼던 눈매가 저절로 풀어졌다. 무심한 성격 탓에 연애할 때 참 속도 많이 썩이더니만 이렇게 기특한 말을 속삭이다니, 그동안 가르친 보람이 있다 싶었다.

"아유, 어쩜 이렇게 예쁜 말만 할까!"

연수는 어린아이를 칭찬하듯 강우의 뺨을 가볍게 톡톡 쳤다.

"나 잘했어? 그러면 상을 줘야지."

강우가 장단을 맞추어 장난기 섞인 목소리로 말했다. 그러자 연수는 강우의 엉덩이를 툭툭툭 치면서 "잘했어요! 잘했어!" 하고 맞장구를 쳤다. 강우는 못마땅한 표정으로 연수의 팔을 붙잡았다.

"바보, 이런 상은 유치원 아이한테나 해줘! 성인 남자한테 어울리는 상은 따로 있다고! 바로 이런 거!"

강우는 연수를 제 품으로 잡아당겨 꽉 끌어안고는 그녀의 입술을 열렬하게 탐하기 시작했다. 뜨거운 그의 입술이 연수의 자그마한 입술을 머금고 격렬하게 빨아들였다. 장미꽃잎 같은 입술이 벌어지며 달콤한 혀가 강우를 맞았다.

강우는 사랑스러운 연수의 혀를 말아 올려서 보드랍게 애무했다. 강우의 세심한 입맞춤에 연수는 아름다운 별들이 제계로 쏟아지는 것 같은 황홀한 기분을 느꼈다. 가슴이 두근거리고 방금 전에 느꼈던 행복감보다 백 배, 천 배는 더 큰 충만된 감정이 몰려왔다.

강우의 말이 맞았다. 앞으로 그들 앞에 놓인 수많은 시간들은 나날이 더 행복한 날들로 채워질 터였다. 연수는 강우의 달콤한 입맞춤에서 그런 확신이 들었다.

강우의 키스는 점점 더 노골적으로 깊어졌다. 그가 연수의 목덜미에 입술을 내리고 달큰하게 키스를 퍼부었다. 그의 손이 블라우스 속으로 들어오자 연수는 그 황홀한 유혹을 가까스로 물리치며 살짝 몸을 틀었다.

"잠깐…… 만…… 요."

하지만 강우는 연수를 놓아주지 않았다. 그는 이미 뜨겁게 달아올라서 이 밤, 짐승이 될 만반의 준비가 되어 있었다.

"앗! 감독님, 잠깐만!"

강우가 꿈쩍도 않고 목덜미를 부드럽게 입술로 훑어 내리자 연수는 신음을 터뜨리며 강제로 강우를 떼어내었다. 강우는 아주 불만스럽게 연수를 바라보았다. 뜨거운 키스로 그의 얼굴은 섹시하게 달아올라 있었다.

"왜?"

그가 연수의 귓가에 입바람을 불어 넣으며 속삭였다.

"부부 서약서……."

연수는 귓불에 그의 따스한 입김이 닿자 등에 소름이 오소소 돋는 것 같았다. 가슴이 콩닥거리고 뱃속이 짜르르했다.

"나중에 하면 안 돼? 일단 하던 거 마저 하고……."

강우는 유혹하듯이 연수의 귓가에 연신 뜨거운 입김을 불어 넣었다. 연수는 그 거부할 수 없는 유혹에 흔들렸다. 그러나 이내 고개를 젓고는 한 발짝 물러났다.

"안 돼요. 오늘은 우리가 부부가 된 첫날밤이니까 모든 게 완벽했으면 좋겠어요. 그러니까 서약서부터 먼저 작성해요."

"알았어. 하지만 각오해. 날 기다리게 한 만큼 그동안 참았던 온갖 야한 짓은 다 할 테니까. 오늘 밤 잠잘 생각은 않는 게 좋을걸!"

강우는 아쉬운 표정을 짓고는 엄포를 놓았다. 연수는 속으로 즐거운 비명을 질렀다.

'맙소사! 그러면 연애 때 해왔던 야한 짓은 대체 몇 단계였던 거야?'

연수는 기분 좋은 기대감을 애써 누르며 미리 준비한 노트를 꺼내 들었다. 둘은 나란히 소파에 앉았다. 연수가 만년필을 들고 진지하게 노트를 내려다보며 강우에게 물었다.

"감독님은 서약서에 꼭 들어갔으면 하는 조항으로 어떤 게 있어요?"

"지금 그거! 감독님이란 호칭…… 이 대리, 그것 좀 어떻게 고칠 수 없나? 오늘 결혼까지 한 마당에!"

"아! 고치려고 하는데 입에 붙어버려서……. 회사에서 만날 '감독님', '감독님!' 하는데 그게 하루아침에 고쳐지나요? 맞다, 감독님도 방금 나보고 뭐라고 그랬죠? 이 대리?"

연수는 강우의 권유로 다시 백야에 복귀해 프로듀서로서 열심히 일하고 있었다. 가끔씩 이벤트용으로 '오빠'라고 불렀지 평소에는 언제나 '감독님'이었다. 그렇기에 '감독님' 소리가 잘 고쳐지지 않았다. 그리고 그것은 강우도 마찬가지였다.

"내…… 내가 언제?"

"방금 그랬거든요?"

"흐음, 그럼 쌍방과실이라 치고……. 앞으로 둘이 있을 때 또 '감독님' 소리 나오면 그때마다 벌을 줄 테니까 그리 알아."

"알았어요. 감…… 아니, 그쪽도 나보고 '이 대리'라 그러면 벌금 물릴 거예요."

"그쪽?"

강우가 눈썹을 치켜올리고 되물었다. 연수는 민망한 표정을 지었다. 입에 붙은 '감독님' 대신 강우를 부르려니 갑자기 어찌 불러야 할지 몰라 그 말이 저도 모르게 튀어나왔다. '오빠'라 하자니 결혼까지 한 마당에 낯간지럽고, '여보'라고 하자니 부끄러워 차마 입이 떨어지지 않아 급한 김에 말이 헛나온 것이다.

"이연수, 이제 남편인데 제대로 불러봐."

강우가 기대에 찬 표정을 지으며 말했다. 그의 뜨거운 눈길이 연수의 얼굴에 쏟아졌다. 연수는 양 볼이 화끈거렸다.

"자…… 기."

"어허, 그건 너무 약해! 다시!"

"……여…… 보……."

연수는 얼굴이 홍시처럼 빨갛게 익어버렸다. 연애하는 동안 진한 딥키스도 수없이 나누었고 그와 뜨거운 밤도 셀 수 없이 보냈지만, 연수에게는 지금이 가장 야한 순간 같았다.

"아니, 아니, 그건 너무 흔하잖아."

강우는 생전 처음 듣는 달콤한 '여보' 소리에 입이 찢어져라 흡족해하면서도 트집을 잡았다.

"뭐예요? 자긴 그냥 듣기만 하면서 다 퇴짜 놓고. 감독…… 아니, 여…… 보도 그럼 날 한 번 불러봐요."

"좋아. '나의 진주', 평소에 난 널 이렇게 부를 거야. 그리고 네가 내 옆에서 재잘재잘 이야기를 할 때는 '내 귀여운 종달새'라고 불러야지. 너로 인해 너무 행복할 때에는 '허니'라고 부를 거고, 네가 너무 사랑스러워서 갖고 싶을 때에는 '내 사랑'이라고 부를 거야."

강우는 어디서 작정하고 배워 오기라도 했는지 그답지 않게 오글거리는 말들을 아주 진지하게 했다. 연수는 가슴에서 나비가 하느작거리는 것처럼 심장이 간질거렸다. 피식피식 웃음이 피어나면서 너무 행복해 가슴이 벅차올랐다.

"그러면 지금은요? 날 어떻게 부를 거예요?"

그러자 강우가 연수의 뺨을 한 손으로 살포시 어루만졌다.

"지금은 이렇게 불러야지, '내 사랑 허니'."

강우는 아주 달콤하게 연수의 귓가에 속삭이고는 그녀의 이마에 쪽, 하고 입을 맞추었다. 곧이어 그의 입술이 연수의 눈꺼풀에 살포시 내려앉았다.

"내 사랑 허니."

강우는 연수에게 사랑의 주술을 걸듯 또 속삭이더니 그녀의 콧잔등에 부드럽게 키스를 했다. 연수의 눈이 기쁨으로 물들고 볼이 붉게 상기되었다. '내 사랑 허니'는 연수가 그동안 들어본 달콤한 말들 중에서 단연 최고였다.

연수는 눈앞의 이 로맨틱한 남자가 너무 사랑스러워서 미칠 지경이었다. 그래서 그녀는 더 이상 참지 못하고 강우에게 팔을 둘러 그의 입술을 열렬히 탐했다. 연수의 저돌적인 입맞춤에 강우가 중심을 잃고 뒤로 넘어졌다. 둘은 그대로 소파 위에 넘어진 채 격렬하게 입맞춤을 했다.

"서약서는 어쩌고?"

끝없이 이어지는 정열적인 키스에 호흡이 가빠 잠시 숨을 고르면서 강우가 연수에게 물었다. 연수는 잠시 고민하더니 씩 웃었다.

"밤은 길어요."

"하하, 내 생각도 그래."

강우는 너털웃음을 짓고 나서 소파에서 일어나 연수를 번쩍 안아 들었다.

"그러면 여기서 이럴 게 아니라 침실에서 본격적으로 시작해 보자고! 아차차!"

그가 연수를 안고 침실 쪽으로 향하다가 돌아서서 소파 옆 협탁에 놓여 있는 와인 병을 챙겼다.

"와인은 왜?"

연수가 의문의 표정을 지었다.

"아까 말했잖아. 그동안 참았던 온갖 야한 짓은 다 할 거라고. 먼저 와인의 협조를 받아볼까?"

강우는 음흉하게 웃고는 연수에게 눈을 찡긋했다. 연수는 수줍게 얼굴을 붉히면서도 눈에는 호기심을 가득 띠었다. 강우가 만족스럽게 웃으며 연수와 와인 병을 번쩍 든 채로 침실로 향했다. 침실 문이 닫히고 이내 문안에서는 연인들의 행복한 웃음소리가 피어났다.

⟨THE END⟩

　로맨스 소설을 쓰면서부터 '사랑은 대체 무얼까?' 하는 의문이 어느 순간 마음속에 자리를 잡았습니다. 하지만 사랑은 너무도 다양한 모습을 가지고 있어서 쉽게 '사랑은 ○○이다' 라는 정의를 내리기가 어려웠습니다.

　사람은 각자가 하나의 프리즘이라, 사랑은 하나여도 천 명의 사람이 있으면 사랑의 빛깔도 천 가지로 빛나는 법이니까요.

　그래서 〈당신을 사랑하는 천 가지 이유〉를 쓰면서 각자의 방식으로 사랑을 하는 사람들을 그리려고 노력했습니다. 자신의 자리에서 자신만의 최선을 다해 사랑하는 사람들…… 아마도 이 글을 읽는 독자님들도 나만의 빛깔로 아름답고 순수하게, 때로는 가슴 절절하게 사랑을 하고 계실 테지요. 그 사랑을 응원하며 지금 사랑하고 있는 분들에게, 그리고 '영원한 사랑'을 꿈꾸는 분들에게 이 이야기를 바칩니다.

한동안 글쓰기가 너무 어렵게 느껴져 많은 시간 방황하느라 소설 쓰기를 게을리했습니다. 하지만 이제는 글쓰기가 내 숙명임을 인정하고 앞으로는 더 열심히 쓰려고 합니다. 아직 내 마음엔 많이 부족하지만 아껴주시는 단 한 분의 독자님이 있다면 그분을 마음에 새기고 힘을 내어 글을 쓰겠습니다.

그리고 장르 소설의 발전을 위해 〈2013년 대한민국 e작가상〉 공모전을 마련해 주신 북큐브에 무한한 감사를 드립니다. 또한 북큐브 로맨스스토리에 연재했을 당시 댓글로, '좋아요' 도장으로, 저를 응원해 주셨던 독자님들 정말 감사합니다. 독자님들의 응원이 있었기에 〈2013년 대한민국 e작가상〉 공모전에 수상할 수 있었습니다.

마지막으로 〈당신을 사랑하는 천 가지 이유〉를 책으로 흔쾌히 묶어주신 예원 출판사, 꼼꼼한 리뷰와 편집으로 이 책을 세상에 내보내주신 유 실장님 정말 감사합니다. ^^

그럼 저는 또 다른 이야기와 함께 조만간 독자님을 찾아뵙겠습니다. 항상 건강하고 행복하세요!

2014. 3. 홍란 올림.